놈의 기억 1

놈의 기억 1
윤이나 장편 소설

차례

놈의 기억

1

윤이나 장편소설

팩토리나인

정우는 회식 장소로 이동하기 위해 차에 올랐다.

오늘은 그의 논문이 세계적인 과학 학술지 《사이언스(Science)》지에 게재된 것을 축하하는 자리였다. 휴대전화로 청담동에 있는 레스토랑을 검색하는 와중에도 이곳저곳에서 축하 메시지가 쏟아졌다.

무스카리(Muscari), 어쩐지 낯익은 레스토랑 이름이었다. 그는 언젠가 결혼기념일에 이곳에서 저녁을 먹었던 기억이 났다. '지수가 그 집 양고기 스테이크를 좋아했지.'라는 생각을 할 때쯤 휴대전화에 일정 알람이 떴다.

[결혼기념일, 18:01]

"뭐야, 오늘 결혼기념일이었잖아?"

그는 하마터면 결혼기념일에 잔뜩 취해서 집에 들어갔을 생각을 하니 식은땀이 났다.

[여보. 오늘은 같이 저녁 먹는 거지? 이따 봐요.]

정우는 마치 오늘이 무슨 날인지 알고 있었다는 듯 지수에게 문자를 보내고, 이미 회식 장소에 도착한 동료 교수에게 전화를 걸었다.

"저기 박 교수, 미안한데 오늘 회식은 못 갈 것 같아."

"뭐라고? 주인공이 빠지면 어떡해!"

"실은 오늘 결혼기념일이었는데 내가 깜빡했어. 지금이라도 집에 들어가 봐야 해."

"아무리 그래도 그렇지. 여기 교수들이랑 연구실 사람들 다 너 기다리고 있어. 그리고 기사 봤어? 지금 언론 반응이 장난 아니야."

"그래? 아무튼 미안하게 됐어. 그래도 집에 가봐야 해. 와이프가 좀 화난 거 같아."

"한 교수! 와서 얼굴이라도 비추고 가. 이건 아니지!"

"미안. 나 운전 중이라서 전화 끊는다."

아쉬운 건 그도 마찬가지였다. 준비해 놓은 멋진 건배사를 써먹지 못하는 것도 영 서운했다. 그래도 오늘은 자신의 기분보다는 지수를 챙겨야 하는 날이었다.

그는 빈손으로 들어갈 수는 없다는 생각에 집 근처 꽃집 앞에 잠시 차를 댔다.

"꽃다발 하나 주세요."

"네."

"근사하게 부탁드려요. 오늘이 결혼기념일이거든요."

꽃집 사장님이 희귀한 꽃을 모아 풍성한 꽃다발을 완성할 때쯤 정우는 휴대전화로 인터넷 기사를 살폈다.

'서울대 한정우 교수의 기억 삭제·이식 논문, 사이언스지에 게재'

'기억 삭제 현실화되나! 트라우마 극복에 희망 던져… 여전한 우려의 시각'

'기억 삭제와 더불어 기억 이식까지… 상상 속의 일들 현실화'

'한정우 교수의 기억 삭제·이식술, 전 세계 학계의 인정을 받다'

'기억 삭제·이식술로 한정우 교수, 올해 노벨상 유력 후보로 거론'

언론에서도 유난 떨 만한 일이었다. 기억을 삭제하고 타인의 기억을 이식한다는 논문의 주제는 대중의 호기심을 사기에 충분했다. 정우더러 뇌 과학자보다는 공상 과학 소설가가 더 잘 어울린다고 혹평을 하던 평론가들에게도 이번 논문 통과는 시원한 한 방이었다.

"가만…. 올해가 결혼 10주년이네?"

그는 급히 잠실 백화점이 있는 쪽으로 차를 돌렸다. 하지만 그 선택을 후회하는 데는 오래 걸리지 않았다. 차가 너무 밀리는 나머지 백화점 입구에서 지하 2층으로 내려가는 시간만 족히 몇십 분이 걸렸다.

'아씨…. 그냥 집에 갈 걸.'

그는 '바로 사서 나올 거니까'라고 생각하며 주차된 다른 차 앞을 막아 주차하고는, 1층 명품 주얼리 코너를 향해 전속력으로 뛰었다.

"여기서 제일 비싼 귀걸이 주세요."

"천백만 원입니다. 한국에 딱 석 점만 들어와 있는 한정판인데…."

"포장해 주세요. 시간이 없어서 빨리 좀."

그는 속으로 귀걸이 하나가 되게 비싸다고 생각하면서도 요즘 통 울적해 보이는 지수가 좋아한다면 아깝지 않다는 생각을 했다.

그때 모르는 전화번호로 그에게 전화가 걸려 왔다. 아마 차를 빼 달라는 전화인 것 같아 받지 않았다. 이어 지수에게서 전화가 걸려 왔다.

"여보, 이제 집에 거의 다 왔어. 저녁거리 사 갈까?"

"아니야. 그냥 와요."

정우는 귀걸이 포장을 기다리며 자신이 너무 일에만 매달리느라 집에 소홀했다는 기특한 반성을 했다. 오래간만에 듣는 지수의 밝은 목소리에 일도 가정도 모두 잘 풀릴 것만 같은 기분 좋은 예감이 들었다.

정우가 서둘러 집에 들어갔을 때, 불 꺼진 거실엔 찬바람이 감돌고 있었다. 집 안엔 묘하게 낯선 공기가 가득했다.

"여… 보?"

온몸에 한기가 돌면서 왠지 모를 소름이 끼쳤다. 그는 주변을 살피며 천천히 발을 내디뎠다. 작은방에서는 딸 수아가 제일 좋아하는 만화인 〈시크릿 쥬쥬〉 배경 음악이 흘러나왔다.

♬ 우리 함께 노래하면 꿈의 나라로 갈 수 있어. 세상이 이렇게 빛나는 건 함께 있기 때문이야. 나쁜 마녀도 우리 함께라면 두렵지 않아. ♬

그때였다.

—탕.

누군가 뒤에서 그의 머리를 둔기로 내리쳤다. 완벽한 홈런이었다. 둔기는 복도 장식장에 있던 야구 방망이였다. 정우는 그대로 바닥에 쓰러졌지만, 괴한은 방심하지 않고 쓰러진 정우의 머리를 또 한 번 가격했다. 그 두 번째 가격으로 그는 완전히 정신을 잃었다.

✦

그는 나흘 동안 의식을 찾지 못했다. 두개골 골절에도 다행히 뇌의 이상은 없었다. 다만 뇌에 가해진 충격으로 어지럼증과 기억 소실, 청력 감퇴와 이명 등의 증상이 복합적으로 나타났다.

"여기가 어디지? 벼, 병원?"

의식을 되찾은 정우가 눈을 떴을 때 진짜 악몽은 시작됐다.

"여기가 어디예요? 병원? 내가 왜 여기 있지…. 와이프랑 딸은 어디 있어요?"

환자복을 입은 정우는 안정을 취해야 한다며 자신을 말리는 의사와 간호사들을 거칠게 밀치고 병실 복도로 나갔다. 머리가 깨질 것처럼 아팠지만 정작 기억은 아무것도 남아 있지 않았다.

"지수야! 수아야!"

그는 아내와 딸의 이름을 울부짖었다. 기억은 나지 않지만 뭔가 끔찍한 일이 자신에게 생겼음을 직감했다. 주변 사람들이 웅성거리며 그를 피해 길을 내주었다. 그 길 끝에, 고통으로 사지가 마비된 듯 떨고 있는 장모님이 보였다.

"어머님! 우리 수아는요? 지수는요? 여기 어디예요? 무슨 일이 있었던 거예요?"

그가 질문을 쏟아 내자 어머님은 쓰러지듯 주저앉아 버렸고, 병실 쪽으로 고개를 돌리니 남자 몇 명에게 둘러싸여 있는 수아가 보였다.

"당신들 누구야! 비켜!"

"한정우 씨, 의식을 차리셨군요. 경찰입니다. 따님이 유일한 목격자여서 유아 상담사를 대동해 사건 당일 무슨 일이 있었는지 조사하려고 왔습니다."

"수아야, 괜찮아. 이리 와."

정우는 어미 잃은 짐승처럼 떨고 있는 수아를 품에 안았다.

"우리 수아가 무슨 사건의 목격자라는 거죠?"

그때 수아의 담당 의사이자 정우와 같은 대학병원 교수인 혜수가 병실에 들어오면서 경찰에게 소리쳤다.

"이 사람들 진짜 큰일 낼 사람들이네? 당장 나가요! 지금 아이는 진술을 할 수 있는 상태가 못 된다고 몇 번 말했어요? 아이가 안정을 취하는 게 최우선이에요. 당장 나가요!"

의사의 기세에 그리고 자식을 품에 안은 맹수 같은 정우의 눈빛에, 그들은 결국 고개 숙이며 조용히 병실을 나갔다.

"박 교수, 아니 혜수야, 우리 수아 괜찮아? 어디 아픈 거야? 아… 머리가….”

그가 불현듯 찾아온 두통에 고통스러워하며 머리를 감쌌다.

"정우야, 그게….”

혜수는 그간 숱하게 많은 환자에게 유감인 말을 전했으련만, 정우에게는 차마 입이 떨어지지 않는지 입술을 달싹거리며 말을 망설였다.

그때 옆에서 막 병실을 나가려던 경찰이 머뭇거리는 혜수를 대신해 말을 이었다.

"집에 괴한이 침입했어요. 아내인 윤지수 씨는 아파트 19층에서 추락해 사망했습니다. 추락 전에 격렬한 몸싸움이 있었던 것으로 추정되고요. 따님 한수아 양은 얼굴에 청테이프가 감긴 채 현장에서 발견됐어요. 현재로서는 따님이 유일한 목격자….”

그때 혜수가 끼어들며 말했다.

“범인을 목격했다고는 하지만 9살 아이에겐 너무 큰 충격이라 제대로 된 대화를 나누는 것은 힘들어요. 범인을 잡는 게 아무리 급해도 아이가 천천히 마음을 추스를 수 있도록 도와야 해요. 그럼 점차 아이도 안정을 찾을 겁니다.”

“뭐라고요? 혜수야, 대체 무슨 말을 하는….”

✦

그때 정우의 귓가로 아련한 목소리가 들려왔다.

“정우야! 일어나. 일어나 봐!”

정우는 진료실 바닥에 잠이 든 채 누워 있었다. 바닥의 한기 때문인지 그는 몸을 떨고 있었고, 얼굴은 눈물범벅이 되어 있었다.

“휴…. 너 이렇게 맨바닥에서 자면 입 돌아가.”

정우의 오랜 친구이자 바로 아래층에서 내과 의사로 일하는 수진이 나무라듯 말했다. 그녀는 부드러운 손길로 그의 몸을 일으켜 세웠다. 그리고 더러워진 그의 옷에 묻은 먼지를 어린아이 대하듯 툭툭 털어 냈다.

"세수라도 하고 가자. 너 완전 거지꼴이야. 지수가 너 보고 '누구세요?' 이러겠다."

"…응."

일 년을 세 바퀴 돌아 또 그날이 왔다.

2020년 2월 10일, 아내의 기일.

그는 아내의 기일 전날 밤엔 늘 혼자 술을 마셨다. 맨정신으로는 맞이하기 힘든 날이었다.

정우가 세수하고 검은색 정장으로 갈아입는 동안, 수진은 바닥에 뒹구는 술병들을 한데 모으고 난장판이 된 진료실을 치웠다.

'작년에는 이 정도까진 아니었는데 어째 올해는 더 힘들었나 보네….'

엎어진 화분, 깨진 컵과 그릇, 넘어진 책장과 쏟아진 책들까지, 사무실은 성격이 고약한 채권자가 뒤집어 놓고 간 것처럼 엉망이었다. 정우와 지수, 수아가 개나리꽃 앞에서 찍은 가족사진만이 꿋꿋이 책상 위를 지키고 있었다.

사진 속에서 지수는 짙은 갈색의 긴 머리를 옆으로 늘어뜨린 채 해사한 미소를 짓고 있었고, 머리를 양 갈래로 묶은 수아는 장난기 넘치는 표정으로 혀를 내밀고 있었다. 그 옆에서 정우는 무언가를 보고 빵 터진 듯 입이 찢어져라 웃고 있었다.

"어서 가자. 차에서 수아랑 어머니께서 기다리고 있어."

"응."

휴대용 면도기로 듬성듬성한 수염을 깎고 나니 정우는 금세 멀끔해 보였다. 쌍꺼풀 없는 또렷한 눈이 맑게 빛났다.

키가 크고 건장한 체격의 그는 무표정할 땐 섣불리 말을 붙이기도 어려울 만큼 차가워 보였지만, 웃기만 하면 순하고 사랑스러워 보이는 매력이 있었다. 하지만 그날 이후, 정우가 그렇게 웃는 모습은 누구도 볼 수 없었다.

"윽! 아빠! 술 냄새….."

"수아야, 미안. 장모님, 죄송해요."

그가 멋쩍게 웃으면서 뒷좌석에 탔다.

"괜찮아. 이제 출발하자."

장모님은 애잔한 눈빛으로 그를 바라보았다. 정우는 색색의 종이학이 담긴 작은 유리병을 들고 있는 수아에게 물었다.

"예쁘다! 엄마 주려고?"

"응. 내가 접었어. 엄마가 좋아할까?"

"당연하지! 엄마가 완전 좋아할 거 같아."

부녀는 납골당으로 향하는 동안 휴게소에서 산 알감자를 나눠 먹었고, 함께 수아가 좋아하는 보이 그룹의 뮤직비디오를 보기도 했다.

"수아야, 아빠랑 진국이 중에 누가 잘생겼어?"

"음….."

"너 지금 고민하는 거야? 와, 진짜 충격이다."

"잠시만 기다려 봐."

"기다리긴 뭘 기다려. 그냥 떠오르는 대로 말하라고."

두 사람의 실랑이에 운전하던 수진과 장모님은 오랜만에 미소를 지었다.

납골당의 빼곡한 칸막이들 사이로 들어서자 정우는 숨이 막히면서 현기증을 느꼈다. 이 속에 지수가 있다는 사실이 여전히 믿기지 않고 사무쳤다.

'네 손을 한 번만이라도 잡아 볼 수 있다면…. 나에게 지었던 그 해사한 웃음을 한 번만 더 볼 수 있다면….'

지수의 사진 앞에서 수진과 장모님은 눈시울을 붉혔고, 수아는 할머니 뒤에서 종이학을 손에 든 채 풀 죽은 표정을 지었다. 하지만 정우는 어금니를 꽉 다져 물며 절대 울지 않았다.

그날 밤, 정우는 혼자 동네의 허름한 삼겹살집에서 소주잔을 기울이고 있었다.

–드르르륵.

낡은 여닫이문이 열리다 말다를 반복하는 소리가 나더니, 이내 경찰 제복을 입은 인욱이 들어왔다.

"형, 역시 계셨네요."

인욱이 사람 좋은 미소를 지으며 정우의 맞은편 의자에 앉았다. 키 174cm에 몸무게 110kg인 그는 팔뚝이 웬만한 어른의 허벅지만큼 굵었다. 알통 둘레가 51cm 정도이니 늘 제복이 터질 것처럼 타이트해 보였다.

"왔어?"

정우가 힘없이 고개를 끄덕이며 말했다.

"누나 기일에는 항상 이곳에 오잖아요. 청승맞게 혼자 술이나 마시고 말이야. 같이 마실 사람 없으면 나라도 불러요. 휴대폰은 뒀다 뭐 하려고."

인욱은 괜히 투덜거리며 그에게 잔소리를 늘어놓았다.

인욱은 아버지가 일찍 돌아가셔서 막노동과 경호 등의 아르바이트로 직접 학비를 벌었다. 같은 동네의 교회 누나였던 지수는 그런 인욱을 친동생처럼 챙겼다. 과외를 하면서 번 돈으로 대학교 입학금도 내주었다. 그는 자신이 따듯한 사람의 온기를 느끼며 큰 것도, 경찰의 꿈을 꾸게 된 것도 모두 지수 덕분이라고 생각했다.

"인욱아, 나 포기 안 해."

"알아요. 형은 절대 포기하지 않을 거라는 거. 저도 마찬가지예요."

"범인을 만나면 그놈의 기억을 전부 뒤져서라도 찾을 거야. 그날의 진실을."

정우는 3년 전 학계의 찬사와 생명 윤리학자들의 비난을 한몸에 받았던 자신의 이론을 이용해, 범인을 잡을 준비를 하고 있었던 것이다. 정우가 사용하고자 하는 논문의 일부 내용을 검색하여 인욱에게 보여 주었다.

[한정우 교수의 연구팀이 사이언스지에 게재한 논문 제목]
-Disconnect the synapses with electric shock and clear the memory.
전기 충격으로 시냅스 간의 연결 고리를 끊음으로써 기억을 지울 수 있다.
-Send electricity to the brain, implant another person's neuron pattern.
미세 전류를 전두엽에 전달해 타인의 뉴런 패턴을 이식할 수 있다.

정우의 말에 인욱은 고개를 끄덕였다.

"근데 솔직히 막막하긴 해요. 이미 3년이 지난 사건인 데다가 당시에 의문점도 많았거든요. 첫째로, 범인이 어떻게 현관 비밀번호를 누르고 들어갔냐는 거죠."

인욱의 말대로 도어록에서는 파손이나 침입 흔적을 찾을 수 없었다. 지수가 직접 문을 열어 줬거나 비밀번호를 알고 있는 누군가가 문을 열었다는 뜻이 된다.

"혹시 지수를 알던 사람이라면…."

"그랬다면 누나가 직접 문을 열어 줬겠죠. 하지만 용의자 중에 누나랑 알고 지냈을 만한 사람은 없었어요."

"둘째로, 범인은 형을 둔기로 제압했어요. 그런데 왜 누나는 굳이 고층에서 떨어뜨렸을까요? 그럼 범행 시점이 나오고 경찰이 바로 올 텐데, 왜 자신에게 불리한 상황을 만들었냐는 거죠."

범인은 그날 이억 원 상당의 패물을 훔쳤다. 그리고 금고에 있던 현금 오천만 원도 사라졌는데, 기절한 정우의 엄지손가락 지문을 이용해 빼 갔을 것으로 추정되었다.

"우발적이었을까? 몸싸움의 흔적이 있었잖아."

"범인의 특성상 우발적으로 그랬을 것 같진 않아요. 지문 등의 증거도 일절 남기지 않았고, 용의자 특정조차 못 하고 끝난 사건이라고요."

"그랬지."

"범인이 형님 집으로 들어가기 위해선 엘리베이터를 타거나 비상계단을 이용해야 해요. 하필 비상계단 쪽을 찍던 CCTV는 사건 한 달 전부터 고장이었죠. 휴…. 그것만 있었어도 용의자를 찾는 게 수월했을 텐데. 아, 그 생각하니까 또 스트레스받네!"

인욱은 짜증 난다는 듯 소맥을 단숨에 들이키며 말을 이었다.

"그나마 로비 전체를 찍은 CCTV가 있어서 다행이었죠. 로비를 거치지 않고는 비상구로 갈 수 없는 구조니까요. 근데 화질도 구린 데다가, 거기에 찍힌 사람이 좀 많았냐고요. 그 사람 중에 용의자를 추리는 것도 진짜 보통 일이 아니었어요."

정우의 집은 고급 주상 복합 오피스텔이긴 했지만 연식이 있는 건물이라 보안에 취약했다. 용의자만 100여 명이 넘는 사건이었다. 오피스텔 거주자를 포함해서 사건 시간대에 로비 CCTV에 찍힌 사람들이 모두 용의자였다.

사건 당일 엘리베이터 CCTV에 찍힌 외부인이라곤 택배 기사 3명과 아버지 생신이라 찾아온 아들 내외, 조리원 동기 집에 놀러 온 아이 엄마가 다였다.

처음엔 정우도 아내를 죽인 유력한 용의자로 거론되었지만, 집 안에서 그의 머리를 둔기로 때린 제3자가 존재했다고 국과수가 결론을 내리면서 용의 선상에서 배제되었다. 정우의 후두부에 난 상처는 결코 스스로 꾸며 낼 수 없는 위치에 있었고, 이는 곧 제3자가 있었다는 증거가 된 것이다.

"그 CCTV 영상 말이야. 영상 복원 업체에 의뢰했어. 이미지 확대 시스템을 지속적으로 학습한 AI를 활용해서 이미지를 네 배까지 키울 수 있대. 고화질로 복원한 영상으로 처음부터 다시 시작해 보려고 해."

"콜! 영상 오면 저도 보내 주세요."

"인마, 근데 너 아까부터 자꾸 옆구리를 만지네. 상처는 괜찮은 거야?"

"예쁘게 꿰맸고 잘 아물었어요."

인욱은 8개월 전에 장물을 가지고 도주하는 산천파 행동 대장을 잡다가 칼로 옆구리를 찔리는 부상을 입었다. 다행히 생명에는 지장이 없었지만, 그는 15cm나 되는 칼이 자신의 복부를 쑤시는 느낌을 생생히 간직해야 했다.

"근데 상처가 아물었다고 끝이 아닌가 봐요."

"…."

"공포요. 그놈이 제 옆구리를 칼로 쑤셔 넣을 때의 느낌이 아직도 생생해요. 어제는 우리 이모가 사과를 깎아 준답시고 옆으로 오는데 오줌 지릴 뻔했잖아요. 이대로 경찰 생활이 가능할지나 모르겠어요. 강력팀에서 계속 일하고 싶은데."

인욱은 이번 조폭 검거로 일 계급 특진했고, 경위 승진을 앞

두고 있었다. 하지만 인욱이 칼 트라우마에 시달리는 것을 안 간부들은 그에게 강력팀이 아닌 다른 부서로 갈 것을 권유했다.

"형, 그래서 말인데….."

"응, 말해 봐."

정우는 이미 그가 할 말을 알고 있다는 듯 담담하게 말했다.

"기억을 지우는 거 말이에요. 저도 그걸 해 보면 어떨까 해서 요. 칼 공포증이 있는 채로 경찰 생활을 할 수는 없잖아요. 제 가 상대하는 그런 놈들은 귀신같이 알아요. 상대가 자기보다 약한지 강한지. 그리고 자기한테 쪼는지 아닌지."

"그래….."

"그게 다예요?"

"그런데 트라우마라는 게 꼭 나쁜 것만은 아니야. 몸이 다시 는 그런 위험한 상황 속에 자신을 두지 말라고 보내는 경고 같 은 거거든. 보호하는 거야, 자신을."

"그렇지만….."

"기억은 지우는 것으로 끝나선 안 돼. 그런 위험한 상황에 또 다시 처하지 않도록 노력하든가, 그런 놈들을 제압할 수 있는 실력을 키워야 해."

"아유, 안 그래도 이번 기회에 아주 철갑을 두른 것처럼 몸을 제대로 만들어 볼 생각이에요."

"다음 주 주말에 병원으로 와."

그는 인욱의 어깨를 툭툭 두드렸다.

＊

정우는 아내가 죽은 후, 교수직을 내려놓고 동네에 작은 병원을 개업했다. 겉으로는 평범한 정신의학과 의원이었지만 그는 트라우마로 고통받는 환자들에게 '기억 삭제술'을 시행하고 있었다.

그가 맨 처음으로 기억을 지운 것은 딸 수아였다. 사고 이후 수아는 계속 잠만 자려고 했고, 깨어 있는 동안에는 극심한 불안 증세를 보였다. 범인은 당시 9살 아이의 입에 무자비하게 청테이프를 둘러 감았다.

수아는 범인과 대면한 유일한 목격자였지만 증언을 할 만한 상태가 아니었다. 아이는 누군가 사건 당시를 떠오르게 하는 말이나 행동을 하면 무조건 귀를 막은 채 몇 시간이고 소리를 질렀다.

'범인을 목격했다고는 하지만 아직 9살 아이에겐 너무 큰 충격이라 아직 제대로 된 대화를 나누는 것은 힘들어요. 범인을 잡는 게 아무리 급해도 아이가 천천히 마음을 추스를 수 있도록 도와야 해요. 그럼 점차 아이도 안정을 찾을 겁니다.'

혜수의 말은 틀렸다. 수아는 사고 이후 반년이 지나도록 말을 하지도, 일상생활로 돌아오지도 못했다. 그는 딸을 위해 뭐라도 해야만 했고, 결국 수술을 감행했다.

뇌에서 기억을 저장하는 곳으로 알려진 시냅스 간의 연결 고리를 약화시켜 기억을 지울 수 있다는 것은 이미 많은 논문을 통해 입증된 사실이었다.

정우의 논문이 높은 평가를 받았던 것은 특정 기억을 떠올렸을 때 활성화되는 시냅스 패턴을 정교하게 파악하는 방법을 알아낸 것과, 미세한 전류의 자극만으로 부작용이 없이 기억을 지울 수 있다는 것을 증명해 냈기 때문이다.

수아의 수술 결과는 성공이었다. 수아는 기억을 지운 지 일주일도 채 되지 않아서 예전의 모습을 되찾았다. 아이는 다시 말을 했고, 웃었고, 노래를 불렀다.

✦

정우는 수아를 시작으로 트라우마로 고통받는 사람들의 기억을 지우기 시작했다. 환자들은 자신이 기억을 지우는 수술을 받았다는 사실조차 기억하지 못했다. 그저 정우의 병원 바로 아래층 내과에서 4시간짜리 비타민 링거를 맞고 일어났다고 여겼다. 정우의 의대 동기이자 친구인 수진의 도움 없이는 불가능한 일이었다.

—똑똑똑.

"형, 저 왔어요."

"들어와."

인욱이 기억을 지우기로 한 주말 저녁이 돌아왔다. 그는 불이 꺼진 접수대를 지나 정우의 진료실로 들어갔다. 정우는 부드러운 미소로 그를 맞으며 따뜻한 차 한 잔을 대접했다.

"인욱아, 내가 곰곰이 생각해 봤는데…. 수술하고 나서 너한테는 '기억을 지운 사실'을 말하는 게 좋을 거 같아. 네가 그 일을 잊었다가 곤란한 상황이 있을 수도 있으니까."

"역시! 형은 제 마음을 읽는 거 같아요. 저도 그 점을 부탁드리려고 했거든요. 제가 잊고 싶은 건 그날의 일이 아니라 느낌이거든요. 그 끔찍한 느낌 말이에요."

인욱이 꿀 생강차가 담긴 머그잔에 입을 댔다. 그의 인중에 따뜻한 김이 올라왔다.

"아우, 매워. 이런 걸 무슨 맛으로 마셔요? 취향 되게 올드하다니까."

"인욱아, 나도 실은 너한테 부탁할 게 있어."

"뭔데요?"

"너한테 기억 삭제술을 하면서 그 기억을 나한테 이식하는 수술을 해 볼까 해."

"기억을 이식한다고요? 그게 가능해요?"

"기억 삭제가 가능한데 이식이라고 못 할 건 없지. 특정 기억을 지우면서 동시에 그 기억을 나에게 이식하는 거야. 실은 오랜 시간 동안 연구해 왔지만 실제로 해 볼 기회가 없었어. 동의를 구해야 하는 부분이라 쉽지가 않았거든. 갑작스럽게 말해서 미안해. 위험하진 않을 거야. 날 믿어도 돼."

"근데, 좋은 기억이 아닌데…. 형이 그 기억을 이식했다가 저처럼 트라우마라도 생기면 어떡해요…."

이 순간에도 인욱은 정우의 걱정을 하고 있었다. 그 점이 정우의 마음 한편을 저릿하게 했다.

"기억 이식이 성공적으로 될지는 아직 확신할 수 없어. 이식되더라도 어떤 강도와 방식으로 나타나는지는 또 구체적으로 알 수 없는 부분이고."

"그럼 오늘부로 알게 되겠네요. 제가 도움이 된다면 좋겠어요."

"그래. 쉬운 결정이 아닐 텐데…. 고맙다."

정우는 한숨인지 헛웃음인지 모를 숨을 짧게 내쉬었다.

"형이 다 생각이 있겠죠. 이런 말 낯간지럽긴 하지만 형도 지수 누나도 저한테는 가족이에요. 가족을 믿지 누굴 믿겠어요."

정우는 기억 삭제술과 함께, 기억 이식술을 준비했다. 과거, 연구에만 매달리던 그때로 돌아간 것처럼 묘한 흥분감이 밀려왔다.

인욱은 두피에 전극을 붙인 뒤 의자에 비스듬히 기대어 앉았다. 그리고 정우의 질문에 대답하며 그때 당시의 상황을 상세히 묘사했다. 스크린에는 뇌 언어 센터인 측두엽에 위치한 개별 뉴런의 발사 패턴이 분석되고 있었다. 미세 전류를 전두엽에 전달해서 특정 기억의 뉴런 패턴을 파악하는 과정이었다.

정우는 인욱이 잠들 수 있도록 수면 마취를 했다. 그리고 자신의 두피에도 전극을 붙이고 바로 옆 의자에 기대앉았다. 이제 버튼을 누르면 그가 연구해 왔던 기억 이식의 결과가 나올 것이다. 정우는 두려움과 흥분 그리고 기대감이 섞인 불순한 감정을 애써 무시했다.

인욱은 깊이 잠이 들었다. 정우는 뇌로 흘러들어 오는 미세한 전류를 느끼며 미간을 찌푸렸다. 송곳으로 뇌를 찌르는 듯한 통증과 어지럼증이 찾아왔지만 못 견딜 만큼은 아니었다.

수술이 모두 끝나고 시간이 제법 흘렀지만 정우에게선 아무런 변화가 없었다.

'결국… 안 되는 건가.'

그는 두피에 붙어 있는 전극을 신경질적으로 떼어 내고 간이 침대로 가서 누웠다. 몸을 일으키자 속이 메슥거렸고, 순간적으로 구역질이 나와 침대 옆에 구토를 했다. 온몸에 있는 물을 쥐어짜듯 모든 것을 게워 낸 정우에게 허탈한 패배감이 밀려왔다.

'역시 실패구나….'

✦

그때였다.

정우는 달리고 있었다.

아니, 정우의 기억 속에서 인욱이 사력을 다해 뛰고 있었다.

잠복하던 인욱과 동료들은 막 목포역에 도착해 차로 이동하려는 조폭의 뒤를 쫓았다. 경찰이 붙었음을 눈치챈 놈들은 세 갈래로 찢어져 주변 골목길로 흩어졌다. 인욱은 작은 슈트 케이스를 들고 있는 산천파 행동 대장을 쫓았다. 신도시가 생기면서 한적해진 시장 골목에는 인적이 없었다. 놈은 나무 가판대와 수레를 정신없이 던지며 도망갔다. 마침내 막다른 곳에 몰린 놈은 주머니에서 칼을 꺼내 들었다.

"너 이 새끼, 그렇게 까불다가 나한테 뒤질 줄 알았다."

놈은 15cm 정도 되는 칼을 사정없이 휘두르면서도 다른 한 손으로는 슈트 케이스를 꽉 잡고 있었다. 인욱은 잠시 뒤로 물러나는 척하면서 몸을 낮춰 그의 정강이를 걷어찼다.

무릎을 꿇고 쓰러진 놈이 칼로 어깨 쪽을 찌르려 하자, 인욱은 놈이 들고 있던 가방을 낚아채 칼을 막았다. 칼이 가죽 가방 가운데에 내리꽂혔다. 인욱이 가로챈 가방을 좌우로 있는 힘껏 휘두르자 가방은 윙윙 소리를 내며 놈의 관자놀이를 치고 날아갔다. 놈은 가방이 튕겨 나가는 순간 인욱의 허벅지를 노렸고, 칼이 옆으로 빗나가면서 인욱의 옆구리를 파고들었다. 날이 바짝 선 예리한 칼이 거침없이 살을 파헤치는 생경하고 소름 끼치는 느낌이 났다.

정우는 아픔을 느끼지는 않았지만 자신의 옆구리를 팔로 감쌌다. 그만큼 생생했다. 검은색 슈트 케이스는 모서리가 벽에 세게 부딪히면서 반으로 쪼개지듯 열렸고, 안에 들어 있던 돈과 보석들이 쏟아져 나왔다.

그때 인욱의 눈에 들어온 귀걸이가 보였다. 한국에 단 석 점만 들어왔다던 명품 귀걸이.

3년 전에 그가 지수에게 선물하려고 샀던 그것이었다.

✦

기억에서 빠져나온 정우는 여전히 속이 메슥거리고 어지러웠지만 그런 건 중요하지 않았다. 그는 마음을 진정시키기 위해 진료실 구석에 있는 세면대에서 찬물로 세수를 했다. 그러고 나서 다시 간이침대에 걸터앉아 생각에 잠겼다.

'기억 이식이 성공했어! 이게 정말 현실에서 가능하다니….'

수술 후 1시간가량이 지난 뒤, 불현듯 기억이 더 떠올랐다. 당사자인 인욱은 잊어버렸을 그날의 날씨, 시장 풍경, 놈의 표정과 몸짓 하나하나까지 마치 자신이 직접 겪은 것처럼 또렷했다.

인욱은 곤히 자고 있었다. 그 옆에서 정우는 꼬박 밤을 새웠다. 몸은 피곤했지만 주체할 수 없는 흥분이 밀려왔고, 아드레날린이 분비되면서 정신은 점점 선명해질 뿐이었다. 하지만 절대 잠들지 않을 것 같았던 정우도 해가 밝아 올 때쯤 쓰러져 잠이 들었다.

"형, 일어나 봐요."

"어? 일어났어? 몸은 좀 괜찮아?"

"우리… 술 마시고 여기서 잔 거예요?"

그가 주위를 두리번거리며 물었다.

정우는 인욱이 범인을 잡다가 칼에 찔린 이야기, 그 트라우마를 지우고 기억을 이식한 이야기 등을 설명했다. 인욱은 그의 말이 믿기 힘들다는 표정을 지으면서도 자기 옆구리에 선명한 칼자국을 보며 놀라는 눈치였다.

"그런데 네 기억 속에서 내가 사건 당일에 지수에게 사 준 귀걸이를 봤어. 한국에 세 개밖에 없는 거라고 했거든. 혹시 그 귀걸이가 내가 산 게 맞는다면….."

"정말요? 그렇다면 그놈이 범인이든가, 그 주변에 범인이 있는 거겠죠."

"응."

정우는 범인에 대한 단서를 찾을 수 있을지도 모른다는, 아니, 어쩌면 범인을 잡을 수 있을지도 모른다는 생각에 숨을 죽였다.

"우선 그 귀걸이가 정말 석 점밖에 없는 건지, 아니면 어디서나 살 수 있는 건지 정확히 확인해야겠어."

곧바로 정우는 인욱과 함께 3년 전에 갔던 백화점 명품관으로 향했다.

"경찰인데요. 뭐 좀 여쭙겠습니다. 이분이 3년 전 여기서 한국에 석 점만 들어왔던 천백만 원 상당의 귀걸이를 구입했다고 하는데, 그 귀걸이가 정말 한국에 단 석 점밖에 없는 건지 확인을 좀 하려고요."

"잠시만요. 점장님께 여쭤봐야 할 거 같은데….."

당황한 직원이 점장을 찾으러 간 사이 정우는 메모지에 기억 나는 대로 귀걸이를 그렸다. 점장은 정우가 그린 그림을 보고 조금만 기다리라며 자리를 비웠다.

"찾으시는 게 이거 맞죠?"

점장이 백화점 조명을 받으며 영롱하게 빛나는 다이아몬드 귀걸이를 들고 물었다.

"맞아요, 제가 산 거. 정말 한국에 세 개밖에 없는 게 확실해 요?"

"네, 확실해요. 한 개는 손님이 샀다고 하셨고, 하나는 한 달 전쯤에 대기업 회장 따님께서 사 가셨어요. 그리고 남은 한 개 는 보시다시피 여기, 아직 안 팔렸고요."

둘은 백화점 푸드 코트 회전 초밥 코너에 나란히 앉아 이야기 를 나눴다. 인욱이 연어 초밥을 입에 넣으며 말했다.

"제가 교도소에 한번 가볼게요."

"그때 일… 기억이 안 날 텐데 괜찮겠어?"

"놈은 절 알아보겠죠. 그때 가지고 있던 물건들은 어디서 났 는지, 장물아비 소재는 아는지 물어봐야겠어요."

"순순히 알려 줄까?"

"아뇨. 그런 행운은 없을 거예요. 그래도 일단 가봐야죠. 그 다음에 작전을 짜 보자고요."

노란색, 파란색 접시에 담긴 초밥만 먹는 인욱 앞에 정우가 검은색 접시를 내려놓았다.

"많이 먹어."

"형, 이거 한 접시에 오천 원인데 감당할 수 있겠어요?"

"참 나! 마음껏 먹어."

"내가 20분 안에 그 말을 후회하게 만들 수 있는데… 이따 계산하면서 울지나 마요."

인욱이 깐죽거리자 정우는 그제야 편안한 미소를 지어 보였다.

✦

"이제 와서 이런 말은 아무 의미 없겠지만 당신을 죽이려던 건 아니야. 다리 쪽에 살짝 상처만 내고 겁을 주려고 했지. 그날 나는 정말 잡히지 않아야만 했거든…."

"그렇군요."

"이렇게까지 될 일은 아니었는데 내 실수 때문에 여기서 세월만 보내게 생겼지."

교도소로 면회를 간 인욱에게 놈은 웬일인지 순순히 사과를 했다. 그의 말은 진심인 듯했다. 그는 누범기간 중에 장물 취득죄에 특수 공무 집행 방해 치상까지 7년 형을 선고 받아 복역 중이었다.

"그때 들고 있던 귀금속들은 어디서 난 거죠?"

"이미 경찰 조사에서 다 말했잖소. 나는 물건을 받아서 구매자에게 가져가는 전달책이었다고."

"그 물건을 판 사람에 대해 더 자세히 말해 줄 수 있나요?"

"장물아비지 누구겠어. 알겠지만 장물아비는 모습을 거의 드러내지 않아. 신상은 알려진 바가 거의 없고, 거래할 때도 대포차에서 물건만 받았어. 얼굴은 가리고 있어서 제대로 보지도 못했다고."

주로 절도범들은 훔친 물건을 처분하려다 단서를 잡히는 경우가 많았다. 하지만 전문적인 장물아비가 그 배후에 있을 때는 장물의 처분이 비밀 조직을 통하여 이루어지기 때문에 단서를 잡기 어려웠다. 그래서 범인들은 믿을 만한 장물아비를 고르는 게 중요했다. 물건을 헐값에 팔더라도 경찰에 꼬리를 잡히지 않을 사람으로.

"그나저나 아드님이 공부를 잘하더라고요."

인욱의 말에 갑자기 놈의 표정이 싹 변했다. 칼을 들고 있을 때보다도 더 위협적인 표정이었다.

"뭐 하자는 거지? 여기서 내 아들 이야기가 왜 나와?"

"아시는지 모르겠지만 최근에 아드님이 소년법상 보호 처분을 받았어요. 교내에서 싸움을 좀 한 모양인데, 평소 공부를 잘하고 행실이 좋았어도 그냥 넘어가진 못한 모양이에요."

인욱의 말에 놈은 놀란 듯 멍한 표정을 지었다.

"몰랐나 보네요. 보호 처분 기록에 첨부된 생활 기록부를 보니까 내신도 좋고, 모의고사 성적도 좋고, 본인의 희망대로 의대도 노려 볼 만하다고 돼 있더군요. 그럼 아드님에게 소년법상 보호 처분을 만회할 만한 봉사나 인턴 같은 다른 기회가 필요하지 않을까요?"

"대체 나한테 왜 그러는 거지? 뭘 알고 싶은 거야?"

그가 고개를 숙이며 쓸쓸한 미소를 지었다.

"어차피 우리 아들은 의대에 못 가. 피 공포증이 있거든. 피만 보면 경기를 일으키고 토하고 그래. 어차피 의사는 못 된다고. 알아들어? 그니까 꺼져. 나한테 뭘 얻고 싶은지는 모르겠지만 내 뒷조사도 그만두고."

면회를 마치고 들어가는 쓸쓸한 놈의 뒷모습은 자녀 일로 근심이 많은 여느 학부모와 다를 게 없었다.

✦

그의 아들이 겨우 9살이 되었을 무렵 일어난 일이었다. 낮이 짧은, 유독 추운 한겨울 저녁이었다.

태권도 학원을 마치고 집으로 온 아이는 집 앞에 수상한 사람이 서성이고 있음을 눈치챘다. 비록 어린아이였지만 아빠가 평범한 사람들과는 달리 험한 일을 하고 있다는 것쯤은 알고 있었다.

아이는 무서운 마음에 아빠에게 전화를 걸었다.

"아빠…. 전화 좀 받아."

"아들? 전화를 왜 이렇게 많이 했어? 아빠가 오늘 아들이 좋아하는 족발 샀지. 다 왔으니까 조금만 기다리면…."

"아빠! 집 앞에 아까부터 이상한 아저씨가 있어. 무서워."

아이가 조심하라고 말했을 땐 이미 늦은 뒤였다. 그는 집 앞에서 기다리고 있던 다른 파의 조직원에게 칼을 맞았다. 그가 비틀거리며 집에 들어왔을 때 아내는 일을 나간 뒤였고, 집에는 어린 아들밖에 없었다.

그의 배 사이로 엄청난 양의 피가 흘러나왔다. 아이는 충격에 반쯤 정신이 나간 상태에서도 침착하게 119에 신고를 하고, 현관문을 열어 두었다. 그리고 고사리같이 작은 두 손으로 쓰러진 아빠의 배를 지혈한다고 누르고 있었다. 아이의 얼굴로 미적지근한 핏물이 튀었다.

그 후 아이는 아버지처럼 살지 않겠다며 미친 듯이 공부를 했지만, 그날에 대한 트라우마는 피할 수 없었는지 피만 보면 정신을 잃었다.

✦

"형, 어때요? 아이의 장래를 위해서도 기억을 지우면 좋을 것 같아요. 그런 가정환경에서 이렇게 크는 게 쉬운 일이 아니잖아요. 기록으로만 봤지만 녀석이 참 대견하더라고요. 처음에는 그저 놈과 협상할 마음으로 이것저것 알아봤는데, 이젠 아이한테도 기회를 주고 싶다는 생각이 드네요."

면회를 다녀온 인욱이 정우에게 말했다.

"아이가 원한다면 트라우마를 치료하고, 또 내가 이전에 일했던 대학병원에서 봉사 활동과 다양한 관련 경험을 할 수 있도록 돕겠다고 말해 봐. 아니, 다음엔 나도 같이 가지."

인욱과 정우가 함께 면회를 가서 아들을 돕겠다고 말했을 때 놈은 눈물을 흘렸다. 특히 아들의 트라우마를 고칠 수 있다는 말이 그의 마음을 움직인 듯했다.

"왜, 어째서 나를 돕겠다고 하는 거지? 나는 당신을 칼로 찔렀고 자칫 죽을 수도 있었다고."

"나는 경찰로서 내 일을 하는 것뿐이에요. 그리고 이분은…."

그때 정우가 그의 앞으로 다가가 말했다.

"나는 내 아내를 죽인 범인을 찾고 있어요. 당신이 갖고 있던 귀걸이가 그 단서가 될 겁니다. 아내가 죽던 날, 내가 아내에게 주려고 산 귀걸이를 놈이 가져갔어요."

"솔직히 말하면 잘 모른다고 했던 말은 거짓말이 아니었어. 이 바닥 사람들은 놈을 털털이라고 불러. 꽤 유명한 장물아비지. 신분도 베일에 철저히 가려져 있어서 우리 같은 놈들은 아예 접근도 못 해. 나야 그저 전달책이었을 뿐이지. 그날도 원래 약속했던 시일보다 일주일 앞서 물건을 가지고 왔더라고. 아직 대금도 준비가 안 됐는데 갑자기 집 앞으로 찾아와서는 물건을 주고 갔어. 워낙 골목이 어두웠고, 모자를 써서 얼굴은 못 봤어."

"뭐야. 그럼 정말 아무것도 모른다는 뜻이에요?"

인욱이 답답하다는 표정으로 물었다. 놈은 맥 빠진 얼굴을 유리 벽에 기대며 한숨을 쉬었다.

"아무튼 고마워요. 장물아비에 대한 정보를 얻든 못 얻든 간에 아드님 일은 제가 도울게요. 아드님에게 저를 아빠의 친구라고 미리 소개해 주세요."

정우는 그의 말을 믿는 수밖에 없었다. 그리고 진심으로 그의 아들을 도울 생각이었다. 어쩌면 자식이 가진 트라우마를 지켜만 봐야 하는 그에게서, 정우는 자신의 모습을 발견했는지도 모른다.

"실은 그날이 우리 와이프 생일이었거든. 아들이 엄마 생일이라고 야자를 빼먹고 일찍 왔더라고. 그래서 내가 그놈이랑 집 앞에 있는 것을 봤소. 어쩌면 얼굴을 봤을지도 몰라. 한번 물어볼 수는 있겠지. 휴…. 그런데 아들 이야기를 하는 게 영 꺼림칙해서 말을 안 한 거야."

"그렇군요. 말해 줘서 고마워요."

면회를 마치고 나온 인욱과 정우는 약속이나 한 듯이 서로의 눈을 피했다. 같은 생각을 한 것이다. 아들의 기억 속에 증거가 될 만한 것이 있다는 것. 아이의 기억을 지우면서 동시에 그날의 기억을 이식하면 될 일이었다.

하지만 두 사람은 아무 말도 할 수 없었다. 정우는 털털이를 찾을 수 있다는 생각에 정신이 번쩍 들다가도 '이래도 되는 걸까.' 하는 어쭙잖은 망설임이 들었다. 하지만 결국 그는 해야만 했다. 아니, 그는 하고야 말 것이다.

소득을 얻고도 기운 없이 축 처진 어깨로 집에 들어온 정우는, 불도 켜지 않고 소파에 앉아 수아에게 전화를 걸었다.

"수아야, 할머니랑 저녁 잘 먹었어? 내일은 아빠랑 수아가 좋아하는 왕돈가스 먹으러 갈까?"

수아는 왕돈가스라는 말에 '좋아!'를 네다섯 번쯤 외쳤다. 수아에게 잘 자라며 굿나잇 인사를 건넬 때쯤 문자 메시지가 왔다.

[한정우 님이 요청하신 영상 복원이 완료됐습니다. 메일(hanjungwoo xxxx@naver.com)로 고화질 복원이 완료된 영상을 보냈으니 확인 바랍니다. AI를 활용한 영상 복원 업체 제이피랩을 이용해 주셔서 감사합니다. 문의 02-704-5xx0 담당자 김지윤]

"왔다!"

그가 기다리던 CCTV 영상이 도착했다. 워낙 저화질이다보니, 빠르게 지나간 행인 중에는 누군지 특정도 못 하고 넘어간 사람들이 많았다.

'이 중에 범인이 있어….'

그는 떨리는 마음으로 복원된 영상을 확인했다. 한참을 보다 보니 저화질 화면에서는 보지 못했던 인물이 눈에 들어왔다.

'어? 장모님인가?'

지수는 장모님과 판박이였다. 어딜 가든 엄마 딸이라고 얼굴에 쓰여 있다는 얘기를 들을 정도였다. 언젠가 한 번은 지수가 이렇게 말했다.

"내가 엄마를 많이 닮긴 했는데 진짜 닮은 사람이 또 있어."

"누군데?"

"우리 이모. 이상하게 엄마보다 이모랑 훨씬 생긴 게 닮았어."

지수는 은연중에 '생긴 게' 닮았다고 강조했다. 다른 점들은 닮지 않았다고 말하고 싶었을 것이다.

"엄마가 그랬어. 이모는 돈이면 뭐든지 할 사람이라고. 사람이 죽고 사는 일까지도."

정우는 늦은 시간이었지만 장모님께 영상 캡처 사진을 전송하고 전화를 걸었다.

"장모님, 늦게 죄송해요. 급히 여쭤볼 게 있어서요. 방금 사진 하나를 보냈는데 이거 지수 이모 맞죠?"

"응, 맞는 거 같아. 근데 이 사진은 대체 뭐야?"

"3년 전 사건 당일 오피스텔 로비 CCTV 영상이에요."

"걔가 왜? 어떻게 거기 갔지? 지수 연락처나 주소도 모를 텐데…. 연락 끊긴 지가 오래거든."

"이모님 연락처를 알 수 있을까요?"

"잠시만 기다려 봐. 몇 년 전에 뜬금없이 화해하자면서 날 찾아온 적이 있었어. 그때 연락처를 두고 갔는데…."

＋

정우는 약속 시각보다 먼저 도착해 지수의 이모를 기다리고 있었다. 그가 따듯한 아메리카노를 거의 다 마실 때쯤 그녀가 도착했다. 그녀는 큰 보폭으로 성큼성큼 정우에게 다가왔다.

"결혼식 이후로 처음 보네요?"

"안녕하세요. 지수 남편 한정우라고 합니다."

"무슨 일로 날 다 보자고 한 거예요?"

인사치레는 사치같이 느껴진 정우는 바로 본론으로 들어갔다.

"3년 전 사건 아시죠? 혹시 그날 지수를 만나셨어요?"

"응, 만났어."

"어디서요?"

"집에서."

"그럴 리가 없을 텐데요. 왜 거짓말을 하시는 거죠?"

"무슨 근거로 거짓말이라고 단정하지? 내가 왜 거짓말을 하겠어."

"그날 엘리베이터 CCTV에 이모님은 찍히지 않았으니까요."

"그야 나는 운동할 겸 해서 계단으로 갔으니까. 웬만하면 나는 엘리베이터를 안 타."

정우는 그제야 이모의 옷차림을 살폈다. 슬랙스형 등산 바지에 통풍이 좋은 긴팔 면티를 입고 있었고, 가방에는 텀블러가 들어 있었다. 아웃도어 시장이 한풀 꺾이면서 새로 론칭한 캐

주얼 브랜드에서 샀을 법한 옷이었다. 나이에 비해 군살 없는 근육질의 몸매까지, 이모의 말이 사실일지도 몰랐다.

"지수 집 주소는 어떻게 아셨어요?"

"우연히 만났어. 이제 와서 이런 말 하는 게 좀 유감이지만…."

"말씀하세요."

이모가 뜸을 들이자 정우가 채근하며 말했다.

"지수, 만나는 남자가 있었어."

"만나는 남자라니요?"

"내 눈에는 자네가 백번 낫지만, 그거야 살아 봐야 아는 거고. 말 그대로야. 만나는 남자가 있었다고."

"그게 무슨 말도 안 되는…."

정우는 예상치 못했던 이모의 말에 당혹감을 숨기지 못했다.

"내가 지수를 어떻게 만났냐고 물어봤지? 우연히 카페에서 만났어. 어떤 남자랑 같이 있었는데 나를 보더니 엄청 놀라더라고. 무슨 나쁜 짓을 하다가 들킨 고등학생처럼."

"카페서 단지 이야기를 나눴을 뿐인데 지레짐작해서 말씀하시는 거 아니에요? 별 사이 아니었을 거예요."

"글쎄, 내가 촉이 좀 좋아. 진지한 관계까지는 아닌 것 같았지만 최소한 뭔가 진행 중인 것은 분명해 보였어."

"후…."

정우는 화를 누그러뜨리며 한숨을 내쉬었다. 별것도 아닌 일로 지수를 매도하는 것이 자못 불쾌했다.

"그날 지수는 왜 만난 거죠? 사고 당일 오전에 말이에요."

"내가 오랜만에 얼굴이나 보려고 연락했어. 안 본 지가 거의 6~7년 됐었거든. 지수가 카페에서 만나자고 했는데 내가 집으로 간다고 고집을 부렸지. 지수가 어떻게 살고 있는지 궁금해서."

"몇 시쯤 만났죠? 만나서 뭐 하셨어요?"

"오전 11시쯤 가서 1시간 정도. 이런저런 사는 얘기 하고 왔어."

그녀는 취조당하는 기분에 언짢아진 듯 보였지만 대답을 이어 갔다.

"지수가 점심도 안 차려드리고 그냥 보냈다고요?"

정우는 지수가 점심시간 즈음 온 이모를 그냥 보낼 리 없다는 사실을 잘 알고 있었다. 누구든 사람을 진심으로 정성껏 대하는 그녀였기 때문이다.

"흠…. 그래. 내가 돈을 좀 꿔 달라고 했어. 단칼에 싫다고 하더군. 엄마가, 그러니까 내 언니가 나랑은 절대 금전 거래를 하지 말라고 했대. 솔직히 너무 어이없고 화가 났어. 내가 지를 키우다시피 하면서 얼마나 예뻐했는데. 배은망덕하잖아. 남편도 잘나가는 교수에 집에 돈도 많으면서 말이야."

"그래서요?"

"그래서 그냥 나왔지. 뭐라더라? 꿔 주는 거 말고 그냥 줄 수 있는 선에서 남편이랑 상의해 보고 연락 주겠다더라. 내가 치사하고 더러워서 됐다고 그랬어. 내가 뭐 동냥하러 온 줄 아나. 나는 떳떳하게 사업 자금 빌리려고 한 거야. 이자까지 정확히 쳐서 갚을 생각이었고."

두 사람은 격앙된 감정을 가라앉히며 잠시 말없이 차를 마셨다.

"그 남자를 만났다던 커피숍은 어디였어요?"

"왜? 별 사이 아닐 거라더니 이제 좀 의심스러워?"

"그건 아니지만…. 아직도 지수 죽인 범인 못 찾은 거 아시죠? 저는 모든 가능성을 열어 두는 거예요. 범인 잡을 때까지 포기 안 해요. 뭐라도 할 거예요."

"과 동기라고 하던데? 그 남자가 일하는 회사 1층 건물이었어. 자기도 우연히 만났다고 하더라."

"과 동기면 대학교 친구라는 건데. 그 회사가 어디예요?"

"한세 로펌? 이었던가. 거기 회사 1층에 큰 커피숍이 있거든. 물어보지도 않았는데 나한테 변명처럼 이 말 저 말 쏟아 내면서 말하더라고. 그때 의심했지. 둘 사이에 뭔가 있나 보다."

"삼성역 근처에 있는 회사잖아요. 오가며 본 적 있어요."

"주변에서 그 남자더러 조 변호사라고 하던데? 관상이 영 별로였어. 안경을 썼는데 눈매가 매서웠던 것 같아. 아무튼 고맙지 않아? 어차피 그 남자 찾을 생각이잖아."

"네."

"지수 말이야. 나도 마지막으로 안 좋게 헤어지고는 그런 일이 생겨서 충격이었어. 끔찍한 일이잖아. 한동안 믿기지 않더라고. 언니가 형부랑 이혼하고 지수 혼자서 키울 때 내가 온종일 돌보고 그랬거든. 그때 생각이 많이 나더라. 지수 어렸을 때 말이야."

"이혼이라뇨? 지수 아버지는 지수가 태어나기도 전에 돌아가셨다고 했는데."

"누가 그래? 지수가? 우리 언니가? 거봐. 내가 이렇게 거짓말 잘하게 생겼어도 정작 나 같은 사람은 거짓말 잘 안 해. 알아들어? 지수 아빠는 버젓이 살아 있어. 남처럼 지낼 뿐이지. 그냥 죽은 사람 치고 싶었을 수도 있지. 갓 태어난 지수를 두고 딴 살림 차린 사람이니까."

정우는 충격에 할 말을 잃었다.

"딸이랑 아내에게 그런 짓을 해 놓고도 자기변명에 사로잡혀서 떳떳하게 잘만 사는, 그런 부류였어."

집으로 돌아온 정우는 소파에 앉아 생각에 잠겼다. 이모를 만난 후 집으로 어떻게 돌아온지도 모를 만큼 정신이 없었다.

'나는 지수에 대해 얼마나 몰랐던 걸까?'

질문이 틀렸다.

'나는 지수에 대해 얼마나 알았던 걸까?'

그는 지수가 그리웠다. 연구를 핑계 삼아 그녀에게 소홀했던 시간이 한으로 남았다. 그녀가 돌아온다면 그는 기꺼이 이제까지 이룬 모든 것을 버리고, 앞으로 이룰 모든 것도 버릴 수 있었다. 정우는 지수를 처음 만난 순간을 떠올리며 잠시 눈을 감았다. 미소를 머금은 입가 사이로 눈물이 고였다.

그때 인욱에게서 전화가 왔다.

"형, 재우 학생 데리고 병원에 다 왔어요."

오늘이었다. 인욱을 찌르고 교도소에 갇혀 있는 놈의 이름은 김학재였다. 김학재의 아들 김재우 군의 기억을 지우고, 그 기억 속에 있는 장물아비를 찾을 것이다. 범인을 가리키는 신의 손가락질처럼 모든 것이 운명처럼 맞아떨어졌다.

재우는 키가 크고 말랐지만 어깨는 넓은, 마치 농구 선수 같은 체형을 가지고 있었다. 동그란 안경 속으로 정우의 시선을 피하며 낯설어하는 선한 눈빛이 보였다.

"왔니? 반갑다. 나는 한정우라고 해. 네 아버지 친구야."

"아버지한테 이런 친구분이 있을 줄은 몰랐는데요."

"누가 뭐래도 네 아버지는 나한테 고마운 사람이야. 힘들 때 나를 도와줬거든."

"…"

"꿈이 의사라면서. 그래서 아버지가 나한테 부탁한 거야. 내가 조금이라도 도움을 줄 수 있는 일이 있을까 해서."

"그런 거 없어요. 엄마가 너무 고생하셔서…. 전 빨리 대학 가서 돈 벌어야 해요."

"트라우마가 있다고 들었어. 피를 보면 공포를 느낀다고 하던데⋯. 맞니?"

아이는 대답 없이 떨리는 시선을 땅에 고정했다. 그의 질문이 치욕적이라고 생각하는 것 같았다.

"물론 네가 오늘 처음 만난 나를 바로 믿을 수는 없겠지만⋯ 내 딸도 너처럼 트라우마가 있었어. 누군가 우리 집에 침입해 나를 둔기로 때려서 기절시키고, 9살이었던 내 딸의 입을 청테이프로 감고 아내를 죽였거든. 딸이 범인을 목격한 유일한 목격자였어."

재우는 천천히 고개를 들어 정우를 바라보았다. 이야기만으로 겁에 질린 표정이었다.

"다행히 지금은 잘 지내. 내가 이쪽 방면에는 그래도 나름 눈에 띄는 성과가 있는 의사거든. 딸의 트라우마를 고쳤던 것처럼 네가 겪었던 그날의 트라우마도 치료해 보려고 해. 날 믿어보겠니?"

"네⋯."

아이는 고개를 끄덕이며 작게 대답했다.

"형, 우리 일단 뭐 좀 먹고 해요. 배가 너무 고프다. 우리 치킨 시켜 먹을까요?"

"저기 재우 학생, 저번에 얘랑 회전 초밥 가게에 갔는데 어땠는지 알아? 초밥이 회전할 틈도 없이 다 먹어 치우는 거야. 뭔 진공청소기도 아니고 내가 동네 창피해서. 다른 손님들이 얘

때문에 하나도 못 먹었어. 초밥을 만드는 사람이 얘가 먹는 속도를 못 쫓아오는 거야."

"맘껏 먹으라면서요."

"아무리 그래도 그렇지. 어우! 사람이 아니야."

"그래서 치킨 몇 마리 시킬 건데요? 사람 입이 세 개니까 가볍게 대여섯 마리 정도는 시켜야 할 것 같은데…."

"대여섯? 야! 그걸 누가 다 먹어. 학생은 어때? 다섯 마리는 너무 많지?"

"좋아요. 저도 한 마리 반은 먹어서요."

"성장기 청소년한테 두 마리는 기본이죠. 뭘 몰라도 너무 모르네."

재우는 두 사람의 실랑이에 긴장이 풀렸는지 그제야 웃어 보였다. 그렇게 셋은 치킨 다섯 마리를 한 조각도 남김없이 먹어 치웠다.

"자, 이제 밥도 다 먹었으니 시작해 보자고."

재우는 의자에 기대앉아 헬멧같이 생긴 기계에 머리를 놓고, 몇 개의 전극을 붙이고 있었다. 스크린에 활성화된 재우의 두뇌 모습이 보였다.

"우선 간단한 질문을 좀 해 볼게. 어제저녁엔 뭘 먹었니?"

"편의점에서 컵라면이랑 삼각김밥 먹었어요."

"지난 주말엔 뭐 했어?"

이런저런 질문 끝에 정우는 내내 입속을 맴돌았던 질문을 던졌다.

"그럼 올해 어머니 생신에는 뭘 했는지 말해 줄래?"

"학교 수업을 마치고 화장품 가게에 들러서 엄마 생신 선물을 샀어요. 집 앞에서 아빠가 친구분이랑 있는 걸 보고 저는 집으로 들어왔고요. 저녁엔 생일 파티를 하고 잠들었죠."

재우는 그날 장물아비를 본 게 분명했다. 그의 말을 듣고 있던 정우의 눈빛이 번뜩였다.

곧이어 재우는 수면 마취를 하고 잠이 들었다. 인욱은 부드러운 손수건으로 아이의 촉촉해진 눈가와 이마의 땀을 닦으며 이제 악몽 같은 기억은 떨쳐 버리길 진심으로 바랐다.

기억 제거와 이식술을 마친 정우가 피곤이 몰려오는지 눈을 감고 벽에 등을 기댔다. 얼마쯤인가 지나자 재우의 기억이 꿈의 잔상처럼 피어오르기 시작했다.

✦

낮이 짧은, 유독 추운 겨울 저녁이었다. 재우는 학교를 마치고 집으로 가는 도중에 동네 화장품 가게에 들렀다. 쭈뼛거리는 재우에게 직원이 친절한 목소리로 물었다.

"학생, 뭐 찾는 거 있어요?"

"엄마 생신 선물을 사려고 하는데요."

그는 전날 저녁에 엄마의 화장대를 살폈다. 엄마가 쓰는 화장품이 뭔지 알아보려던 참이었는데 이상하게 다 빈 병이었다.

"뭐야. 다 쓴 거잖아."

화장대 옆에 놓인 작은 쓰레기통에는 화장품 샘플이 뜯겨 있었다. 화장품도 못 살 만큼 빠듯한 형편은 아니었지만, 엄마는 공부 잘하는 아들에게 언제 돈이 필요할지 모른다는 생각에 아끼는 것이 습관이 된 듯했다.

재우는 저가 브랜드이긴 했지만 스킨과 로션, 에센스까지 세트로 된 제품을 사서 집으로 향했다. '이제 엄마 화장대에 빈 화장품은 다 치워야지.'라고 생각하면서.

재우는 집 앞 골목을 지나고 있었다. 그때였다.

저만치서 아빠가 보였는데 그 앞으로 키는 작지만 체격이 좋은 남자가 빠른 걸음으로 다가가고 있었다. 재우는 순간적으로 온몸이 경직되면서 그 자리에 얼어붙었다. 9살 때 집 근처를 서성였던, 아빠를 칼로 찔렀던 남자의 모습이 겹쳐 보였던 탓이었다. 당장이라도 그가 점퍼 안에서 날카로운 칼을 꺼내 아빠에게 휘두를 것만 같았다. 눈앞의 장면이 갑자기 슬로우 모션처럼 천천히 진행되었다.

"어? 어?"

사정없이 떨리는 손으로 112에 신고를 하려고 했지만, 손에 힘이 풀리면서 휴대전화를 떨어뜨렸다. 갑자기 몰려오는 공포와 마주하자 목소리도 잘 나오지 않았다.

"압… 아, 빠….."

재우는 쥐가 난 듯 떨어지지 않는 발걸음을 힘겹게 뗐다. 수상한 남자가 아빠의 앞에 도달하기 전에 혼신의 힘을 다해 소리를 질렀다.

"아빠!"

그때 아빠와 모자를 푹 눌러쓴 남자가 동시에 뒤를 돌아 재우를 바라보았다.

"어? 아들! 아빠가 친구랑 볼일이 좀 있어서. 먼저 들어가 있어. 아빠도 금방 갈게."

"아….."

아빠는 남자가 타고 온 것으로 보이는 차 안으로 들어갔다.

재우는 집에 들어가자마자 다리에 힘이 풀렸는지 바닥에 무릎을 꿇고 주저앉았다. 방에 들어간 그는 이불 속에 고개를 묻고 한동안 울부짖었다. 입에서 침이 마구 흘러나왔다. 그때 집에 들어온 엄마가 아들의 모습을 보고 놀란 얼굴로 끌어안았다.

"왜 그래? 무슨 일 있어? 또 그 기억 때문이야?"

"미안해, 엄마. 엄마 생일인데 이런 모습 보여서."

아이처럼 엉엉 우는 아들을 안고 둘은 한참 동안 눈물을 흘렸다. 재우가 가방 속에 넣어 둔 엄마의 선물을 꺼냈다.

"이거 엄마 선물이야."

두 사람이 어느 정도 안정을 찾았을 때쯤 아빠가 들어왔다.

"왜들 그래? 뭔 일 있어?"

"아니, 우리 아들이 내 선물을 사 왔네."

"난 또 뭐라고. 그게 그렇게 감동이야? 허허헛!"

그는 멋쩍게 웃으면서 케이크 상자를 내밀었다.

"우리 촛불 켜자."

케이크 앞에 둘러앉은 재우와 엄마에게 아빠가 말했다.

"여보, 그리고 재우야. 나 이제 손 털 거야. 저기 지방에 카센 터 열고 새 삶을 살 거야. 나 때문에 그동안 너랑 엄마랑 마음 졸이면서 산 거 알아. 우리 똑똑한 아들 보면서 내가 늘 부끄러 웠다. 적어도 아들의 앞길을 막는 아빠는 되지 말자고 생각했 어. 이게 내 생일 선물이야."

그는 이번 일을 마지막으로 모든 것을 정리하고 지방으로 내 려가 새 삶을 꾸릴 생각이었다.

✦

인욱이 기억에 잠긴 정우에게 물었다.

"형, 뭐가 좀 기억이 나요? 그놈 얼굴이요."

정우가 나지막한 목소리로 말했다.

"아니."

아빠는 몰랐지만, 그날 재우는 또 한 번 트라우마와 맞닥뜨 렸다. 재우는 공포 때문에 남자의 얼굴을 제대로 보지 못했다. 정우가 떠올린 남자의 얼굴은 알아볼 수 없도록 하얗게 뭉개져 있었다. 그게 다였다.

"휴…. 그랬군요."

정우의 말을 들은 인욱이 실망한 기색을 감추지 못했다.

"서울 다30 5061."

"네?"

"그놈 차 번호. 그건 기억이 난다."

정우가 착잡한 표정으로 메모지에 차 번호를 적었다.

"대포차라 추적도 어렵고, 진즉에 처분했을 가능성이 커요."

"그렇겠지."

근접했다고 생각했지만 다시금 모든 게 허투루 돌아갔다.

지수는 늘 정우의 연구 주제에 의문을 던졌다.

'정우야, 과거를 지우는 건 눈속임이야. 그렇다고 없던 일이
되는 것도 아니잖아. 그냥 바보가 되는 거라고.'

'그래, 어쩌면 네 말이 맞을지도 모르지. 하지만 바보가 되더
라도 일단 사는 게 먼저인 사람도 있어. 기억이라는 게 현재를
잡아먹는 괴물 같은 거야. 끊임없이 그 기억 속으로 소환해서
결국은 현재를 살 수 없게 만들거든. 몸뚱이만 현재에 있지 내
정신은 늘 고통받던 그 순간에 머물게 해. 떨쳐 내려고 하면 할
수록 더 정신없이 달라붙는 그런 거머리 같은 놈이니까.'

'맞아, 그래서 망각은 신의 축복이라고도 하지. 근데 말이야.
그 말은 망각이 신의 영역이라는 뜻도 되지 않을까? 네가 누군

가의 기억에 손을 대는 게 정말 그 사람을 돕는 거라고 확신할 수 있어?'

'…'

'만약에 네가 누군가의 기억을 지운다면 그건 기회를 뺏는 걸지도 몰라.'

'무슨 기회?'

'스스로 그 기억을 떠나보낼 기회.'

'사람은 기억을 이길 수 없어. 기억과 싸울수록 점점 더 뇌에 인이 박히거든.'

'그럼 기억 이식은? 기억은 한 사람의 지극히 개인적이고 주관적인 경험이자 해석이야. 그것을 타인에게 온전히 옮길 수 있다고 생각하는 것도 어쩌면 착각이지 않을까?'

동네 허름한 교회의 텅 빈 예배당에 정우가 축 처진 어깨를 하고 앉아 있었다. 재우의 기억 속에서 단서를 찾을 수 있을 거라는 기대가 무너지자, 심연에 자신을 지탱하던 무언가가 부러진 듯한 느낌이 들었다.

남의 머릿속을 들여다보려는 자신을 과연 신이 용서할까. 그는 잠시 눈을 감고 기도했다.

'주님, 저는 회개하고도 멈출 수가 없어요. 계속해서 죄를 지으며 앞으로 나아가야만 진실을 찾을 수 있어요. 그 죄의 끝에서 저는 과연 어떤 진실을 보게 될까요. 주님이 이런 저의 모습을 보시고도 진실을 허락할까요.'

정우가 비에 젖어 축축해진 땅을 밟으며 교회를 나오는데, 오랜 친구이자 딸의 주치의인 혜수에게 전화가 걸려 왔다.

"혜수야, 무슨 일이야?"

"너 시간 괜찮으면 오랜만에 같이 차나 한잔할까 하고. 할 말도 있고."

"난 그 할 말 있다는 말이 제일 무섭더라. 혹시 우리 수아랑 관련된 얘기야?"

"응. 자세한 건 이따 만나서 이야기해. 너무 걱정하지는 말고."

정우에게 혜수는 참 고마운 사람이었다. 그날의 사건 이후 정우가 나흘 동안 의식을 차리지 못했을 때 수아의 보호자이자 주치의 역할을 했던 것도 혜수였다. 3년째 수아의 상담을 해 왔고, 최근에는 한 달에 한 번 정도 상담을 진행하고 있었다.

카페에 먼저 와서 따뜻한 자몽티를 마시며 기다리고 있던 혜수가 정우를 보자 반가운 듯 손을 들었다. 찰랑거리는 단발머리에 뽀얀 피부, 그리고 도톰한 코랄빛 입술이 그녀를 더욱 매력적으로 보이게 했다.

그녀가 정우에게 크레파스로 그린 그림 한 장을 내밀며 말했다.

"어제 상담하면서 수아가 그린 건데, 내가 엄마를 그려 보라고 했거든."

정우는 그림을 보자마자 심장 박동이 빨라지면서 순간적으로 시야가 어두워졌다. 커다란 두 날개를 달고 있는 여자가 절벽 위에서 떨어지는 그림이었다.

"말도 안 돼."

"그지? 이상한 거 맞지? 아무래도 뭔가를 기억해 낸 게 아닌가 싶어."

정우는 기억을 지운 수아에게 엄마는 아파서 돌아가셨다고 설명했다. 그런데 수아가 그렸다는 이 그림은 대체 뭐란 말인가. 아무것도 기억하지 못하는 아이가 그렸다고는 도무지 믿기 어려웠다. 마치 비극적으로 죽게 된 엄마를 곱게 보내 주려는 아이의 마음이 담겨 있는 것만 같았다.

"수아가 그린 절벽 말인데, 꼭…."

"맞아, 우리 집. 우리 오피스텔 같아."

"아무리 날개를 달았다고 해도 이건 분명히 추락하는 모습이잖아. 나도 그림 보고 너무 놀라서 물어보고 싶은 게 많았는데 그냥 잘 그렸다고 칭찬만 했어."

"상담 중에는 어때 보였어? 난 딱히 달라진 건 못 느꼈거든."

"나도 그래. 여전히 밝고 잘 웃는 수아였지."

정우는 당시 뇌를 포함해 신체적으로 미성숙한 수아를 수술하는 것에 큰 부담을 느꼈다. 그는 필요한 것보다 훨씬 적은 양의 전류로 수술을 했다. 수술의 성공보다도 부작용을 방지하는 게 더 중요했다.

큰 기대는 없었지만 수술 후 예전 모습을 찾은 수아를 보면서 수술이 성공했다는 것을 알았다. 수아의 기억을 이식했다면 어뗐을까 생각해 보지 않은 건 아니었다. 다만 정우는 수아에게 더 이상의 리스크를 감당하게 할 자신이 없었다.

"어쩌면 그때 기억이 완전히 지워지기보다 시냅스 간 연결 고리를 약화하는 방식으로 된 거 같아. 그래서 꿈인지 현실인지 구분이 모호한, 흐릿한 기억으로 남은 게 아닐까. 그 기억에 대한 감정적인 반응도 무뎌진 거고. 그렇게밖에는 설명이 되질 않아."

정우는 수아가 끔찍한 기억을 떠올리지 않았으면 하는 마음과 동시에 수아가 직접 범인을 지목해 준다면 얼마나 좋을까 하는 양면적인 마음이 들었다.

"괜찮은 거야? 너 지금 아슬아슬하고 위태로워 보여."

그녀가 조심스럽게 그의 어깨를 두드렸다.

"요즘 잠을 좀 못 자서 그런가? 별거 아니야. 걱정하지 마."

순간 정우는 자신의 마음을 들여다보는 것 같은 그녀에게 모든 것을 털어놓고 싶다는 마음을 주체하기 힘들었다. 그는 마음이 약해지기 전에 서둘러 자리를 떴다.

혜수와 헤어지고 집으로 돌아가는 길, 그는 차 안에서 푸념처럼 혼잣말을 했다.

"지수야, 내가 어떻게 하면 좋을까. 좀 도와줘. 너무 보고 싶어."

그녀를 떠올리자 억눌렸던 감정의 봇물이 터져 나왔다. 그는 갓길에 주차한 뒤 격해진 감정을 추슬렀다. 스트레스성 위경련인지 명치 부위가 비틀어지고 타들어 가는 듯한 통증이 느껴졌다.

그때 문득 이모님의 말이 떠올랐다.

'지수, 만나는 남자가 있었어.'

이모는 틀렸다. 정우는 지수를 믿었다. 그녀가 자신을 두고 다른 남자를 만나는 일은 상상해 본 적도 없었다. 다만 그날 지수가 왜 그를 만났는지에 대한 궁금증은 여전히 남았다.

정우는 거의 집 앞까지 도착했지만 급히 유턴을 했다. 행선지를 바꾼 것이다. 그녀가 사무치게 그리웠지만, 지금으로썬 그녀의 행적을 좇는 것밖에 할 수 없었다.

평일 저녁 9시. 지금 가봐야 그를 만날 수 있다는 보장도 없었지만, 그저 무언가에 이끌리듯 한세 로펌으로 향했다. 지수가 그를 처음 만났다던 1층 커피숍에 가볼 생각이었다.

정우는 이모가 말한 그 남자에 대해 알고 있었다. 대단한 조사가 필요한 것도 아니었다. 한세 로펌 홈페이지에 들어가 보니 성이 조 씨인 변호사는 1명뿐이었다. 커다란 프로필 사진과 함께 간단한 이력이 나왔다.

"조민재"
T: 02.6003.7xx2
E: jmj@han-se.com
업무 분야 : 형사 소송, 건설 및 부동산 소송, 가사 분야, 소송 일반, 상사 중재.

사진 속에 그는 무테안경을 쓰고, 남색 슈트를 입고 있었다. 큰 키에 군살 없는 몸매가 도드라졌다.

정우는 1층 커피숍으로 가기 위해 지하 주차장에 차를 주차하고 시동을 껐다. 그때 마침 맞은편에 주차된 빨간색 포르쉐 차량을 타고 있는 한 남자가 보였다.

"어? 저 사람."

조민재, 그 사람이었다. 홈페이지에 게재된 프로필에서 튀어나온 듯 그 모습 그대로였다. 로펌 소속 변호사들을 모두 파악해 둔 덕분에, 지금 눈앞의 사람이 조 변호사라는 것을 확신할 수 있었다.

정우는 다시 차에 시동을 걸었다. 정신을 차렸을 때는 이미 그의 차를 쫓고 있었다. 이 시간에 집 아니면 어딜 가겠어, 싶었지만 여기서 관둘 수는 없었다. 빨간색 포르쉐가 청담동 골목길로 들어갔다. 어느 바(bar) 앞에서 만취해 몸을 잘 못 가누는 여자가 발렛 요원으로 보이는 사람의 부축을 받고 서 있었다. 차는 천천히 속도를 줄여 그 여자 앞에 섰다. 여자는 비틀거리며 차 안으로 들어갔고, 운전석에 있던 남자는 딱히 나와서 에스코트를 하진 않았다.

그의 차는 어디론가 속도를 내서 가고 있었다. 벌써 그를 쫓은 지 한 시간가량이 되었다. 정우는 자신이 어쩌자고 그의 뒤를 밟고 있는지 난감한 마음이 들었지만 차의 행적이 어쩐지 수상하기도 했다. 인적이 드문 한강 변. 정우는 서울에 평생 살면서도 한강 근처에 이렇게 방치된 곳이 있는 줄은 몰랐다. 정우는 멀찌감치 떨어진 곳에서 조 변호사의 차를 지켜보았다. 선팅이 짙게 된 창문 안으로는 아무것도 보이지 않았다. 괜한 짓을 했지 싶어 답답한 마음에 정우는 창문을 내렸다. 습하고 스산한 밤공기가 볼에 닿았다.

그때였다. 작지만 여자의 비명 소리 같은 게 들렸다. 정우는 숨을 죽이고 모든 신경을 귀에 집중했다. 자신이 뭔가 잘못 들은 걸지도 몰랐다. 고양이나 벌레 혹은 강바람 소리였을 수도 있으니.

다시 한번 더. 짧지만 분명히 여자의 비명 소리였다. 정우는 조심스럽게 휴대전화를 챙겨 차에서 내렸다. 그리고 천천히 주차된 포르쉐 쪽으로 발걸음을 옮겼다. 발목에 제멋대로 자란 잡초들이 쓸리는 느낌이 났다. 차량 바로 근처까지 가자 차가 미세하게 덜컹거리고 있는 게 보였다. 또다시 들리는 짧고 날카로운 소리에 정우는 망설이지 않고 차 문을 두드렸다.

차 안이 금세 고요해지더니 창문이 내려갔다.

"당신 뭐야?"

남자가 짜증 섞인 목소리로 말했다.

"괜찮아요?"

정우가 그를 무시하고 옆 좌석에 있는 여자에게 물었다.

"경찰이야? 남이사 애인이랑 차에서 뭘 하든 무슨 상관이야? 짜증 나게 진짜."

차 안에서 들리는 여자의 앙칼진 목소리가 고막을 찔렀다. 그제야 정우는 자신이 상황을 완전히 잘못 짚었다는 것을 깨달았다.

"죄송합니다."

그는 급히 사과하고 빠르게 발걸음을 돌렸다.

뒤이어 차 문이 열리는 소리가 들리더니 남자가 정우의 뒤를 급히 쫓았다.

"당신! 거기 좀 서 봐."

정우는 잠시 그의 말을 무시하고 자신의 차가 주차된 곳으로 계속 걸을까 생각했지만 이내 발걸음을 멈췄다. 조 변호사가 그의 바로 앞에 와서 섰다.

"누군데 내 뒤를 밟아!"

그가 하던 말을 멈추더니 미간을 찌푸리며 한 손으로 안경을 올렸다.

"당신, 지수 남편이잖아. 맞지? 당신이 왜 여기에 있는 거지?"

그는 정우를 단번에 알아보았다. 상황은 역전되었고, 당황스러운 것은 조 변호사가 아니라 정우 쪽이었다.

"죄송해요. 그게… 방금은 제가 상황을 좀 오해해서…."

"아니, 당신이 왜 내 뒤를 밟은 거냐고 묻잖아."

"제 지인이 당신과 지수가 만나는 것을 봤다고 하더군요. 나는 지수한테 당신 같은 친구가 있는 줄 몰랐어요. 그래서 궁금하던 중에 로펌 주차장에서 당신을 우연히 봤고, 어쩌다 보니

따라오게 됐어요. 이제 됐습니까?"

"어이가 없네…. 지금 날 의심하는 거야? 내가 지수를 죽이기라도 했다고? 지수는 당신이 죽인 거 아니었어?"

매서운 눈빛을 한 조 변호사가 조소하며 말했다.

"왜, 영화나 드라마 하다못해 뉴스를 봐도 아내가 죽으면 범인은 남편이잖아. 남편이 죽으면 범인은 아내고. 내가 사건을 맡아 봐도 결국은 늘 그렇게 드러나던데."

"닥쳐. 당장 그 입 다무는 게 좋을 거야."

"그렇게 빡친 표정 지을 거 없어. 당신이 날 쫓아왔길래 그냥 물어본 거니까."

그가 입꼬리를 한쪽으로 올리며 비열하게 웃더니 지갑에서 명함을 꺼냈다.

"나한테 용건이 있으면 쥐새끼처럼 뒤꽁무니나 쫓지 말고, 비서 통해서 정식으로 약속 잡고 만나러 와."

정우는 말없이 명함을 받고 뒤돌아 섰다. 그때 조 변호사가 큰 목소리로 소리쳤다.

"지수는 행복하지 않았어."

"저 새끼가… 지가 지수에 대해 뭘 안다고 지껄여?"

정우는 그의 도발에 주먹을 불끈 쥐면서도 뒤를 돌아보지 않았다. 대신 이를 갈 듯이 꾹꾹 눌러 혼잣말을 할 뿐이었다. 산통이 다 깨진 조 변호사 역시 분이 안 풀리는 것은 마찬가지였다. 차 안에서 그를 기다리고 있던 여자가 무슨 상황인지 호기

심 어린 얼굴로 물었다.

"오빠, 저 사람 누구야?"

"내 첫사랑 남편."

"뭐? 뭐라고?"

"아! 몰라. 오늘은 그냥 가자. 집에 데려다줄게."

"뭐야, 짜증 나! 진짜 그냥 가?"

"미안. 내일 연락할게."

조 변호사는 지수가 좋아하는 류의 사람이 아니었다. 적어도 정우 생각에는 그랬다. 그는 차, 옷, 애인 등 자신을 꾸미는 액세서리에는 돈을 아끼지 않았고, 무슨 일이든 자신만만했다. 같잖은 겸손을 떨지 않는 게 그나마 그의 장점이었다.

다음 날 오전 9시가 되자마자 정우는 그가 준 명함으로 전화를 걸었다.

"안녕하세요. 조민재 변호사랑 개인적으로 약속 잡으려고 연락드렸는데요."

"잠시만요. 조 변호사님이 지금 회의 중이신데…. 누구한테 전화가 왔다고 전해드릴까요?"

"한정우요."

"네, 메모 남겨드리겠습니다."

하지만 1시간이 넘게 지나도록 조 변호사 쪽에서는 연락이 없었다. 이후 몇 번의 전화에도 비서는 지금 연결이 안 된다는 말만 반복할 뿐이었다.

"쪼잔한 새끼."

정우는 자신을 골탕 먹이는 것을 알고도 다시 전화를 걸었다. 결국, 한 시간 뒤인 오후 7시에 만나기로 약속을 잡았다.

"오늘 만나는 거 비용 청구 한다고 하세요."

비서와의 통화 중에 조 변호사의 목소리가 얼핏 들렸다. 비서가 그의 말을 전달했다.

"오늘 오후 약속에 상담 비용이 청구되는데 괜찮으신가요?"

"네네. 원하는 거에 따따블로 준다고 하세요."

"뭐? 따따블? 내가 무슨 택시 기사야 뭐야. 상스럽게."

조 변호사의 목소리가 크게 들려왔다. 아무래도 스피커폰으로 통화를 하는 것 같았다.

"돈을 낸다고 해도 지랄이네. 이럴 거면 직접 통화해. 중간에 사람 두고 뭐 하는 짓인지."

"뭐, 지랄? 이 자식이 막 나가네."

"그럼 이따 뵙겠습니다."

비서가 두 사람의 유치하고 소모적인 언쟁이 시작되기 전에 급히 전화를 끊었다.

로펌 건물 1층에 있는 커피숍은 사람으로 북적였다. 양쪽 벽면 전체가 커다란 책꽂이로 꾸며져 인테리어가 돋보이는 곳이었는데, 하루 네 번, 시간에 맞춰 갓 구운 빵이 나왔다. 두 사람은 커피를 가운데 두고 어색하게 마주 앉았다.

"지수는 어떻게 만나게 된 겁니까?"

"우연히 만났어요. 지수는 바로 옆 서점에서 책을 사 카페로 들어오는 길이었고, 난 외부 미팅을 마치고 커피를 사서 올라가려는데 운명처럼 딱 마주쳤죠."

"운명 같은 소리 하고 자빠졌네."

정우가 딱히 앞에 있는 그를 신경 쓰지 않고 읊조렸다.

"지금 그거 나한테 한 말입니까?"

"됐고, 이후에 또 만났습니까?"

"그날 연락처를 주고받았고, 두어 번 더 만나서 커피 한잔했죠. 여전히 스릴러 소설을 좋아하더군요. 그래서 영국 출장 다녀오는 길에 아직 한국에 출판되지 않는 책 중 현지에서 인기 있는 스릴러물을 사서 전해 줬어요. 너무 좋아하던데요. 그 핑계로 몇 번 더 만났어요."

"왜 지수를 만나려고 했는데요?"

"그걸 질문이라고 해요? 지수는 내 첫사랑이었어요. 지수가 첫사랑인 남자들은 나 빼고도 한 트럭은 될 걸요?"

지수는 영문학과에서뿐만 아니라 대학 전체에서 여신으로 통했다. 하지만 지수가 워낙 여지를 주는 법이 없고, 남자한테는 관심이 없어서 그녀를 좋아하는 남자들은 고백할 엄두도 내지 못했다. 정우는 지수가 자신의 첫사랑이라는 조 변호사의 말에 발끈하면서도 어느 순간 고개를 끄덕일 수밖에 없었다. 정우에게도 지수가 첫사랑이었으니까.

"지수 소식을 전혀 듣지 못하다가 오랜만에 만났는데 왼손에 반지를 끼고 있길래 결혼했구나 짐작은 했어요."

그 반지는 정우가 프러포즈를 준비하면서 직접 디자인한 반지였다. 초승달 끝에 작은 별이 매달려 있는데, 그 별 안에는 붉은 루비가 박혀 있었다. 같은 디자인으로 목걸이가 세트였고 정우의 반지에도 같은 문양이 새겨져 있었다.

"근데 지수가 많이 변했더라고요. 자기 말로는 결혼하고 애도 낳았다고 하는데 외모는 변한 게 없었어요. 근데 뭐랄까 분위기가 확 바뀐 거예요. 사연 있어 보이고, 분위기도 뭔가 더 섹시해졌다고 해야 하나?"

정우가 조 변호사를 노려보자, 그가 멈칫하면서 자신의 실수를 인정하듯 손바닥을 펴 가벼운 제스처를 취했다.

"그럼 어제는 어떻게 한눈에 날 알아본 거죠? 나를 알고 있었어요?"

"TV에 매일 나왔었는데 모르는 게 이상하죠. 3년 전에 말이에요. 기억이 어쩌고저쩌고 논문으로 천재 뇌 과학자니 노벨상 유력 후보니 뭐니 여론이 떠들썩했잖아요. 그리고 이어서 살인 사건이 발생했으니, 한 달 넘게 당신을 둘러싼 선정적이고 자극적인 기사가 인터넷에 도배가 되다시피 했었죠."

"아무리 그래도 어두운 곳에서 직접 본 적도 없는 사람을 바로 알아본다는 게 신기하네요."

"그래요. 뭐, 좀 찾아봤어요. 지수가 결혼한 남자가 누군지. 왜냐면…."

"?"

"어제도 말했다시피 지수가 행복해 보이지 않았거든요."

"무슨 근거로 그렇게 말하는 거죠? 지수가 '나는 행복하지 않다.'라고 말이라도 하던가요?"

"지수는 심리 상담을 받고 있었어요."

"뭐라고요? 정신과 치료를 받았단 말이에요?"

"아뇨. 전 차라리 정신과 진료를 받으라고 했죠. 요즘 시대엔 그게 흠도 아니고 자연스러운 거니까요. 근데 지수는 민간 심리 상담 센터에 다녔어요. 어쩐지 믿음이 안 가잖아요. 근데 정신과에 가는 건 안 된대요."

"왜죠?"

"남편이 알게 되면 걱정할 거라고, 그리고 병원 기록이 남으면 남편이 곤란할 수도 있다고 하더군요."

"말도 안 돼…. 대체 왜…."

"그니까요. 내가 알던 지수는 누구를 상담해 줬으면 해 줬지, 누구한테 상담을 받을 스타일이 아니었어요. 근데 검증되지도 않은 곳에서 상담을 받는 처치가…."

조 변호사는 뭐라고 말을 이어 갔지만 정우의 귀엔 잘 들리지 않았다. 지수에 대해 자신이 전혀 알지 못했던 사실을 그가 알고 있다는 것은 굉장한 치욕이었다. 하지만 그보다 지수가 무

슨 일로 상담 센터를 찾았을지 예상조차 되지 않는다는 사실이
더 슬펐다.

적잖이 충격을 받은 듯 혼란스러워하는 정우의 표정을 살피
며 조 변호사도 목소리를 낮추었다.

"너무 충격받을 거 없어요. 부부라고 서로에 대해 모든 걸 아
는 건 아니니까."

정우는 조 변호사와 헤어지고 차에 탔다. 신호가 빨간 불로
바뀌자 그는 핸들에 머리를 박고 생각에 잠겼다.

'나는 우리가 행복하다고 생각했는데…. 지수는 아니었을까.'

그때 무음으로 두었던 휴대전화에 부재중 전화 알림 메시지
가 떴다.

[부재중 전화 7통]

정우는 인욱에게서 부재중 전화가 온 것을 확인하고 바로 전
화를 걸었다.

"형, 왜 이렇게 전화를 안 받아요! 찾았어요! 찾았어!"

"뭘?"

"그 차요. 형이 기억에서 봤다던 그 차. 서울 다30 5061!"

"내가 지금 그쪽으로 갈게. 어디야?"

"경찰서에 있는데 제가 병원으로 갈게요. 거기서 봐요."

"대포차라 찾기 힘들 거라더니 어떻게 찾은 거야? 아무튼 자세한 이야기는 이따 만나서 하자."

정우는 지수에 대한 그리움과 죄책감은 접어 두고 급히 병원으로 향했다. 나 자신을 족치는 일은 범인을 잡고 나서 해도 늦지 않으니까.

그는 불이 꺼진 병원으로 들어갔다. 병원은 낮 동안 철저히 예약제로 운영되었고, 밤에는 인욱과 사무실처럼 쓰고 있었다. 인욱이 정우를 보고는 대뜸 사진 몇 장을 내밀었다.

"형이 봤다는 차가 이 차 맞아요?"

"응, 맞아. 은색 소나타에 차량 번호까지 똑같아. 대포차인데 어떻게 이렇게 빨리 찾았어?"

"이틀 전에 신화 고등학교 앞에서 뺑소니 사건이 있었던 거 알죠? 요즘 TV에 온종일 그 얘기뿐인데 몰랐어요? 인터넷 뉴스도 좀 보고 살아요. 참 인생 재미없게 산다니까. 아무튼, 이틀 전 밤 11시 30분쯤, 야간 자율 학습을 마치고 집으로 돌아가는 여학생을 차가 그대로 들이받고 도망간 사건이에요. 문제는 학생이 아직 의식 불명이라는 건데, 의식을 되찾아도 진술이 가능할지 모르겠어요. 목격자도 없고요."

정우가 입술을 오므리며 생각에 잠긴 표정으로 고개를 끄덕였다.

"하필 학교 앞 CCTV도 고장이었어요. 덕분에 학교 관계자도 욕 엄청나게 먹었죠. 관리 제대로 안 한다고요. 그런데….”

“그런데?”

“제가 누굽니까. 학교 앞 사고 시점으로부터 반경 2km 이내의 차량 블랙박스 CCTV 영상 전부 받아서 압수 수색했죠. 보통 때 같으면 범죄와 연관성 소명해라, 지나치게 포괄적인 영장이다 하면서 죄다 기각했을 검사, 판사 양반들도 여론은 무시 못 하더라고요. 이틀 동안 경찰서 전 팀이 눈이 빠져라 블랙박스 CCTV만 들여다봤어요. 결국 비슷한 시간대에 사고 지점 근처에 있던 차량을 찾아냈고 동영상 화질 개선을 했더니, 짜잔! 이렇게 나왔다는 거죠. 저도 찾고 보니까 그 차라서 진짜 놀랐어요.”

“그래서 그 차량 운전자는 누구야?”

“지금 대포차라 차량 등록부만으로는 소유자가 추적이 안 돼요. 그래도 차량 번호가 특정됐으니까 그날 동선을 확인하면 뭔가 나올 거예요.”

“그런데 그 운전자가 털털이일 거라는 보장은 없잖아.”

“그렇긴 한데 대포차를 알고 구입한 이상 자동차 관리법 위반으로 수사는 충분히 가능하죠. 차량을 누구에게 어떻게 샀는지는 물어볼 수밖에 없다는 말씀.”

“그렇게 해서 털털이를 추적한다는 거지?”

“이게 보니깐 대포차라 종합 보험도 가입 안 됐더라고요. 야간에 학교 앞에서 횡단보도를 건너던 학생을 치고도 그대로 달아난 데다가 보험 가입도 안 돼 있어? 거기에 대포차 운전자? 전과만 좀 있으면 이놈은 백퍼 구속이에요."

"아⋯."

"기다려 봐요. 교통사고 조사계 팀장이 잡히면 무조건 연락 주기로 했으니까. 자, 이제 야식이나 먹으러 가요. 형, 봤어요? 이 앞에 꼼장어 집 새로 생긴 거?"

"그래, 가자! 오늘 그 집 꼼장어는 네가 다 먹어! 그래도 돼!"

뜻밖에 소득을 들고 온 인욱이 의기양양한 표정을 짓자 정우가 웃음을 터뜨렸다. 그는 미안할 정도로 고마운 사람에게는 막상 고맙다는 말이 잘 나오지 않는다는 생각이 들었다.

둘은 소금구이 셋, 양념 셋을 시켜 놓고 불판을 멍하니 바라보고 있었다. 정우는 최근 알게 된 지수에 대한 사실들을 인욱에게 말해야 하나 고민 중이었다. 그때, 조 변호사가 보낸 문자 메시지가 도착했다.

[봉개역 2번 출구. 이전에 한 번 지수가 상담 시간 늦었다고 해서 데려다 준 적이 있어요. 그 근방에 지수가 다니던 상담 센터가 있을 거예요.]
[지수 죽인 놈. 나도 꼭 잡길 바랍니다.]

정우는 조 변호사의 문자를 확인하고 연거푸 소주잔을 비웠다. 정신과 의사인 자신이 정작 지수의 마음은 이렇게도 모를 수 있었을까 하는 자책이 밀려왔다.

'지수는 어떤 사람일까?'

'지수가 그 지경이 될 때까지 아무것도 모른 나는, 나는 대체 뭐 하는 사람일까.'

'나는 어떤 사람일까?'

"형! 마음은 알겠는데 너무 조급해 보여요. 어차피 단기간에 못 끝내요. 장기전일 수밖에 없어요. 그러니까 너무 몰아붙이지 말아요."

인욱이 상념에 사로잡힌 정우를 깨우며 말했다. 정우가 힘겹게 입아귀를 올리며 미소를 짓고는 다시 고개를 푹 숙였다. 그러고는 입술을 세게 깨물면서 눈 주위를 훔쳤다. 인욱은 그 모습을 보고 놀랐는지 술에 취한 것처럼 얼굴이 빨개졌다.

"형! 에이…. 혹시, 울지 마요! 갑자기 왜 그래요. 형이 우니까 나도 눈물 나잖아요."

"누가 울었다고 그래. 눈이 가려워서 긁은 거야. 오버하기는…. 호들갑 떨지 말고 가만있어 봐. 나 할 말이 있어."

그는 최근 지수의 이모를 만나고 이어 대학 친구라는 조 변호사를 만난 이야기, 그리고 지수가 상담 센터에 다니고 있었다는 것을 모두 털어놓았다.

"나 때문에 지수가 많이 외로웠나 봐. 그때는 연구가 막바지로 치닫고 있었고 논문 발표를 앞둔 시점이라 정말 바빴거든. 집에 거의 못 들어갔어. 늦으니까 먼저 자라고 문자 한 통 남기는 게 전부였고. 논문 통과되면 지수랑 수아한테 정말 잘하려고 했는데… 이런 생각부터가 잘못된 거였지. 나중이 어딨다고."

묵묵히 그의 이야기를 듣고 있던 인욱이 뭔가 찜찜하다는 표정을 지으며 말했다.

"그 이모랑 조 변호사라는 사람, 이름이랑 연락처 좀 문자로 보내 줘요. 더 알아봐야겠어요."

"이 두 사람 어딘가 이상하지? 실은 나도 영 마음에 걸려. 특히 이모는 몇 년 만에 지수를 만난 게 하필 딱 사건 당일 오전이라는 게 너무 공교롭잖아."

"맞아요. 그리고 이모라는 분은 3년 전 수사할 때 인지조차 못 했던 분이라고요. 그게 너무 충격이에요. 아무리 비상계단을 이용했다고는 하지만, 그 말은 다른 제3자가 비상계단으로 드나들었어도 경찰이 몰랐을 수 있다는 말이잖아요. 그리고 몇 년 만에 조카를 찾아갈 정도로 돈이 급했던 것 같은데 정작 돈을 준다니까 안 받고 그냥 갔다? 그게 말이 돼요?"

"물론 말이 안 되지. 지수 성격에 얼마가 됐든 분명 챙겨 주려고 했을 거야."

"그리고 그 조 변호사라는 사람도 그래요. 여친이랑 굳이 인적이 드문 곳으로 가서 카섹스를 즐길 만큼 스릴 있는 자유연애를 즐기는 사람이 갑자기 첫사랑을 보고 순수하게 옛날 생각이 나서 만났다? 그것도 좀 웃기잖아요. 지수 누나한테 다른 의도가 있었을 수도 있어요."

인욱의 말에 정우가 고개를 끄덕였다.

"지수 누나가 다녔다는 상담 센터에는 가봤어요?"

"아니, 근데 어딘지는 알 것 같아."

정우가 휴대전화로 봉개역 심리 상담 센터를 검색하자 [새별 심리 상담 센터]가 바로 나왔다.

"형은 거기에 가봐요. 저는 차주 찾는 대로 연락할게요. 우리 생각보다 많이 근접했을 수도 있어요. 그니까 힘내요."

"그래. 고맙다."

인욱이 정우의 어깨를 부드럽게 쓸었다. 어린 동생으로만 보였던 그의 손이 이제 정우보다 더 크고 두꺼웠다.

"근데 저 요즘 몸 더 커지지 않았어요? 벤치프레스는 160kg 까지 들고요. 어깨에 역기를 걸치고 무릎 굽히는 걸 스쾃이라고 하거든요? 그건 320kg까지 들어요. 제가 역기 들면 사람들이 다 구경하려고 몰린다니까요."

"아직은 별 차이 모르겠는데?"

"좀 만져 봐요. 여기 복근 쫙쫙 갈라진 거."

인욱이 정우의 손을 자신의 배에 가져다 대자 그가 질색하며 손을 뺐다.

"야! 살만 출렁거리는구먼. 복근은 뭘 복근이야. 너 이렇게 먹어서 복근 생기겠냐. 근육은 식단 관리가 제일 중요한 거야. 뭘 알지도 못하면서. 술도 끊어, 인마!"

두 사람은 울다가 심각하다가 금세 또 웃으면서 소주잔을 기울였다. 갑자기 닥친 비극을 함께 견뎌 온 두 사람의 방식이었다.

새별 심리 상담 센터 주차장.

정우는 들어가기 전에 인터넷에 해당 센터에 대해 검색해 보았다. 상담 후기가 제법 많고, 대부분 호평 일색이었다.

'뭔가 알바 느낌이 나는데….'

원장은 40대 중후반 남자로, 각종 예능과 교양 프로그램에 종종 출연해 얼굴을 알렸다. 홈페이지 메인에는 심리 상담 센터는 잘 택해서 가야 한다며, 무자격으로 운영되는 곳과 심리 상담을 표방하는 곳에 대한 주의를 당부하고 있었다.

미리 예약을 하고 간 덕분에 그리 오래 기다리지는 않았다. 대기실은 최근에 시설 리모델링을 한 듯 깔끔한 인테리어와 푹신한 가죽 소파가 놓여 있었고, 병원 내부에는 각종 증명서와 방송 출연 사진이 벽에 붙어 있었다. 뭔가를 감추려고 하거나 내실이 없을 때 사람의 시선을 돌리고 현혹하는 전형적인 방법이었다. 정우는 '상담을 위한 설문지'를 작성하고 상담 실장이라는 사람과 이야기를 나눴다.

"음, 결과를 보니 우울감이 매우 높네요. 위험한 수준이에요."

"그래요? 아주 놀랍네요."

정우는 담담한 말투로 빈정거렸지만 실장은 전혀 눈치를 못 챈 것 같았다. 오히려 그의 말에 한술 더 뜨며 심각하게 말을 이어 갔다.

"이제라도 오셔서 참 다행이에요. 원장님이 이쪽 상담 분야에서는 저명하신 분이거든요. 우울감이 아무리 높아도 상담 진행하면서 많이 나아지실 거예요. 믿고 한번 다녀 보세요."

실장은 상담 비용이 회당 38만 원이고, 원래는 10회를 받게되어 있는데 우선 한 번만 받아 보라며 인심을 쓰듯 말했다.

정우가 상담실로 들어가자 원장으로 보이는 사람이 의자에앉아 있었다.

"이런 곳에 오실 분으로는 안 보이는데 어떻게 오시게 되셨어요?"

원장은 경계하는 정우의 눈빛을 읽었는지 조심스럽게 말을꺼냈다. 정우는 바로 본론으로 들어가야 할지 간을 더 봐야 할지 고민 중이었다.

"많이 지쳐 보이네요. 차를 한 잔 드릴까요? 유기농 허브티예요."

그가 긴장을 풀어 줄 따듯한 차 한 잔을 건넸다. 원장은 좋은체격에 이목구비가 짙은 스타일이었고, 목소리가 성우처럼 두껍고 울림이 있어 믿음직스럽게 느껴졌다.

"네, 지치고 많이 힘드네요."

정우가 그를 빤히 보며 말했다.

"여기까지 오기 힘들었을 텐데 잘 버텼어요."

그는 뭐라도 알고 있는 양 말했다. 정우는 그런 그의 말투가메슥거렸으나 다른 사람들에겐 통할 것 같았다. 그는 사람의 마음을 움직이는 포인트를 잘 알고 있었다. 공감, 지지, 그리고 위로와 존경의 모습을 보였다.

"실은 제 아내가 3년 전에 이곳에서 상담을 받았어요. 시간은 좀 지났지만 그때 아내가 무슨 일로 상담을 받았는지 알아보러 왔어요."

"저는 한정우 씨처럼 의사는 아니지만 그래도 개개인의 상담 내용은 따로 말씀드릴 수 없습니다. 여긴 병원처럼 진료 기록이 남는 것도 아니고요."

"제가 의사인 건 어떻게 아셨죠?"

"말씀하시는 투가 의사 같았습니다. 말투나 제스처, 행동에 배어 있어요. 내담자로 오셨지만 마치 늘 상담을 주도했던 사람처럼 보여서요. 혹시나 해서 맞춰 봤는데 진짜 맞았네요."

"제 아내 이름은 윤지수고, 3년 전에 집에 들어온 괴한에게 살해당했어요. 범인은 아직도 못 찾았고요. 아시겠어요? 이렇게 한가한 이야기나 할 시간이 없다는 말입니다. 경찰에게 수사를 의뢰해서 영장을 가지고 뒤질 수도 있겠지만, 저는 개인적으로 여기 계신 원장님께 부탁드리고 싶어요."

그는 정우의 말에 흠칫 놀란 기색을 보이더니 곧 생각에 잠겼다.

"알겠습니다. 대신 지금부터 제가 하는 행동은 당신의 알량한 협박이 아니라 지수 씨를 향한 제 진심 때문이라는 걸 알아줬으면 좋겠네요. 지수 씨는 우울증 증세가 심했어요. 수 개월

간 상담을 진행한 결과 그 근원이 '의심'에서 비롯된 걸 알 수 있었고요."

"의심이요? 대체 뭘 의심했다는 거죠?"

"전혀 감을 못 잡고 있네요. 당신이요. 당신에 대한 의심."

"저요? 지수가 저를 의심했다는 말인가요? 대체 뭘 의심했다는 거죠?"

"심플합니다. 당신이 다른 여자를 만나고 있는 건 아닌지 불안해했어요. 저한테 말하길, 무슨 증거가 있거나 목격한 건 아니라고 했습니다. 그냥 느낌이 그렇다고만 했어요. 저는 혼자 끙끙 앓지 말고, 남편과 터놓고 이야기해 볼 것을 권유했어요. 지금 당신을 보니 결국 이야기를 꺼내진 못한 것 같군요."

원장은 지수의 우울증은 개선되기보단 악화하는 것을 막는 방어적인 방식으로 흘러갔다고 말했다. 그는 컴퓨터로 전산을 확인하더니 지수와 단체 상담을 진행했던 4명의 이름과 연락처를 적어 주었다.

"제가 이분들께 내일 중으로 미리 양해를 구해 놓을 테니 그 이후에 연락해 보도록 하세요. 이게 제가 해 줄 수 있는 전부네요."

정우는 그가 적어 준 종이를 들고 상담 센터를 나왔다. 아직도 자신이 방금 무슨 이야기를 들은 건지 정확히 이해하지 못하는 얼굴이었다.

'나한테 여자는 지수밖에 없는데…. 단 한 순간도 지수 이외에 다른 사람을 사랑한 적은 없었어….'

지수가 어쩌다가 자신에 대한 의심을 품게 됐는지 도통 감이 잡히지 않았다. 의심을 살 만한 행동은 더더욱 하지 않았다. 정우는 지수의 행적을 좇을수록 점점 길을 잃는 기분이었다.

그때 인욱에게 전화가 왔다.

"형! 대포차 운전자 잡았어요. 그리고 휴대전화 내역 분석해서 대포차 판매한 중고차 업체 사장이 누군지도 알아냈고요. 이놈도 며칠 못 가 잡힐 거예요. 제가 뭐랬어요! 우리 거의 다 왔다니까!"

여론의 관심을 받는 사건인 만큼 경찰의 수사는 일사천리로 진행되었다. 차량 번호를 안 이상 그날 차량의 동선을 추적하는 것은 식은 죽 먹기였다.

범인은 경기도 가평 외각 원룸에 거주하는 30대의 평범한 남성으로 주거지에서 긴급 체포되었다. 놈은 500만 원짜리 아우디 a4 매물이 있다는 온라인 광고를 보고 중고차 업체에 갔고, 허위 매물이라 150만 짜리 소나타를 구입했다고 진술했다. 자신이 산 차가 대포차임은 알았다고 인정했지만, 여전히 뺑소니 의혹은 부인 중이었다.

"같이 일하던 사채업자랑 조직폭력배들은 이미 검거했어요. 잡아 보니까 이놈들 규모가 상당해요. 윤 사장이라고 중고차 업체 사장만 남은 건데, 형사2팀이 중고차 불법 유통 범죄 특별 단속으로 이쪽엔 아주 도가 튼 사람들이거든요. 금방 잡을 거예요."

"인욱아, 그놈 우리가 잡자."

"네? 잡는 건 시간 문제라니까요? 형은 그냥 기다리기만 하면 돼요!"

"아니. 놈을 경찰보다 내가 먼저 잡아야겠어."

"그게 무슨 말이에요? 경찰보다 먼저 잡는다니? 놈을 먼저 잡아서 뭐 하려고요. 혹시 기억 이식하게요? 에이…. 그건 좀 아니에요. 잡으면 제가 족치든 설득하든 무조건 진술 받아 낼게요."

"생각해 봐. 놈이 범죄에 쓰인 대포차를 넘겨받았다고 순순히 인정할 것 같아? 몰랐다고, 나도 피해자라고 딱 잡아떼면 더 이상 밝힐 길이 없는 거야. 증거가 있어, 뭐가 있어. 놈은 절대 말하지 않을 거야."

"형! 이제껏 형이 하자는 대로 다 했지만요. 범인을 빼돌리는 건 범죄예요. 위험한 짓이고요."

"아주 잠깐, 잠깐이면 돼. 기억만 확인하고 바로 경찰에 넘기는 거야. 네가 곧장 경찰서로 데려가면 되잖아. 부탁이야. 이번 한 번만 더 도와줘."

인욱은 곤란한지 뒷머리를 벅벅 긁었다. 신음 비슷한 소리를 내며 '그래도 이건 아닌데.'와 같은 말을 한숨처럼 뱉었다.

"너 지금 어디야?"

"전 지원 나왔죠. 경기도 부천 상동 근처예요. 놈이 쓰던 대포폰 기지국이 10분 전에 여기서 끊긴 걸로 확인돼서 잠복 중이에요."

"명심해. 우리가 먼저 잡아서 데려와야 해. 검거되면 다 끝나는 거야."

"여기 일대에 경찰이 쫙 깔렸는데 대체 뭔 수로 먼저 잡겠다는 건지…."

정우는 바로 경기도 부천으로 출발했다. 머릿속이 복잡했지만 어떻게든 정리를 해야 했다.

'놈은 10분 전에 휴대전화를 켰어. 대포폰이지만 공범들이 잡히면서 추적될 위험이 있음에도 켰다는 것은 주변에 누군가 도움을 요청할 사람이 있을 가능성이 크다는 거지. 그리고 그 누군가는 놈을 경찰이 쫙 깔린 곳에서 도피시킬 계획일 거야.'

어느새 그는 부천역을 지나고 90년대 전성기를 지냈을 법한 유흥가를 지나, 언덕배기 위의 골목으로 향하고 있었다.

'잠복하고 있다고는 하지만 수사 인원이 대거 투입된 만큼 근방에 경찰차가 많이 보인다. 시간이 지나면 수사망이 더 조여올 것이고 놈은 위험을 감수해서라도 장소를 옮길 거야. 아마도 눈에 띄는 봉고차나 검은색 벤은 아닐 거고 평범한 흰색이나 은색 중형차일 것 같은데. 운전자는 일개 조폭일 가능성은 낮아. 오히려 시선을 덜 끌면서도 도피를 도울 수 있는 내연녀나 애인일 가능성이 높지. 여자가 운전하는 평범한 중형차 중

에 주차를 하지 않고 뱅뱅 도는 차….'

때마침 굵은 빗줄기가 떨어졌다.

'젠장. 우산을 쓰니 신원을 가리기가 더 편해졌다. 둘은 더 이상의 통화는 어려울 테고, 공중전화를 이용하거나 주변에 휴대전화를 빌려 써야 하는 상황이므로 이미 만날 장소를 정해 놨을 가능성이 높다. 아마도 초조하게 서로를 찾고 있을 거야.'

정우는 차로 천천히 골목골목을 다니다가, 아까 교차로에서 보고 또 골목에서 마주친 차를 다시 발견했다.

'저 차… 지금 이 주위를 돌고 있어.'

인욱은 바로 앞 편의점에서 컵라면을 앞에 둔 채 주위를 살피고 있었다. 그는 커다란 덩치를 숨기기 위해 안간힘을 썼다.

"인욱아, 중고차 업체 사장. 찾은 거 같아."

"엥? 형 지금 어딘데요?"

"지금 바로 네 앞에 짙은 보라색 우산 쓰고 걸어가는 여자 보이지? 발목까지 오는 긴 치마를 입은 여자가 놈의 애인이야. 지금 놈을 데리러 가고 있는 거라고."

인욱은 라면을 먹으며 태연하게 여자를 주시했다. 여자가 허름한 건물 1층에 서자 지하 당구장에서 어떤 남자가 올라왔다. 그리고 둘은 우산을 푹 눌러쓰고 차가 주차된 곳으로 빠르게 걷기 시작했다.

골목 구석에 주차된 차에 그들이 타려고 하는 순간, 인욱이 재빨리 놈의 목덜미를 팔꿈치로 찍었다. 그러자 그는 소리도 지르지 못하고 앞으로 고꾸라졌다. 인욱은 쓰러진 놈의 팔을 뒤로 꺾고, 무릎으로 등을 짓눌렀다. 바닥에 납작 엎어진 놈에게 인욱은 수갑을 채웠다. 모든 게 끝났다고 생각한 여자는 바로 차를 타고 도주했다. 그때 정우가 바로 옆으로 차를 대면서 소리쳤다.

"인욱아, 여기야! 어서 타!"

"이래도 되는 건가….”

인욱이 영 내키지 않는지 구시렁대면서 느릿느릿 놈을 뒷좌석에 욱여넣었다.

그때 바로 옆 골목으로 검은색 차가 지나가자, 인욱은 숨을 죽이고 놈의 멱살을 세게 잡아 자신의 무릎 밑으로 끌어 내렸다. 그 차는 잠복 중인 경찰 차량이었다.

놈을 잡는 것만큼 경찰의 눈을 피해 이곳을 벗어나는 것도 중요했다. 5차선 교차로에서 경찰이 검문하는 게 보이자 급히 오른쪽 골목으로 차를 돌렸다.

"당신들 뭐야! 경찰이야? 경찰 맞아? 지금 어디로 가는 거야?"

뭔가 이상한 낌새를 차린 윤 사장이 둘에게 따져 물었다. 조용히 운전하던 정우가 놈에게 말했다.

"경찰서 가기 전에 너한테 물어볼 게 좀 있어. 피차 바쁜데 귀찮게 굴지 말고 솔직하게 대답해. 말 안 하거나 거짓말을 하면 아마 다른 곳으로 가게 될 거야. 거기가 경찰서보다 좋으리란 보장은 못 하겠다. 알아들어?"

"뭔 개소리야?"

눈치를 보던 놈은 수갑이 채워진 팔을 사방으로 휘두르며 극렬히 저항했다. 인욱과 그가 몸싸움을 벌이면서 차가 옆으로 휘청거렸다. 인욱이 팔을 꺾어 놈의 목을 감싸려던 순간 과속방지턱에 차가 덜컹거렸고, 본의 아니게 어퍼컷을 맞은 놈은 바로 정신을 잃었다. 여전히 떨떠름한 표정의 인욱과 입술을 굳게 맞문 정우는 기절한 놈의 양쪽 어깨를 하나씩 끌며 정우의 병원으로 갔다. 그리고 놈의 몸을 수술대에 결박했다.

이제 모든 준비가 끝났다.

15분 정도 지나자 윤 사장이 눈을 뜨고는 자신의 묶인 몸과 주변을 둘러보았다. 전선이 길게 늘어진 헬멧을 쓰고 전극을 붙이고 있는 자신의 모습에 경악한 듯한 표정을 지어 보였다.

"너희 경찰 아니었어? 무슨 범죄 조직이야? 장기 밀매? 정체가 뭐야!"

반쯤 정신이 나간 놈은 공포에 질려 미친 듯이 소리쳤다. 정우는 놈에게 휴대전화로 사진을 보여 줬다.

"이 차, 털털이한테 넘겨받은 거지? 이미 다 알고 있으니까 솔직히 말해. 털털이 언제 만났어?"

"여기서 대체 누가 나쁜 놈이야? 나야? 아니면 너네야?"

"그걸 꼭 구별해야 해? 나는 내가 알고 싶은 것만 알면 돼. 그럼 순순히 경찰서로 보내 줄게."

"내가 거래하는 대포차만 수백 대야. 그리고 보통 돈 되는 외제 차 위주로 거래를 한다고. 이런 흔한 소나타를 어떻게 기억해!"

"아니. 넌 기억하고 있어. 너 그 털털이란 장물아비와 친하잖아. 그와 꽤 오랜 시간 정기적으로 거래를 했겠지. 지금도 내가 털털이라고 말할 때마다 네 몸이 움찔거리고 있다고."

정우는 그렇게 말하며 휴대전화를 들어 보였다.

"넌 모르겠지만 일단 보여 줄게. 누가 내 귀걸이를 훔쳐 갔어. 나는 이걸 훔친 놈을 찾고 있고."

윤 사장은 액정 속에 있는 귀걸이 사진을 주시하며 미간을 찌푸렸다.

'왜 자세히 보는 거지? 본 적이 있나?'

"아! 몰라! 모른다고!"

"그래? 그럴 줄 알았어. 그럼 한숨 푹 자 둬. 요즘 도피하느라 잠도 제대로 못 잤을 텐데 오랜만에 숙면하게 될 거야. 고맙게 생각하라고."

정우가 수면 마취를 준비하자 놈이 겁에 질린 얼굴로 인욱에게 소리쳤다.

"야! 너 경찰 아니야? 대한민국 경찰이 이래도 돼? 이 미친놈은 누구야! 내가 가만둘 것 같아? 다 고소할 거야. 경찰이 나한테 약물 투여하고 이상한 실험했다고. 감금하고 고문했다고 다 말할 거라고! 너! 이 사람 좀 말려 보라고! 경찰이잖아! 악!"

윤 사장은 끝까지 발광하다가 결국 잠이 들었다.

정우는 목걸이와 털털이 이야기를 하면서 활성화된 놈의 시냅스 패턴을 확인하고 이식을 준비했다. 인욱이 군은 표정으로 간이침대 위에 걸터앉자 침대가 그의 무게를 이기지 못하고 푹 꺼졌다. 그에게 2팀 선배들이 계속하여 연락을 보냈는데 모두 '놈이 도주했다. 허탕 쳤다.'라는 내용이었다. 인욱은 아까부터 입을 꾹 다물고는 아무 말도 하지 않았다. 정우와 인욱, 두 사람 사이에는 전에 없던 어색한 침묵이 감돌았다.

✦

기억을 이식한 후 1~2시간쯤 지나자 역시나 처음엔 꿈처럼 희미하게 기억이 나기 시작했다.

윤 사장은 소파에 앉아서 누군가와 대화를 나누고 있었다. 바로 앞 낮은 탁자 위에는 먹다 남은 짜장면과 탕수육이 너저분하게 놓여 있었다.

'놈과 대화를 나누고 있는 사람이 털털인가?'

사무실 창문 밖 풍경을 보니 3층 정도에 있는 것 같았다. 창문에는 과거의 흔적처럼 '입시 학원'이라는 스티커가 붙어 있었다.

"형님, 이번에 좀 쉰다는 이야기가 있던데요. 사실이에요?"

"어…? 어…. 더 큰 발전을 위해서는 사람이 쉬고 잠시 멈출 줄도 알아야 하는 거야."

털털이로 보이는 남자가 이쑤시개로 이를 쑤시면서 웃었다. 그는 검은색 야구잠바를 입고 있었고, 키는 크지 않았지만 단단한 체격이었다. 무스를 바른 머리카락이 형광등에 반사돼 윤이 났다. 그때 누군가 노크를 하며 문을 열었다.

"어? 손님이 계신 줄도 모르고. 죄송합니다."

"아니야, 아니야. 들어와도 돼."

털털이가 사람 좋게 웃어 보이며 남자에게 들어오라는 손짓을 했다.

"그럼 저는 이만 가볼게요. 아무쪼록 다음엔 근사한 식당에서 대접하겠습니다."

남자는 쭈뼛거리며 눈치를 보더니 나가려는 윤 사장에게 꾸벅하고 인사를 했다. 윤 사장은 본능적으로 낯선 이의 인상착의를 빠르게 훑었다. 험한 일과는 거리가 멀어 보이는 평범한 40대 남자였다.

"이게 몇 년 만이야? 어쩐 일로 나를 다 찾아오고?"

"실은 지금 차에서 딸이 기다리고 있어서 빨리 말씀드릴게요."

"왜? 같이 올라오지. 삼촌이 간만에 용돈도 줄 텐데."

"아, 지금 자고 있어요. 많이 졸렸나 봐요."

"그래. 그럼 용건이 뭐야?"

놈이 조용히 나가면서 문을 닫으려는데 문틈 사이로 남자가 털털이에게 건네는 손바닥만 한 상자가 눈에 띄었다. 윤 사장은 털털이가 그 상자를 열 때까지 문을 완전히 닫지 않고 지켜보았다. 상자가 천천히 열리고 그 안에는 정우가 샀던 귀걸이가 담겨 있었다. 정우가 놈에게 귀걸이 사진을 보여 줬을 때 놈이 움찔하며 자세히 본 이유가 있었다. 아주 잠깐이었지만 놈은 그 귀걸이를 보았던 것이다.

윤 사장은 문을 닫고 계단으로 내려갔다. 1층에는 비상등을 켠 검은색 카니발 차량이 주차되어 있었고, 뒷좌석에는 초등학생 정도 돼 보이는 여자아이가 아빠의 휴대전화로 게임을 하고 있었다.

✦

정우는 급히 볼펜을 찾느라 필통을 쏟았다. 정신없이 메모지에 검은색 카니발 차량 번호를 적고, 남자의 얼굴을 그리기 시작했다. 미간은 좁은 편이었고 코끝은 뭉툭하면서 좀 길었다. 키는 175cm 정도에 체격은 크지도 작지도 않았다. 아주 평범한 인상착의에 행동은 긴장한 듯 조심스러웠다.

정우는 흥분을 이기지 못하고 숨을 헐떡이며 말했다.

"찾았다! 근데 말이야, 너무 평범해. 행동거지에도 조심성이 배어 있고 소극적인 성향이야. 인상도 누굴 해칠 사람으론 보이지 않는데…."

인욱이 귀 뒤편을 긁으며 푹 꺼진 간이침대에서 일어섰다.

"범죄자라고 얼굴에 쓰여 있는 것도 아니고, 원래 끔찍한 범죄자일수록 잡아 보면 평범하게 생겼어요."

"인욱아, 그럼 우리는 잡을 일만 남은 거지?"

인욱이 한숨을 내쉬고는 차마 정우를 쳐다보지 못하고 말했다.

"형…. 나 정말 형을 좋아하고 뭐든 도와주고 싶어서 여기까지 왔거든요? 근데 솔직히 이건… 정말 아닌 것 같아요."

"그게 무슨 말이야! 거의 다 왔는데. 조금만 참으면…."

"경찰 일을 하면서 '이 새끼를 잡을 수만 있다면 뭐든 하고 싶다.'라는 유혹에 빠질 때가 많아요. 우리도 사람이니까요. 근데 경찰은 확실히 달라야 한다고요. 그 구분이 흐려지는 순간 길을 잃는 거예요. 이미 늦었는지도 모르겠지만…. 저 갈게요."

인욱은 마취에서 깨지 않은 윤 사장을 어깨에 둘러업고 문을 나섰다.

"카니발 차량 번호 적어 갈게요. 괜히 혼자 찾는다고 애쓰지 말고. 조금만 기다려요, 찾는 대로 바로 문자할 테니까. 몸조심하고요."

"그, 그래."

정우는 인욱이 나가는 그 순간까지도 혼자 남겨진다는 게 실감이 나지 않는다는 듯 얼떨떨한 표정을 지었다. 정우는 쓸쓸한 마음에 어린아이처럼 울음이라도 터질세라 펜을 들어 기억 속의 남자를 스케치했다. 그 남자가 범인일 가능성이 높았다.

정우는 밤새도록 기억을 되짚으며 그 남자를 그리고 또 그렸다.

✦

정우는 종일 풀이 죽은 얼굴이었다. 며칠이 지났지만 인욱에게선 아무 연락이 없었다. 그는 바닥까지 가라앉는 이 느낌이 자신이 인욱에게 상처를 준 게 아닐까 하는 미안함 때문인지, 애써 외면하려고 했던 일말의 죄책감 때문인지 알 수 없었다.

정우는 학교에서 수아를 픽업해 왕돈가스를 먹고 오는 길이었다. 후식으로 딸기 요거트 아이스크림까지 먹고서 기분이 좋아진 수아는 즐겨 보는 만화 영화의 주제곡을 흥얼거렸다.

그는 집에 가기 전에 사무실에 놓고 온 물건을 가지러 수아와 함께 병원에 들렀다. 1층 지상 주차장에 차를 대고 나오는데 인욱에게서 한 통의 문자 메시지가 도착했다.

[검은색 카니발 주인 찾았어요.]

증명사진과 함께 간단한 신상 정보가 담겨 있었다.

[이름 서두원. 나이는 45세. 전과는 없고 형님 병원 근처 삼거리에서 국숫집을 운영해요. 기혼이고 딸이 있어요.]

엘리베이터에 탄 정우는 휴대전화에 시선을 고정한 채 3층을 눌렀다. 그때 한 남자가 급하게 달려와 엘리베이터에 탔다. 평소에도 인사성이 밝은 수아가 낯선 남자에게 "안녕하세요." 하고 인사를 했다. 남자는 그런 수아가 귀여운지 미소를 지었다. 정우가 무심코 고개를 들어 수아와 그 남자를 번갈아 쳐다보았다.

"몇 학년이야?"

"5학년이요."

"그래? 우리 딸도 5학년인데."

'어? 이 사람은….'

정우는 순간, 머리서부터 발끝까지 털이 쭈뼛 서는 느낌과 함께 숨이 턱 막혀 왔다. 며칠 동안 정우가 그리고 또 그렸던 그 얼굴. 인욱이 보내온 사진 속의 바로 그 남자였다.

남자가 2층에서 내리자 문이 닫혔고, 정우는 다시 열림 버튼을 눌러 그의 뒷모습을 눈으로 좇았다. 그는 느긋한 걸음으로 수진이 일하는 내과로 들어가고 있었다. 정우는 그가 내과로 들어가는 것을 확인하고 수아를 자신의 병원으로 데려갔다.

"박 간호사, 주차장에 보니까 차 가지고 왔던데 우리 수아 좀 할머니 댁에 데려다줄 수 있을까요? 거기서 바로 퇴근해도 좋아요. 오늘만 좀 부탁할게요."

예약제로 운영되는 정우의 병원은 두 달째 예약을 받지 않고 있었다. 병원 문을 열고 닫는 게 유일한 일과였던 박 간호사는 밝은 목소리로 알겠다고 답하고는 수아를 데리고 병원을 나섰다.

정우는 급히 수진에게 전화를 걸었지만 일과 중이어서 그런지 전화를 받지 않았다. 그는 결국 병원으로 전화를 걸어 급한 일이니 당장 그녀를 바꿔 달라고 말했다.

"정우야, 뭔 일 있어?"

"나 지금 네 병원 바로 앞이야. 잠깐 나와 봐. 나와서 이야기해."

의사 가운을 입은 수진이 영문을 모르겠다는 얼굴로 병원 밖으로 나왔다. 정우는 그녀의 손목을 잡아채고 화장실이 있는 복도 끝으로 데려갔다.

"길게 설명할 시간 없어. 지금 네 병원에 지수를 죽인 범인이 와 있어. 소파 제일 왼쪽 끝에 베이지색 점퍼를 입은 남자야. 이름은 서두원. 그 사람이 범인인지 어떻게 아냐면… 내가 최근에 기억 이식에 성공했어. 지금 설명하자면 너무 길어."

숨 가쁘게 말하는 그의 얼굴에 절박함이 서렸다. 그가 휴대전화로 서두원의 사진을 수진에게 보여 주었다.

"정우야, 진정해. 이럴수록 침착해야 해. 알지? 저 사람 우리 병원에 꾸준히 오는 환자야. 한 달에 한 번 정도? 피곤할 때마다 와서 비타민 링거 맞고 가. 아마 오늘도 그래서 온 것 같은데…."

수진이 사정없이 떨리는 그의 손을 단단히 잡으면서 안심시켰다. 수진은 정우가 자신에게 무엇을 원하는지 말하지 않아도 알 수 있었다.

"내가 링거를 맞는 동안 이 사람이 잠들 수 있도록 조치를 취해 놓을게. 그리고 잠들면 위층, 네 사무실로 옮기자."

"고마워."

자신의 마음은 읽는 것 같은 수진에게 정우는 깊은 감동을 느꼈다. 그는 그제야 그녀의 말대로 조금 안심할 수 있었다.

30분 정도가 지나자, 수진이 이동식 침대에 누워 있는 그를 환자용 엘리베이터를 이용해 데리고 왔다. 진료실에서 대기 중인 환자 몇 명이 보긴 했지만 크게 관심을 두지 않았다.

"정말 이 사람이 지수를 죽였다고? 정말이지 상상이 안 간다. 그렇게는 안 봤는데…. 너무 끔찍하잖아."

"기억을 확인해 보면 알겠지."

"아! 맞다. 기억 이식이 정말 가능하다는 거지? 세상에 말도 안 돼."

"원래는 의식이 있는 상태에서 상담을 통해 특정 기억을 활성화하는 과정이 필요한데, 잠든 상태여서 내가 원하는 기억을 바로 알 수 있을진 모르겠어. 뭐든 해 봐야지."

"기억 이식을 마치면 내가 다시 2층으로 데려갈게. 그래야 남자가 정신이 들었을 때 무슨 일이 있었는지 눈치 못 챌 거 아냐."

기억 이식을 마치자마자 수진은 그를 2층 내과로 데려갔고, 정우는 혼자 남았다.

서두원은 링거를 맞다가 깜빡 잠이 들었다고 생각할 뿐 무슨 일이 있었는지는 전혀 알지 못했다. 그는 일어나서 기지개를 쭉 켜더니 개운한 얼굴로 병원을 나갔다.

수진은 걱정스러운 말투로 정우에게 물었다.

"그냥 저대로 가게 둬도 괜찮아?"

"이미 어디에 사는 누군지 다 알고 있어. 상관없어."

두어 시간이 지났지만 끔찍한 두통과 메슥거림 외에는 딱히 변화가 없었다.

'왜 아무 기억도 나질 않지? 수면 중에 이식을 해서 그런가.'

수진은 남은 환자들의 진료를 마치고 정우의 진료실로 올라왔다.

―우웩.

정우는 잠시 몸을 반쯤 일으키더니 구토를 했다. 수진이 그의 등을 두드리며 '이거 부작용 있는 거 아니냐'는 식의 걱정을 늘어놓았다. 그때 정우가 온몸을 부르르 떨더니 더욱 심하게 구역질하기 시작했다.

―웩! 웩웩!

어찌할 바를 모르던 수진은 급히 인욱에게 전화를 걸었다. 수진과 인욱은 자주 만날 일은 없었지만 지수를 통해 종종 만나면서 안면이 있는 사이였다.

"인욱아, 지금 정우가 한 시간째 계속 토만 하고 있어. 이러다가 탈수 오겠어. 119는 절대 못 부르게 하고. 나 어떡해. 진짜 미치겠네."

"무슨 일 있어요? 혹시 또 기억 이식한 거예요?"

"너도 알고 있었어? 이 자식 뭐야, 정말."

"조금만 기다려요. 금방 갈게요."

인욱이 도착할 때쯤 정우는 축 처진 몸을 맨바닥에 누인 채 겨우 지탱하고 있었다.

"형! 이게 다 무슨 일이에요."

그가 정우의 어깨를 감싸며 간이침대 위로 올렸다. 정우는 더 이상 나올 토사물이 없는지 큰 소리를 내며 헛구역질만 하고 있었다.

"사아리이자아…."

정우가 침으로 범벅된 입가를 닦으면서 힘겹게 말을 뱉었다. 인욱과 수진이 그의 말을 잘 알아듣기 위해 얼굴을 가까이 가져다 댔다.

"뭐라고? 정우야, 못 들었어. 살리자고?"

"살인자."

"뭐라고? 사, 살인자?"

밤이슬을 맞아 축축해진 숲속. 남자의 온몸이 땀으로 흥건히 젖어 있었다. 입고 온 옷은 이미 다 벗어 젖히고 러닝셔츠 차림이었다. 곧 해가 밝을 것처럼 짙은 어둠이 서서히 가시고 있었다.

남자는 자기가 판 것으로 보이는 2m 깊이의 구덩이를 바라보았다. 성인 1명은 거뜬히 들어가고도 남을 만큼 크고 깊은 구덩이였다. 아마도 그는 밤새도록 삽으로 이 구덩이를 판 듯했다.

−타다닥.

풀숲 사이에서 나뭇가지가 밟혀 부러지는 소리가 나자, 남자는 급히 몸을 움츠리며 주위를 살폈다. 한참 동안 인기척이 없자 작은 들짐승이 낸 소리겠거니 하고 남자는 다시 하던 일을 서둘렀다. 30분만 있으면 금세 날이 밝을 것이다.

그가 묵직한 가방 두 개를 한 손에 하나씩 나눠 들었다. 제법 힘이 센 그도 한 손으로 가방을 들기엔 버거운 것 같았다. 얼마나 무거운지 들 때마다 가방이 바닥으로 푹푹 꺼졌다.

두 개의 가방 중 하나를 열자 부위별로 잘 손질된 짐승의 살점처럼….

'허벅지부터 발가락까지 다리 한 개',

'어깨부터 손가락까지 팔 한 개',

'여자로 보이는 몸통 한 개'가 들어 있었다. 남은 것은 다른 가방에 들어 있었다.

"후…."

그는 깊이 심호흡을 하더니 붉은색 목장갑을 낀 손으로 그것들을 한 개 한 개 들어서 구덩이로 던졌다. 마지막으로 사람의 머리를 든 남자는 굳이 얼굴을 확인하고 싶지 않은지 멀찌감치 머리카락만 잡은 채 휙 굴렸다. 사람의 머리가 볼링공처럼 굴러 구덩이 안으로 들어갔다. 그는 토막 난 시체를 모두 던지고는 빈 가방도 함께 구덩이 속으로 던졌다. 전에는 사람이었을 조각들이 팔다리가 빠진 마론인형처럼 한데 엉켰다. 놀라울 만큼 깨끗한 상태였던지라 문득 어쩌면 사람이 아니라 마네킹일지도 모른다는 생각이 들었다.

놈은 토막 난 시체를 유기하고 있었다.

정우는 '살인자'라는 말을 내뱉고는 그대로 정신을 잃고 쓰러졌다. 몇 시간쯤 지났을까. 그는 볼에 베갯잇이 보드랍게 쓸리는 느낌에 눈을 떴다. 익숙하고 편안한 향기가 났고, 훈기 가득한 방 안 공기가 느껴졌다. 그는 잠옷을 입은 채 자신의 침대에 누워 있었다.

그는 편두통처럼 머리 한쪽이 깨질 듯 지끈거리는 증상과 함께 조금씩 정신을 차렸다. 한 뼘 정도 열린 문틈 사이로 거실에서 인욱과 수진이 무언가 열띤 이야기를 나누는 게 보였다. 그는 몸을 일으켜 세우려고 했지만 마음처럼 잘 되지 않았고, 입에선 앓는 소리가 작게 새어 나왔다.

정우의 인기척을 느낀 수진과 인욱은 하던 말을 멈추고 서둘러 그의 방으로 들어왔다.

"괜찮아? 정신이 좀 들어?"

"형! 괜찮은 거예요?"

"나 기절했어? 아까 병원이었던 거 같은데 어떻게 집에 왔지?"

그는 정신이 붕 뜨면서 몸에 대한 통제력을 상실하는 소름 끼치는 느낌이 떠올랐다.

"인욱이가 너 업고 왔지."

"형이 옷에 토해서 제가 잠옷으로 갈아입혔어요. 하마터면

목욕까지 시킬 뻔했네. 일단 대충 따뜻한 수건으로 닦기만 했어요."

"그나저나 살인자라니… 그게 무슨 말이야? 무슨 기억이 난 거지? 그지?"

둘은 이미 정우가 내뱉은 말의 의미에 대해 온갖 상상과 추측을 끝낸 후였지만 그의 입만 바라보며 마른침을 삼키고 있었다.

"놈이 산에 시체를 버리는 것을 봤어. 그것도 토막 난 시체를."

그는 말하면서도 속이 메슥거리는지 미간을 찌푸렸다. 그토록 그로테스크하게 분해된 사람이라니. 그 광경은 사람에 대한 존중과 대척점에 있는 무언가를 가리키고 있었다.

수진과 인욱은 정우의 말을 듣고 순간적으로 할 말을 잃었다. 수진은 양손으로 입을 가리며 고개를 저었다.

"야산에 시체를 유기했다는 거예요? 혹시 위치도 기억나요?"

"저기… 펜이랑 종이 좀."

정우는 기억을 더듬으며 약도를 그렸다.

"사람을 묻고 내려오는 데 얼마 걸리지 않았던 것 같아. 한 10분 정도? 산을 다 내려오고 나니까 바로 '무안-해제'라고 적힌 표지판이 보였고, 길이 좀 특이했어. 쭉 뻗은 직선 코스 아래에 바로 급커브 곡선 도로가 붙어 있었거든. 갓길에 붙어서 걸어가니 낙지 골목이라는 표지판이 보였어. 맞은편에는 작고 허름한 형제 슈퍼가 있었고…."

인욱은 차분하게 고개를 끄덕이더니 약도가 그려진 종이를 접어 품 안에 넣었다. 정우는 몸을 부르르 떨며 진저리 치듯 말했다.

"위험한 놈이야. 그냥 두면 안 될 것 같다는 느낌이 들어. 이대로 두면 안 돼. 무조건 잡아야 해."

"이제 증거를 찾아야죠. 보통은 증거를 찾고 범인을 특정하지만, 이번 경우는 범인은 이미 알고 있으니까 그걸 입증할 만한 증거를 찾아야 해요. 우선 형이 기억에서 봤던 시체를 찾아볼게요."

"아니, 그런 식으로는 너무 더뎌. 아예 놈을 잡아다 족치고 기억을 이식해야 해. 수면 상태에서의 이식은 원하는 기억을 볼 수 없으니 놈한테 대놓고 물어봐야겠어."

"야! 너 무슨 그런 위험한 말을."

수진은 정우의 발상이 기가 막힌다는 듯 말했다.

"그러고 나서 기억을 지우면 그간 있었던 일을 기억하지 못할 거야. 그리고 그 기억을 토대로 증거를 찾으면 되잖아."

"만약 증거를 찾기 전에 범인이 너를 기억해 내면 어떡할 거야. 그럼 너뿐만 아니라 수아까지 위험하다고."

"누나 말이 맞아요. 또 놈이 기억 삭제술을 받은 것을 알게 되기라도 하면 이를 통해 얻은 증거는 모두 불법이어서 증거 능력이 싹 다 부정돼요. 명백한 증거가 나와도 놈을 잡을 수 없게 된다고요. 형은 어떻게 될 것 같아요? 불법 의료 행위로 재판에 서고 영원히 의료계에서 퇴출되겠죠."

"네 심정은 이해하지만 이럴수록 침착해야 해. 정우야, 너 지금껏 기억 삭제술 시행한 환자가 총 몇 명이지?"

"7명."

"그 사람들 예후 모두 확인했어? 사람들 기억이 성공적으로 제거됐는지, 너를 정말 못 알아보는지 말이야."

"…."

정우는 수진의 물음에 아무 대답도 하지 못했다.

"확인이 먼저야. 네가 그러려고 한 건 아니었지만 결과적으로 그전에 수술한 환자들이 임상이 된 거라고. 결과를 확인하고 나서 놈을 조지든가 기억을 이식하든가 하자."

"그래, 네 말이 맞아. 내가 너무 흥분했나 봐. 근데 놈이 언제 다시 병원에 올 줄 알고 기다려."

"어제 놈한테 알레르기를 유발하는 약을 주입했거든. 아마 며칠 못 가서 인후통 등의 증상 때문에 병원에 올 거야. 그때 다시 몰래 기억을 뒤져 보자."

미간을 짓누르며 절망스러운 표정을 짓던 정우가 수진의 말에 안색이 밝아졌다.

"수진아! 넌 정말 천재야!"

"어휴…. 나도 잘 모르겠다. 이게 잘하는 짓인지…."

수진이 양손으로 턱을 괴고 심란한 표정을 지었다.

"난 지금도 계속 그 장면이 떠올라서 미쳐 버릴 것 같아. 칼

쓰는 솜씨가 보통이 아니었어. 뭐라고 해야 할까. 깔끔했다고 해야 하나? 단순히 유기하기 위해서 토막 낸 게 아니라 놈한테는 그게 일종의 유희 같았다고.”

그의 말에 일순간 방은 고요해졌다.

“형, 더 기억나는 게 있으면 전화로 알려 줘요. 나는 제보 받았다고 하고 후배 몇 명이랑 시체를 찾아볼게요.”

“할 수 있겠어? 내가 말한 게 너무 막연해서 찾기가 쉽지 않을 것 같아.”

“그래도 해 보는 데까지는 해 봐야죠. 우선 놈이 했다는 증거를 찾는 게 지금으로써는 제일 시급해요. 혹시나 또 다른 범죄를 계획하고 있을 수도 있으니.”

“나는 놈이 병원에 다시 오면 바로 연락할게. 너는 그간 기억 삭제술 진행했던 환자들을 모두 만나 봐. 1명도 남김없이. 알았지?”

“응. 그럴게.”

셋은 각자의 미션을 안고 뿔뿔이 흩어졌다.

정우는 서둘러 환자 차트를 뒤져 연락하기 시작했다. 총 7명의 환자 중에 4명은 보호자와 연락이 닿았고, 해당 주소지에 거주 중인 것으로 확인되었다. 하지만 3명은 전화를 안 받는 건지 번호를 바꾼 건지 연락이 닿지 않았다.

정우가 기억을 지운 첫 번째 환자. 이름은 강민석이었고, 나이는 23세. 대학생이었다.

그는 질기고 악랄했던 학교 폭력으로 인해 자퇴했다. 이후 검정고시를 보고 대학에 입학했지만, 여전히 그때의 트라우마로 대인 관계에 어려움을 겪고 있었다.

가해자들은 인적이 드문 곳으로 그를 끌고 가서 폭력을 행사했고, 그의 옷을 벗기고 나체 사진을 찍어 단체 톡에 유포했다. 피해자의 여동생을 들먹거리며 유린했고, 가족을 죽이겠다는 협박을 일삼았다. 이들의 가혹 행위는 민석의 인격을 짓밟고 죽이는 방식으로 나날이 발전했다.

가족들은 민석의 고통을 더는 지켜볼 수 없어, 정우에게 기억 삭제술을 의뢰했던 것이었다.

정우는 민석이 일하고 있다던 학교 정문 앞에 있는 커피숍으로 갔다. 사람들과 눈을 마주치는 것도 힘들어했던 그가 카운터에서 친절하게 주문을 받고 있었다.

정우는 카페 한편에서 어떻게 민석에게 말을 걸어야 할지 망설이고 있었다. 그때 카페에 들어온 남자가 주문을 하려다 민석을 알아보고 반가운 목소리로 말을 걸었다.

"야! 뭐야! 너 강민석 맞지! 너 이 새끼 어디 사나 했더니 여기서 다 만나네?"

그는 능글맞은 웃음을 지었지만, 민석은 그가 누군지 전혀 모르는 눈치였다.

"어, 나는 잘 모르겠는데…. 누구?"

"누구? 와! 이 새끼 진짜 웃기네. 왜 나 모른 척해? 너 연기 존나 잘한다. 왜, 기억나게 해 줘?"

"주문하실 거예요, 말 거예요. 전 그쪽이 누군지 모르겠다고요."

민석은 그의 무례한 행동에 점점 표정이 굳어 갔다. 그는 이전과는 달라진 민석의 태도가 비위에 거슬린다는 듯 시비를 걸기 시작했다.

"내 앞에서 오줌 질질 싸던 새끼가 과거 세탁이라도 하려고?"

옆에서 지켜보던 정우는 화가 치밀어 오르면서도 그가 민석의 기억을 자극하고 있다는 생각에 마음을 졸였다. 내가 나서야 하나, 속이 부글부글 끓고 있을 무렵 민석의 친구로 보이는 무리가 카페 안으로 들어왔다.

"형, 저 왔어요."

민석과 기숙사 룸메이트인 학교 후배와 그 일행들이었다. 키 192cm, 건장한 체격의 농구 전공인 후배는 금세 이상한 분위기를 감지하고 민석에게 다가갔다.

"무슨 일 있어요?"

눈을 부라리던 녀석은 분위기를 살피더니 중얼중얼 욕을 하며 카페를 빠져나갔다. 녀석도 사회는 교실처럼 폭력을 행사하기에 안전한 장소가 아님을, 그리고 지금 상황이 자신에게 유리하지 않다는 것을 잘 알고 있었다.

녀석이 가고도 민석은 별일 아니라는 듯 개의치 않으며 후배와 농담을 주고받았고, 다시 일에 집중했다. 그리고 정우가 음료를 주문하기 위해 가까이 갔지만, 민석은 정우를 전혀 알아보지 못했다. 그에게 한 기억 삭제술은 성공이었다. 정우는 그의 달라진 모습에 안심이 되었고, 어쩐지 위로를 받는 기분이었다.

정우는 기억 삭제를 한 다른 환자가 경비원으로 근무 중인 아파트로 이동했다.

화물차 운전사였던 69세 박운석은 간밤에 갑자기 차도로 뛰어든 사람을 치었다. 피해자는 즉사했고, 그는 현장에서 바로 구속되었다. 나중에서야 피해자가 유서를 남긴 자살 기도자였다는 사실이 밝혀져 혐의는 벗었지만, 그는 당시 트라우마에서 벗어날 수 없었다.

정우는 자양 강장제를 사 들고 아파트 경비실 주위에서 쭈뼛거렸지만, 그는 자리를 비운 상태였다. 이곳저곳 그를 찾아다니는데 주차장에서 실랑이하는 소리가 들렸다. 박운석이 이중 주차를 한 운전자에게 다시 주차할 것을 요구하자, 그가 욕지거리를 하면서 삿대질을 해 댔다.

정우가 휴대전화로 동영상을 찍으면서 그들에게 다가갔다.

남자는 정우가 촬영 중인 것을 보고 소리쳤다.

"당신, 뭐야! 지금 뭐 찍는 거야?"

"뭐 찍긴! 갑질하는 거 찍지. 인터넷에 올리려고. 조회 수가 꽤 나올 것 같은데?"

"야! 초상권 침해야. 당장 영상 지워!"

"내가 이거 진짜 올려 볼까? 가만, 너 광고쟁이지?"

"너 뭐야! 어떻게 알았어!"

"지금 네가 들고 있는 거 광고 시안이잖아. 으뜸 기획이라고 버젓이 적혔네. 너 이 영상 알려지면 바로 해고야. 직장 내 품위 유지 위반으로."

정우의 말에 멈칫한 그는 약삭빠르게 태세를 전환했다.

"내가 좀 흥분해서 그런 거지 악감정은 없었어요. 그 영상 지워요."

"이분께 사과해요. 그럼 지우죠."

"말을 함부로 해서 미안합니다. 주차도 다시 하겠습니다."

"아…. 네."

박운석은 얼떨떨하게 그의 사과를 받았다. 정우가 그가 보는 앞에서 영상을 지우자 그가 분을 이기지 못하고 뇌까렸다.

"아씨…. 진짜 재수가 없으려니까 별…."

"지우자마자 이 새끼 안색 변하는 거 봐. 디지털 포렌식 몰라? 요즘 경찰도 다 사설에 맡겨. 내가 복원해서 네 인생 한번 조져 봐? 내가 휴대전화를 보통 7~8년 쓰니까 그동안 행동거지 조심해라."

그의 얼굴이 붉으락푸르락 변하는가 싶더니 서둘러 차를 타고 주차장을 빠져나갔다.

"아유… 고맙습니다."

박운석은 정우에게 고개 숙여 감사를 전했다. 덕분에 두 사람은 벤치에 앉아 자연스럽게 대화를 나눌 수 있었다.

"근데 저 어디서 본 적 없으세요? 낯이 좀 익어서요."

정우가 긴장하며 그에게 물었다.

"아뇨. 처음 뵙는 거 같은데요."

"실례가 안 된다면 이전에는 무슨 일 하셨어요?"

"전에는 화물차 운전했는데 나이 들면서 그만뒀어요. 아내가 장거리 운전할 때마다 걱정을 많이 했거든요."

박운석은 그때의 사고를 기억하지 못했다. 아내의 성화에 못 이겨 일을 관뒀다고 기억할 뿐이었다. 정우는 두 번째 사람까지 기억 삭제술이 성공했다는 것을 확인하고는 걸음을 돌렸다.

늦은 저녁 시간, 정우는 무의식적으로 놈이 있는 삼거리 국숫집 맞은편에 잠시 차를 댔다. 놈이 손님에게 친절한 미소를 지으며 분주하게 국수를 서빙하는 게 보였다.

'저렇게 멀쩡한 얼굴로 평범한 사람들 사이에 숨어 있었던 거야?'

그때 인욱에게서 전화가 걸려 왔다.

"형!"

"인욱아, 진척이 좀 있어?"

"찾았어요."

"뭐? 시신을 찾은 거야? 정말? 어떻게 벌써 찾은 거야?"

정우는 인욱의 말에 심장이 목까지 차올라 팔딱대는 것처럼 느껴졌다.

"근데요. 시신이 아니라…."

"시신이 아니라고?"

"뼈가 나왔어요. 백골 사체요."

"뭐? 뼈가 나와?"

정우는 예상치 못했던 인욱의 답에 순간 멍해졌다. 기억 속에서 바로 엊그제처럼 생생하던 그 일이 실은 오래전 일이라니…. 뒤통수를 맞은 기분이었다.

"형이 기억 속에서 본 피해자 신원이 어땠죠?"

"음, 피해자는 여자였어. 짧은 파마머리에 머리카락이 희끗희끗했고 나이는 70대 초중반 정도? 키는 좀 작은 편인 것 같았어."

"형이 그려 준 약도가 거의 정확했어요. 근데 아무리 찾아도 형제 슈퍼가 없는 거예요. 물어보니까 5년 전에 없어졌대요. 그래서 '아… 이게 최근 일이 아닐 수도 있겠다.'라는 생각을 했죠."

"근데 어떻게 이렇게 빨리 찾은 거야? 시간이 좀 걸릴 줄 알았는데…."

"비가 많이 와서 지반이 무너져 깎인 부분이 있었는데 딱 거기서 찾았어요. 마치 누가 시체를 보여 주려고 땅을 뒤엎어 놓은 것처럼. 기분이 묘하더라고요. 하늘이 도운 건지 아니면 죽은 사람이 도운 건지. 근데 문제는 증거가 없다는 거예요. 뼈만 나왔는데 무슨 증거가 나오겠어요. 범인이랑 연결 지을 고리가 없어요."

"일단 피해자 신원이 정확히 나와야겠네."

"네. 국과수에 분석 의뢰했으니 곧 결과가 나오겠죠. 유가족 만나고, 실종 직전에 행적도 좀 파 보려고요."

인욱과 전화를 하는 내내 정우의 눈은 삼거리 국숫집 계산대에 앉아 있는 놈을 향하고 있었다. 놈은 이 일과는 완벽히 무관해 보이는 순전한 모습으로 해맑게 웃고 있었다.

'넌 누구야, 대체….'

정우가 현재로써 할 수 있는 일은 아무것도 없었다. 하루빨리 기억 삭제술을 했던 환자 모두를 만나 수술이 성공적인지 확인해야겠다는 생각뿐이었다. 그러고 나면 적어도 지금처럼 무기력하게 있지는 않을 테니.

다음 날 정우는 서둘러 기억을 지운 세 번째 환자를 만나러 갔다.

그의 이름은 박동해, 32세다. 그는 전 여자 친구를 스토킹한 혐의로 벌금형을 선고받았다. 그는 그녀에게 밤마다 수십 통의 전화를 했고, 번번이 집 앞에 찾아갔으며, 원치 않는 명품 선물 등을 일방적으로 보냈다. 그녀가 다른 사람을 만나지는 않나 미행을 하기도 했다. 자신을 사랑해 달라고 눈물로 애원하다가도 금세 돌변해 그녀에게 분노를 쏟아 내며 물건을 던졌고, 협박을 일삼았다.

그의 엄마는 이것도 일종의 정신병이라며 아들에게 정신과 치료를 받게 했고, 결국 정우에게까지 오게 되었다.

"사랑이 뭐라고 생각해요?"

정우의 질문에 그가 이미 답을 가지고 있다는 듯이 말했다.

"내 마음속이 그녀로 가득 차는 황홀경, 그녀를 갖기 위해서라면 뭐든 할 수 있을 것 같은 뜨거움이 아닐까요."

"글쎄요. 정답이 있는 질문은 아니었으니까요. 제가 생각하는 사랑은 그 사람이 행복하길 바라는 마음이에요."

"뭐, 그렇게 생각할 수도 있겠네요."

"당신이 있어서 그 사람이 행복한가요?"

그는 굳은 표정으로 입을 꾹 다물고 있었다.

"그녀가 원하는 건 한 가지뿐인 것 같아요. 당신 곁을 떠나는 것. 기억을 지우도록 하죠. 그녀를 위해서 그 편이 낫겠어요."

"저라고 이러고 싶었던 건 아니에요. 잊으려고 하면 할수록 그녀가 더욱 간절해진다고요."

정우는 오로지 자신의 감정밖에 모르던 그를 떠올리며 약속 장소에 도착했다. 카페에는 그의 어머니가 먼저 나와 있었다.

"선생님, 오랜만에 뵙네요."

"네, 조금 늦은 감이 있지만 동해 씨 수술 경과가 어떤지 확인하려고 뵙자고 했어요."

"후…. 그게 저…."

"왜요? 혹시 기억이 돌아왔나요?"

어머니가 말을 잇지 못하고 난처한 얼굴을 하자 정우는 내심 불안해졌다.

"아뇨, 그건 아니에요. 기억이 다시 돌아오거나 하진 않았어요. 그런데…."

"그런데요?"

정우는 안심하면서도 긴장을 놓지 못하고 물었다.

"수술 후에 동해가 정말 그 여자를 잊어버리고 잘 지내더라고요. 자신의 삶에 집중하면서. 이제야 모든 것이 제자리에 돌아왔다고 생각했어요. 근데 머지않아 새로운 여자 친구가 생겼다고 하더군요. 뭐 그러려니 했는데… 최근에 그 여자가 헤어지자고 말했나 봐요. 동해는 못 헤어진다, 이런 이야기를 하면서 실랑이를 벌이다가 감정이 격해져 손도 좀 올라가고, 그제 경찰서에 다녀왔어요. 피해자 부모가 고소한다고 하는데 막막하네요."

어쩌면 당연한 결과였다. 기억을 지워도 사람은 변하지 않으니 같은 일이 반복될 수밖에 없었다. 과거로부터 배우는 게 없으니 그가 달라질 리도 만무했다.

정우가 입을 꾹 닫고 있자 어머니가 채근하며 물었다.

"혹시 또 기억을 지우는 건 어떨는지…."

"아뇨. 그건 어렵습니다."

그의 날카로운 반응에 엄마는 움찔했다. 또다시 기억을 지운다고 한들 비슷한 일이 반복될 게 분명했다. 또 다른 피해자만 생길 뿐이었다.

그때 박동해가 엄마의 연락을 받고 카페로 왔다. 정우는 일어서서 그에게 악수를 청했다.

"안녕하세요. 혹시 저 기억나세요?"

"누구신지…."

"예전에 어머니랑 몇 번 본 적이 있었는데요."

"글쎄요. 기억이 잘 안 나네요."

"그렇군요. 저는 일이 있어서 먼저 일어나 볼게요."

정우는 미련 없이 떠났다. 더 이상 그가 할 수 있는 일은 없었다.

두 번째 약속 장소에 일찍 도착한 정우는 오늘만 네 번째 아메리카노를 마시고 있었다.

곧 만날 사람은 35세 여성인 김민아다. 그녀는 대학교 선배에게 성폭행당했던 기억을 지웠다. 기억을 지우러 왔을 때 그녀는 이미 한 아이의 엄마가 되어 가정을 일구고 행복하게 살고 있었다. 하지만 그녀는 그때의 끔찍했던 기억에서 단 한 순간도 벗어난 적이 없었다고 했다.

"그런 기억들은요. 오히려 행복할 때 한 번씩 저를 비집고 들어와요. '네가 정말 행복해? 이런 일을 겪고도?'라고요. 나는 행복해질 수 없는 사람임을 잊지 말라고 속삭인다고요. 그럼 또 그 말이 맞는 거 같아요. 티도 못 내고 내색도 못 하고…. 그냥 속으로는 늘 지옥이에요. 웃어도 지옥, 울어도 지옥."

"벗어나요. 자유롭게 살아요. 그래도 돼요."

정우는 이제까지의 환자 중에 제일 고민 없이 그녀에게 기억 삭제술을 시행했다. 그녀가 진심으로 행복하길 바랐다.

수술 당시 민아의 보호자였던 엄마가 카페로 들어왔다. 엄마는 몹시 피곤해 보였지만 정우에게 미소를 지어 보였다. 수술 후 경과가 어떤지 알아보려고 왔다는 정우의 말에 엄마는 말을 잇지 못하고 망설였다.

"우리 아이가 24살에 아이를 낳고, 미혼모로 혼자 애를 키우면서 참 힘든 일도 많았어요. 저 역시 갑자기 임신했다는 딸을 받아들이기가 힘들었고요. 결국 자식 이기는 부모는 없었지만…."

엄마의 말에 정우는 혼란스러웠다.

'미혼모였다고?'

정우는 전혀 몰랐던 사실이었다. 그녀는 분명 정우에겐 그 일이 있고 나서 3년 후 남편을 만나 결혼하고 아이가 생겼다고 말했다.

"갑자기 민아가 기억을 지운다고 했을 때 무슨 기억을 지울 거냐고 물어봤어요. 뭔 트라우마가 있다고 하더라고요. 학창 시절에 괴롭힘을 당한 적이 있었다고. 전 그런가 보다 했죠. 그러고는 며칠 후에 기억을 지웠는데 다음 날부턴가 갑자기 자기 딸을 못 알아보는 거예요."

"네? 딸을 못 알아봤다고요?"

"네. 자신이 출산했다는 사실을 까맣게 잊어버렸어요. 자기한테 무슨 딸이 있냐고 그러더군요. 그래서 바로 선생님께 전화를 드리려 했는데 문득 그런 생각이 들더라고요. 혹시 민아가 몹쓸 일을 당했던 것은 아닌가 하는 생각이요."

"민아 씨가 애가 4살이라고 했는데…."

"아뇨. 애는 9살이에요. 기억을 지운 시점과 딱 맞아떨어지죠. 우리 딸도 손녀도 가엾어서 한참을 울고는 민주에게 설명해 줬어요. 아, 우리 손녀 이름이 민주예요. 엄마가 사고로 잠시 아파서 기억을 못 하게 됐다고요. 우리가 보살펴 줘야 한다고. 그러니까 기특하게도 이해를 하더라고요. 민아도 처음엔 기억을 못 했지만, 옛날 사진도 보여 주고 하니 금세 민주가 자기 딸임을 받아들였어요."

"그때 저한테 왜 연락을 안 하셨어요?"

"선생님도 저처럼 몰랐을 테고, 민아가 말을 했을 리가 없잖아요. 민아가 지운 기억과 민주가 연관되어 있다고 짐작했어요. 우리 손녀에겐 미안하지만 제 딸이 그런 기억을 잊어서 전 좋았거든요."

정우는 성폭행이 있었던 시점에 대한 기억을 지웠다고 생각했지만 결과는 그게 아니었다. 김민아의 경우 성폭행과 그 이후의 인과 관계에 해당한 일들이 모두 기억에서 지워졌다. 기억 삭제술은 원하는 기억을 정확하게 지우는 만능이 아니었다. 인과 관계와 그 밖의 다른 변수에 의해 얼마든지 예측을 벗어날 수 있었고, 정우조차 이를 통제할 수 없었다.

마침 김민아가 딸의 손을 잡고 카페 안으로 들어왔다. 그녀는 정우와 인사를 나누었지만 그를 알아보지 못했다.

"민주야, 우리 아이스크림 먹을까?"

"엄마, 내가 제일 좋아하는 아이스크림이 뭐라고 했지?"

"음…. 바닐라!"

"딩동댕! 맞았어요!"

아이는 자신을 잊어버린 엄마를 원망하기는커녕 하나하나 차근히 자신에 대해 알려 주고 있었다. 아이는 서두르지 않았고 재촉하지 않았으며, 무엇보다 다정했다.

돌아오는 길에 정우는 집 근처의 자주 가는 맥줏집에 들렀다. 도저히 맨정신으로는 잠을 이루지 못할 것 같은 밤이었다.

"맞다. 오늘 수아 심리 상담 날이었지."

그는 요즘 일에 매달리느라 거의 수아에게 신경을 쓰지 못했다.

"혜수야, 늦은 시간에 미안해. 오늘 수아 상담 잘 받았나 해서."

"응. 수아 할머니가 데리러 오셨어. 걱정 마. 오늘은 수아가 좋아하는 연예인이랑 만화 이야기만 실컷 하다가 갔어."

"그랬구나. 잘했네. 고맙다."

"근데 너 어디야? 밖인 거 같은데?"

"나 잠깐 맥주 한잔하러 나왔어."

"그래? 나도 갈까? 안 그래도 집에서 한잔할 참이었는데."

혜수는 15분이 지날 무렵 호프집에 도착했다. 둘은 마른안주를 앞에 놓고 간만에 이야기를 이어 갔다.

"지수가 우울증을 앓고 있었대. 나한테 다른 여자가 있다고 의심하고 있었나 봐."

"지수 씨가 왜 그런 생각을 했을까?"

"모르겠어. 아무리 생각해도 정말 모르겠다고. 너도 알잖아…. 나는 지수밖에 없는 거. 내가 비록 일에 미쳐서 지수를 외롭게 만들었지만, 지수를 배신한 적은 없었어."

"무슨 계기가 있지 않았을까?"

"아니, 무슨 증거가 있거나 뭘 목격하거나 그런 건 아니랬어."

"그럼 여자의 촉이 있었다는 건데. 그게 제일 무서운 거야. 여자의 감."

그때 무심코 재킷 호주머니에 손을 넣었던 정우가 종잇조각

을 꺼냈다. 지수가 다녔던 상담 센터 원장이 준 쪽지였다. 종이
엔 지수와 그룹 상담을 했던 사람들의 이름과 연락처가 나란히
적혀 있었다. 그동안 갑자기 몰아친 일들 때문에 까맣게 잊고
있었던 것이다.

그때 정우에게 전화 한 통이 걸려 왔다.

[010-60xx-5901]

모르는 번호였다.

"누구야?"

"나도 모르는 번호야. 어? 잠시만…."

한쪽 손에 들고 있는 쪽지에 적힌 번호가 눈에 띄었다.

김연희 010-2130-1xx9
박해숙 010-60xx-5901
최영해 010-3994-xx39
이해준 010-xx94-9384

정우가 양손을 번갈아 보며 번호를 확인할 때쯤 전화는 끊어
졌고, 바로 문자 메시지가 도착했다.

[지수 씨를 죽인 사람 말인데…. 의심 가는 사람이 있어요. (010-60xx-
5901)]

지수와 함께 그룹 상담을 했던 박해숙이 보낸 문자 메시지였다.

정우는 밤새 잠을 설치다가 새벽에서야 잠시 눈을 붙였다.

8:12 AM. 그는 일어나자마자 시계를 보고는 화들짝 놀라며 집을 나섰다. 어제저녁, 박해숙이 출근 시간인 9시 전에 잠깐 만나자고 했기 때문이다.

해숙은 60대 중반 정도로 보이는 여자였다. 어깨에 닿는 길이에 갈색 집게 핀으로 반 묶음 머리를 했는데 수수하면서도 단정해 보였다. 얼굴엔 나이에 맞는 주름과 기미가 자연스럽게 나타나 있었다. 손은 여자 손 치고는 두툼했는데 오래전에 난 상처와 데인 자국이 그동안의 많은 고생을 짐작케 했다.

그녀는 처음 만나는 정우에게도 인자하고 안쓰러운 눈빛을 보냈다. 해숙은 여러 감정이 교차하는지 숨을 한번 고르고는 이야기를 시작했다.

"지수를 긴 시간 알고 지낸 건 아니었지만 참 좋은 아이였어요. 저희는 그룹 상담을 하면서 만났는데 끝나고 둘이 차도 마시고 밥도 먹으면서 친해졌어요, 부끄러운 이야기지만. 아니지, 지수가 저더러 부끄러워하지 말랬어요. 전 잘못한 게 없다고요. 남편이 나를 때렸어요. 그나마 참고 산 건… 자식들한텐 욕만 했지 손찌검은 안 했거든요. 그래서 뭐 참고 살았죠. 지수는 이제 애들도 대학생이 됐으니까 미련 없이 이혼하라고 하면서 저한테 변호사를 소개해 줬어요."

"변호사라면 한세 로펌?"

"네. 거기에 지수가 아는 사람이 있다면서 이혼 전문 변호사를 소개해 주더라고요. 그런데 지수에게 그 끔찍한 일이 있기 바로 전날, 제가 거기서 이상한 소리를 들었어요."

"이상한 소리요?"

"변호사를 만나러 로펌에 갔는데 비서가 잠깐 기다리라고 해서 기다리다가, 목이 말라서 탕비실에 갔어요. 거기서 우연히 제 변호사랑 조 변호사라는 사람이 이야기하는 걸 들었는데 지수가 조 변호사를 때렸다는 거예요. 살짝 얼굴을 보니까 뺨 쪽이 불그스름하고 부은 것 같긴 했어요. 지수가 이유 없이 사람을 때릴 리도 없고, 지수한테 뭔 짓을 했나 보다 싶은 생각이 들어서 심장이 막 벌렁거리더라고요."

"지수가 조 변호사를 때렸다는 거예요?"

"네. 자기 얼굴을 때렸다면서 지수 욕을 하는데 분이 안 풀린 것 같았어요. 씩씩거리면서 가만 안 두겠다고 하더라고요. 저는 무슨 일인가 싶어서 지수에게 전화를 걸었는데 전화를 안 받았어요. 너무 걱정됐는데 바로 다음 날 그런 일이 생기니까 충격이었죠. 결국 목소리도 못 듣고 그 애를 그렇게 황망하게 보냈어요. 그렇다고 조 변호사라는 사람이 지수를 죽였을 거라고 말하는 건 아니에요. 그 사람이 범인이었으면 경찰에 잡혔겠죠. 근데 전날 있었던 일은 내가 말하지 않으면 아무도 모르는 일이 되는 거니까… 없던 일이 되는 거니까 좀 찜찜했어요."

"잘 들었어요. 말씀해 주셔서 고맙습니다."

정우는 조 변호사가 지수를 성추행했을 수도 있다는 생각에 솟구치는 화를 억누르며 간신히 예의를 차려 말했다. 지수가 하던 그 그룹 상담이라는 게 뭔지, 연락처에 적힌 사람들은 누군지 물어볼 게 많았지만, 지금은 조 변호사에게 어떻게 된 일인지 따지는 게 더 급했다.

정우는 또 연락하겠다며 자리에서 일어나 바로 조 변호사에게 전화를 걸었다. 비서는 그가 중요한 회의 중이라는 말만 반복할 뿐 전화를 연결해 주지 않았다. 아무래도 조 변호사가 자신의 전화를 피하는 눈치였다. 그는 거칠 것 없이 바로 한세 로펌으로 차를 돌렸다.

로펌의 17층, 엘리베이터 문이 열리자 기다렸다는 듯 조 변호사가 그 앞에 서 있었다. 정우는 그대로 조 변호사의 팔목을 휘어잡고는 비상구 쪽으로 끌었다.

"이거 안 놔? 뭐 하는 거야!"

"할 말 있으니까 따라와."

조 변호사는 정우의 적대적인 눈빛과 기세에 한풀 꺾였는지 주변을 살피며 나지막이 말했다.

"할 말 있으면 여기서 이럴 게 아니라 내 사무실로 가지."

앞장서는 조 변호사의 뒤통수를 보는데 잔머리 굴리는 소리가 들리는 것 같았다. 사무실에 들어가자 정우가 더 이상 봐 줄 의향이 없다는 말투로 말했다.

"너 사건 전날 지수를 만났다던데 왜 그 이야기는 안 했지? 그날 무슨 일이 있었던 거야! 지수한테 무슨 짓을 한 거냐고!"

정우가 책상을 손바닥으로 세게 내리쳤다. 조 변호사는 급히 블라인드를 내리며 말했다.

"야! 목소리 안 낮춰? 여기 내 직장이라고! 아, 진짜 어이없네. 말을 안 한 게 아니라 네가 충격받을까 봐 그런 거야. 사람이 생각을 해 줘도 그 성의를 몰라 주고."

"무슨 개소리야? 수작 부리지 말고 똑바로 말해. 아무 일도 없이 지수가 왜 네 뺨을 치느냐고!"

"이러다 사람 치겠어? 휴…. 진짜 이것들이 쌍으로…. 지수가 이혼하겠다고 나한테 이혼 전문 변호사를 소개해 달라고 했어. 바로 옆방에 있는 탁 변이 우리 로펌에서 이혼 전문으로는 최고야. 아무튼 탁 변을 소개해 주고 둘이서 저녁을 먹는데, 나는 이제 곧 이혼도 하겠다, 평소에 잘 안 마시는 술도 마셨겠다, 나한테 마음을 점점 여는 것 같기에 지수도 원하는 줄 알았지."

"뭐 이 새끼야?"

정우가 조 변호사의 멱살을 움켜잡자 그가 진정하라는 제스처를 취하며 말했다.

"집에 데려다주는데 지수가 잠이 들었더라고. 그래서 입을 맞추려고 했던 건 사실이야. 나는 지수가 나한테 호감이 있는 줄 알았는데 아니더라고. 밀치면서 갑자기 뺨을 치는데, 와….
그거 진짜 기분 거지 같더라고. 그래도 나는 꾹 참았어. 앞으로
다신 볼 일 없을 거로 생각했지. 왜? 거짓말 같아? 그럼 저기
탁 변한테 물어봐. 안 그래도 저기 서서 우리를 구경 중인 것
같은데."

"네가 감히 지수를 건드려?"

"이봐…. 건드리고 멱살잡히면 내가 덜 억울하겠는데 그런
일은 없었다고. 내가 뭐가 아쉬워서 나 싫다는 여자를 만나? 나
참 억울하네. 지수가 살아 있었으면 말이라도 해 줬을 텐데."

"네 입에서 다신 지수 이름 꺼내지 마, 역겨우니까. 알았어?"

"탁 변! 구경만 하지 말고 들어와서 말 좀 해 봐."

조 변호사는 사무실 밖에서 쭈뼛거리는 탁 변호사에게 들어
오라는 손짓을 했다. 정우는 조 변호사를 방에서 내쫓고 탁 변
호사라는 사람과 단둘이 마주 앉았다.

"지수 씨는 이혼하겠다고 했고, 양육권을 꼭 지켜야 한다고
했어요. 남편이 외도 중이라고 하기에 저는 유책 사유가 남편
에게 있다는 증거를 모으라고 했습니다."

"이혼이라니. 외도라니. 그런 말도 안 되는…."

"남편이 자기랑 가장 친한 친구와 바람을 피우는 것 같다고
했습니다. 수진이라는 사람과."

"뭐라고요? 수진이라고 했습니까? 제가 이수진과 바람을 피
운다고 했다고요?"

"네. 제가 그 이름을 어떻게 기억하냐면 제 와이프 이름도 수진이거든요. 그래서 기억에 남아 있네요."

"절대로 맹세코 수진이랑은 그런 사이가 아니었는데. 하아…. 내가 왜 변명을 하고 있지."

"제가 이혼 소송을 오래 맡으면서 생긴 감이 있는데요. 지수 씨는 여전히 남편을 사랑했던 것 같아요. 말로는 이혼하겠다고 하는데 글쎄요, 홧김에 그랬던 것 같기도 하고."

정우가 사무실을 나오자 밖에 있던 조 변호사가 움찔했지만, 그는 말없이 조 변호사를 지나쳐 걸어갔다. 정우의 속이 심란했다.

'말도 안 돼. 지수가 대체 왜 그런 생각을 한 거지? 의심할 사람이 없어서 이수진을….'

정우의 입장에서 수진과 자신의 관계를 의심하는 건 인욱과의 관계를 의심하는 것만큼이나 터무니없는 일이었다. 지수는 잘못 짚어도 한참을 잘못 짚었다. 그녀를 괴롭혔던 의심이 이토록 말도 안 되는 일이었다니. 자신에게 털어놓지 못한 지수에게 이젠 화가 날 지경이었다.

✦

인욱은 국과수 결과지를 한 번 더 훑었다.

정우가 놈의 기억에서 본 대로 피해자는 키가 작고, 머리가 희끗한 70대 여성이었다. 이름은 박미자. 친구의 장례식장에서 동네 사람들에게 마지막으로 모습을 보이고 실종됐다. 남편과 친정 가족들을 일찍 여의고 가족이라고는 딸 하나뿐이었지만, 그나마도 사이가 좋지 않아 왕래가 없었다. 실종 신고도 딸이 한 게 아니라 곗돈 들고 튄 거 아니냐고 동네 사람이 경찰에 신고하면서 사건이 알려지게 되었다.

인욱은 피해자에 대한 조사를 하면 할수록 더 답답해지는 기분이었다. 동네 위치도 그렇고 피해자와의 관계도 그렇고 서두원과의 연결 고리가 전혀 보이지 않았다.

인욱은 피해자의 딸에게 전화를 걸었다. 7년 전 실종됐던 엄마가 백골 사체로 발견되었다는 이야기를 전할 생각을 하니 입술이 바짝 말랐다. 경찰 업무 중에 단연 제일 힘든 일이었다.

딸의 반응은 생각보다 덤덤했다.

"하아…. 끝까지 정말."

"이런 말씀을 전하게 돼서 유감입니다. 죄송합니다."

"혹시 누가 죽인 건지 밝혀졌나요?"

"그건 이제 수사해서 밝혀내야죠. 어머니와 마지막으로 한 통화가 언젠가요?"

"엄마랑 친한 친구가 죽었다며 연락이 왔었어요. 장례식장에 올 수 있냐고 묻기에 바쁘다고 했죠. 시험 기간이기도 했고. 그러니까 뭐라 뭐라 또 욕만 늘어놨어요. 평소에도 엄마가 말을 좀 막 해서 저도 그렇고 동네 사람들이랑도 사이가 별로 안 좋앉어요. 엄마의 유일한 친구 장례식인데 그것도 못 오냐면서, 저한테 제 엄마가 죽어도 장례식장에 안 올 년이라고 했어요."

"혹시 의심이 갈 만한 사람이 있나요?"

"엄마가 얄미운 구석이 있긴 했지만 그래도 죽이고 싶을 정도로 그런 사람까진 아니었어요. 솔직히 누가 엄마를 죽였는지 전혀 모르겠네요."

박미자의 뼈가 발견된 이후 동네 분위기는 흉흉했다. 그녀가 7년 전 실종되었을 때도 어딘가 아무도 모르는 곳에 가서 잘 살고 있을지도 모른다고 동네 사람들은 입을 모아 말했다.

인욱은 동네 어르신들이 모인 마을 회관에서 박미자에 관한 이야기를 물었다. 인욱의 주변으로 사람들이 모였고, 저마다 그녀에 대한 이야기를 한마디씩 거들었다.

"말은 좀 밉게 해도 귀여운 구석이 있었지. 젊어서 고생을 많이 해서 그런가? 자기 손해 볼 짓은 안 하는 사람이었당게."

"나는 친구가 죽어서 충격으로 어디 멀리 여행이나 갔을 줄 알았지. 이게 무슨 끔찍한 일이냐고."

"자살한 거여? 아니면 누가 죽이기라도 한 거여?"

"저기 어르신, 박미자 님 친한 친구였다는 분은 누구예요?"

"거기는 암으로 죽었어. 무슨 암이었더라?"

"췌장암이여. 고약한 병에 걸렸지."

"그 사람이 진짜 진국이었지. 둘이 하도 붙어 다녀서 별명도 있었어. 뭐더라?"

"미자와 연자! 맞아 둘이 이름도 비슷했어. 연자가 워낙 온순해서 미자 고 억척스러운 년을 다 받아 준 거여."

"그 친구, 연자라는 분 가족들은 아직 동네에 계신가요?"

"아니. 연자는 아들이 둘인데 첫째는 집 나간 자식이고, 둘째가 엄마를 자주 굽어보고 착했어. 근데 제 엄마 죽고는 아예 동네를 떴어. 한 번도 못 봤네 그려. 갸도 온순하고 착했지."

이야기를 나누고 회관을 나온 인욱은 벤치에 앉아 잠시 생각을 정리했다.

'죽은 박미자는 친구 김연자의 장례식장에서 마지막으로 모습을 보이고 사라졌다. 성격이 다소 괴팍했던 박미자의 유일한 친구인 김연자는 암으로 투병하다가 죽었다. 김연자는 아들이 둘인데 1명은 거의 집에 오는 일이 없었고, 둘째 아들은 어머니를 살뜰히 챙겼다….'

인욱은 뭔가 자신이 빠트린 심플하지만 결정적인 단서가 있는 것 같아 이마를 긁적거렸다. 그때 수진에게서 전화가 걸려왔다. 그는 설마 하는 마음으로 전화를 받았다.

"여보세요?"

"인욱아! 왔어! 놈이 왔다고!"

"지금요? 서두원이 지금 병원에 왔어요?"

"빨리 와! 나 지금 무서워 죽겠어. 정우는 전화도 안 받는다고."

서두원은 며칠 동안 콧물이 나고 기침을 했다. 그는 가벼운 감기겠거니 하며 약국에서 약을 사 먹고 버텼다. 하지만 코뿐 아니라 주변 피부와 눈까지 가려운 증상이 계속되자 결국은 병원에 가기로 했다. 그가 고개를 돌리고 손수건으로 입을 가리며 기침을 했다. 행동에 조심성과 겸손함이 배어 있었다.

수진은 이전엔 아무렇지 않았던 그의 사소한 행동이나 표정에도 움찔거리고 마른침을 삼켰다. 그녀는 내색하지 않으려고 몇 번이나 '흠흠' 하며 목을 풀고 가다듬었다.

"알레르기성 기관지염 증상이네요. 일교차가 크고 꽃가루가 날려서 그럴 수 있어요. 요즘 많이 피곤하세요? 면역력이 떨어지면 이런 증상이 와요. 오늘 약은 처방해드릴 텐데 증상이 계속되면 이비인후과에 가보세요. 링거 하나 드릴까요?"

"아뇨. 오늘은 가게 일이 바빠서 바로 가봐야 해요."

"그러시구나. 그럼 약만 처방해드릴게요."

수진은 속으로 '아, 이러면 안 되는데.'라는 생각에 애가 타면서도 태연하게 컴퓨터 모니터를 바라보며 키보드를 두드렸다. 약만 타 간다고 하는데 링거 좀 맞고 가라고 읍소할 수도 없고 강요할 수도 없는 노릇이었다. 수상해 보이거나 의심을 살 만한 일체의 행동을 해선 안 됐다.

놈을 그냥 이대로 보내야 하나 싶은 순간에 수진이 진료실 구석에 놓인 패널이 생각나 고개를 돌렸다.

[마리누스 칵테일 주사_30분 만에 고용량 비타민 UP! 미네랄 UP! 면역력 UP! 만성 피로와 편두통, 천식, 비염, 근육통 등에 좋습니다.]

그가 자연스럽게 패널로 시선을 돌렸다. 그녀는 최대한 무심한 표정을 지으며 덤덤한 목소리로 말했다.

"이번에 새로 들어온 수액인데, 시간도 30분이고 영양이 고루 들어가 있어서 맞으면 몸이 좀 가뿐하실 거예요. 기침도 덜할 거고요."

그가 잠시 고민하더니 지난번에 링거를 맞고 일어났을 때의 개운함을 떠올리며 고개를 끄덕였다.

"30분이면 뭐… 맞고 갈게요."

"그럼 링거에 진통 소염제도 같이 넣을게요."

"네."

그가 진료실을 나가자마자 수진은 깊숙이 안도의 숨을 내쉬었다. 손바닥 손금 사이로 땀이 차올랐다. 양 볼을 감싸고 있던 손으로 머리카락을 쓸어 올리고는 급히 정우에게 전화를 걸었다.

"전화 좀 받아라! 한정우! 전화 좀!"

"여보세요."

수화기 너머로 잠에서 덜 깼는지 나른하고 축 처진 정우의 목소리가 들려왔다.

"야! 너 전화를 왜 이제야 받아! 지금 서두원이 병원에 왔다고. 방금 내가 수액 처방했는데 오늘은 시간이 30분밖에 없어. 빨리 와!"

잠시 의자에 기대앉아 졸고 있던 정우는 수진의 말에 바로 차 키를 들고 집을 나섰다.

병원에 도착했을 땐 마침 수진이 병실 침대를 옮겨 나오고 있었다. 정우는 서두원이 잠들어 있는 모습을 보자 어떤 충동을 주체하기가 어려웠다. 잠시지만 뭔가에 씐 것 같은 기분이 들었다. 그가 정신을 차렸을 때 정우는 놈에게 바짝 붙어 있었다. 수진이 당황하며 정우를 끌어당겼다.

"야, 떨어져. 너 무섭게 왜 그래."

정우는 속으로 지금 저 목을 조르면 어떨까, 바동거리는 놈에게 왜 그랬냐고 소리라도 지르면 속이 시원해질까 생각했다. 그는 모든 진실을 알게 됐을 때 사적 보복의 유혹을 이겨 낼 수 있을지 자신이 없었다.

수진은 모든 준비가 끝마쳐질 때까지 적당한 거리에서 팔짱을 끼고 서 있었다. 정우는 그녀가 놈에게서 자신을 지키는 것인지, 자신에게서 놈을 지키는 것인지 모호하다고 생각했다.

'대체 이놈은 무슨 생각인 거야….'

두 눈을 감고 곤히 잠든 그를 바라보았다. 평온한 표정이 좋은 꿈을 꾸는 것 같았다. 누구에게도 의심을 살 만한 구석이 없는 선량한 모습이 그는 더욱 거북했다. 정우는 놈의 머리에 전극을 붙이고 전자기 헬멧을 씌우면서, 이번엔 놈의 어떤 기억을 보게 될지 온갖 의문과 감정이 해일처럼 밀려왔다.

수술이 끝나자 수진이 놈을 데리고 떠났고 방에는 정우 혼자만 남았다. 인욱에게서 계속 전화가 걸려 왔지만 받지 않았다. 정우는 아직 아무 기억도 떠오르지 않았으니 딱히 할 말도 없었다.

그때 누군가 자신을 향해 걸어오는 발소리가 들렸다. 그는 숨을 죽였다.

4
살인자의 기억

서두원은 어둡고 습한 곳에 있었다. 들이마시는 숨에서 축축하고 무거운 공기가 느껴졌다. 잘 보이진 않아도 고개를 돌리면 근처에 강이나 호수, 댐같이 물이 고인 곳이 있는 게 분명했다. 그는 차 트렁크에서 20kg이라고 적힌 덤벨을 하나씩 양손에 들었다. 그렇게 총 다섯 개의 덤벨을 두어 번에 나눠서 강가 쪽으로 옮겼다.

전날 비가 많이 왔는지 땅은 아예 진흙으로 변해 있었다. 그는 차 근처로 돌아오다가 발이 미끄러져 엉덩방아를 세게 찍었다. 넘어지면서 꼬리뼈 위쪽을 뾰족한 돌에 찧는 바람에 엉덩이 쪽으로 찌릿한 통증이 느껴져 왔다.

"으…."

그가 작게 신음을 냈다. 덤벨을 다 옮기자 이번엔 트렁크에서 이민 가방을 꺼내기 위해 씨름했다. 정우는 트렁크 바로 아래에 있는 차량 번호를 확인하려고 했지만, 사방에 빛이 전혀 없는 탓에 잘 보이지 않았다. 가방이 꽤 무거웠는지, 놈은 가방을 양손으로 있는 힘껏 질질 끌며 강가로 옮겼다. 한 번 힘을 주면 15cm 정도 겨우 끌 정도로 속도가 나지 않았다. 질펀거리는 땅에서는 가방에 달린 작은 바퀴 네 개가 아무 소용이 없었다.

강가에 도착한 그는 굵은 통나무로 얼기설기 엮어진 배 근처로 가방을 끌고 갔다. 실제 사람들이 타는 배라기보다는 관상용에 가까웠다. 그는 배에 가방을 먼저 올린 후 덤벨을 하나씩 올렸다. 그리고 마지막으로 자신도 조심스럽게 올라탄 후 기다란 노로 강바닥을 밀어냈다. 일렁이는 강물이 진득한 검은색기름처럼 보였다. 그는 노를 저었지만 배는 가는 건지 마는 건지 모를 정도로 아주 천천히 강 한가운데를 향해 흘러갔다.

강 한가운데는 달빛을 받아 제법 밝았다. 강에 반사된 달빛이 은은하게 빛을 냈다. 소름 끼치게 공포스러우면서도 아름다운 광경이었다.

그는 손으로 더듬거리며 지퍼를 찾더니 가방을 열었다. 열린 가방 사이로 가장 먼저 털이 듬성듬성 난 발가락이 보였다. 정확히는 엉덩이 허벅다리서부터 발가락까지였다. 가방 안에는 역시나 토막 난 시체가 들어 있었다. 굵은 종아리에 얼핏 문신이 보였는데 검은색 집이 붉은 화염에 사로잡힌 특이한 그림이었다. 그는 고개를 숙여 통나무 사이에 두었던 덤벨을 하나씩 들어 올렸다. 그리고는 가방 안에 깊숙이 집어넣었다.

그는 마지막 덤벨을 가방 귀퉁이로 넣으려다가 안에 있던 목이 잘린 남자와 정면으로 눈이 마주쳤다. 목이 잘린 남자는 공포에 질린 것인지, 죽기 직전에 느낀 분노 때문인지 두 눈을 부릅뜨고 있었다. 죽은 남자의 눈에 달빛이 비치자 마치 살아 있는 사람처럼 반짝거렸다. 당장이라도 가방에서 튀어나와 그를 강가로 떠밀어 버릴 것 같은 표정이었다.

피해자는 머리숱이 많고 콧수염이 있었다. 40대 중후반 정도로밖에 보이지 않았다. 살인자 앞에서 지은 마지막 표정이어서 그런진 모르겠지만 인상이 썩 좋은 편은 아니었다. 그는 덤벨 다섯 개를 가방 안에 고루 넣고는 가방을 닫기 전 잠시 머뭇거리더니, 손바닥으로 남자의 얼굴을 쓸어내렸다. 시퍼렇게 뜨고 있던 남자의 두 눈이 스르르 감겼다. 딴엔 그게 일종의 배려라고 생각했는지는 알 수 없었다. 그는 지퍼를 닫고 가방을 강 속으로 밀어 넣었다.

그는 가벼운 몸으로 되돌아왔다. 이제 어둠에 완벽히 적응한 두 눈은 주변 사물을 더 명확하게 볼 수 있었다.

차 트렁크를 닫으며 얼핏 보이는 차량 번호를 정우는 놓치지 않고 기억해 두었다. '01 나 6594', 차종은 검은색 스포티지였다. 그는 차를 타고 그곳을 유유히 벗어났다. 마음에 드는 노래가 나올 때까지 라디오 채널을 돌린 것을 보면 유유히 떠났다는 표현이 적당했다.

방금까진 몰랐는데 차를 운전해서 나오다 보니 정우에게도 익숙한 풍경이 보였다.

'어? 여기는….'

이전에 정우가 한참 캠핑에 빠졌을 때가 있었는데, 그곳은 일반 사람들은 잘 몰라도 캠핑족 사이에선 꽤나 유명한 곳이었다. 경기도 포천의 명성산 근처 여우고개 너머에 있는 호수였다. 2km만 나가면 캠핑장이 즐비해 있는 곳이기도 했다. 이날은 비가 많이 온 직후고, 날이 추워서 사람이 없었다.

또 다른 시체 유기 현장이었다. 이번 피해자는 젊고 건장한 체격의 남자였다.

피해자들 사이엔 어떤 연관성도 없었다. 원한이나 금품, 치정, 보복 등과 같은 이유는 보이지 않았다. 그 말인즉슨 범인은 그냥 살인 자체를 즐기고 있다는 뜻이기도 했다.

✦

수진이 일을 마무리하고 서둘러 정우의 사무실로 들어왔다. 저번처럼 그가 토하고 정신을 잃진 않을까 잔뜩 겁을 먹은 표정이었다.

"너 괜찮은 거야? 뭐가 좀 기억 났어?"

그녀가 침대에 걸터앉아 있는 정우를 보고 안심하는 순간 그가 또 구역질을 하기 시작했다. 이번에는 기억을 다 해낼 때까지 오래 참은 셈이었다. 수진은 어김없이 한숨을 푹 쉬며 그의 등을 세게 두드렸다.

ㅡ웩! 우엑! 웩!

"어휴…. 대체 또 무슨 기억이기에."

한참이나 올라오는 욕지기 때문에 말을 잇지 못했던 정우가 찬물로 입을 헹궜다. 그는 눈 밑이 퀭하고 어깨가 축 처진 좀비처럼 비치적거리며 걸었다. 그가 구토하는 동안 옆에서 멍하니 생각에 잠겼던 수진이 바닥에 튄 토사물을 치우며 말했다.

"괴물과 싸우는 사람은 그 싸움 중에 괴물이 되지 않도록 조심해야 한다고 하잖아."

"니체."

"그래, 니체. 네가 놈의 심연을 오랫동안 들여다본다면, 그 심연 또한 너를 들여다볼 거야. 기억이라는 게 결국은 그 개인을 구성하는 요소잖아. 그렇게 내밀한 것을 공유하다 보면 어느 순간 더 많은 것을 공유하게 되는 건 아닌지 걱정된다."

"그런 거 없어. 내가 찾는 건 오로지 진실뿐이니까."

그때 인욱에게서 다시 전화가 걸려 왔다.

"형! 괜찮아요? 놈이 병원에 왔다던데 만났어요?"

"응. 저번처럼 기억을 이식했는데…."

"휴우…. 이번엔 또 뭐예요?"

"서두원은 그냥 살인범이 아니야. 연쇄 살인범이야. 이번엔 토막 난 남자 시신을 강에 버리고 있었어."

"정말 미쳐 버리겠네."

인욱이 잠시 충격으로 말을 잇지 못했다.

"그 남자 시신 말인데 어디에 버렸는지 알 것 같아. 이전에 가본 적 있어. 경기도 포천에 명성산 근처 호수야. 내가 내비게 이션으로 정확한 위치를 찍어서 보낼게. 그날 놈이 타고 간 차량은 검은색 스포티지, 차량 번호는 01 나 6594."

"이 새끼 대체 몇 명이나 죽인 거야."

"이번엔 증거가 있길 바라야지."

경찰서 앞 벤치에 앉아 있던 인욱은 전화를 끊자마자 "으아악!" 하고 소리를 질렀다. 머릿속이 터질 것처럼 복잡했다. 그는 양팔로 머리를 감싸고 생각에 잠겼다.

'놈은 지금 이 순간에도 살인을 계획 중이거나 실행 중일 가능성이 높다. 살인을 멈추지 못했을 거야. 최근 언론에 야산에서 백골 사체가 나왔다는 기사가 떴으니 어쩌면 잠시 주춤하고 있을지도 모르지. 그렇다면 다행이겠지만.'

[전남 무안 야산에서 백골 사체 발견… 경찰 수사 중]
[7년 전 실종된 70대 여성, 야산에서 백골 사체로 발견돼 충격]
[무안 야산에서 발견된 백골 사체… 국과수에 부검 의뢰 '사인 확인 중']

인욱은 범인도 기사를 봤을 거라고 확신했다. 놈은 시체가 발견된 사실이 의아하면서도 자신의 범행을 언론이 떠들어 대는 모습에 희열을 느낄 것이다. 그때, 2팀 팀장이 반쯤 감긴 눈으로 자판기 커피를 뽑기 위해 느릿느릿 걸어오는 모습이 보였다. 인욱은 동전 몇 개를 자판기에 넣고 밀크커피를 뽑았다.

"며칠 밤을 샌 거예요? 2팀 애들 아주 혼이 나갔던데."

"지금 털털이가 나타난다는 제보받고, 잠복하고 빵이치고 또 잠복하고 반복하길 한 달이 넘었다. 이 새끼 이거 진즉에 해외로 튄 거 아닌가 모르겠어."

털털이는 장물 거래뿐 아니라 대규모 마약 거래까지 손을 대서, 마약 전담인 2팀이 잡으려고 혈안이 되어 있었다. 인욱은 얼핏 털털이와 형님 동생 사이로 지내는 서두원이라면 그의 소재를 알 수도 있겠다는 생각이 들었다.

"넌 이번에 백골 사체 찾았다며. 너희 팀장이 너 마음에 안 든다고 난리야. 너 때문에 편두통이 도졌대."

"아하하…. 네…."

"시체 위치는 어떻게 안 거야?"

"그게 그 제보자, 아니 목격자가…."

"목격자? 그럼 왜 이제까지 말 안 했대? 그 사람이 용의자인 건 아니고?"

"아뇨. 그건 확실히 아니에요. 근데 뭐랄까, 지금 목격자가 위축돼 있어서 자칫 진술을 멈추고 도망갈 가능성이 있다 보니 최대한 비밀리에 접근하고 있어요."

인욱은 다들 잦은 밤샘으로 예민해진 상황에서 또 다른 시체를 찾는다고 하면 팀장이 난리를 칠 거라는 생각에 막막했다.

마침 인욱의 팀장도 자판기 쪽으로 걸어오고 있었다.

"어이! 둘이 뭘 그렇게 속닥속닥해? 불안하게."

인욱이 팀장에게 또 한 번 시체를 찾으러 간다고 하자, 역시나 팀장은 목에 핏대를 세웠다.

"뭐? 소스가 누군데? 이번엔 강바닥을 뒤지겠다고? 그게 말이나 되는 소리야? 혹시 저번 백골 사체랑 같은 제보자야?"

"팀장님, 이번 한 번만 더 저를 믿고 도와주세요. 피해자 꼭 찾아올게요."

"야! 내가 너를 아무리 예뻐해도 일을 이렇게 독단적으로 하면 어떡해! 보고도 안 하고 밑도 끝도 없이 말이야."

"이제껏 실망시킨 적 없잖아요. 제가 꼭 잡고 싶은 놈이 있는데 지금은 이렇게밖에는 설명이 안 돼요."

결국, 팀장을 설득한 인욱은 다음 날 일찍부터 잠수팀을 꾸려 정우가 알려 준 곳으로 찾아갔다. 캠핑을 왔던 몇몇 사람들은 경찰이 와서 조사를 시작하자 모두 자리를 떠났다.

"이야! 경치 참 좋네."

강가에는 중백로, 해오라기, 왜가리 등 다양한 새들이 저마다 자리를 차지하고 앉아 쉬고 있었다. 인욱은 잠수를 앞둔 잠수사에게 인사를 건넸다.

"오늘 잘 부탁드려요. 조심하시고요."

"여긴 수위가 높지 않고 유속도 빠르지 않아서 크게 위험하진 않을 겁니다. 시야가 좀 안 보일 것 같긴 하지만요."

강 밑에서 잠수사들이 번갈아 가며 수색을 한 지 8시간가량이 지났다. 날이 어두워지기 전에 오늘은 이만 마무리를 해야 하나 싶을 때 물속에서 무전이 들려왔다.

"어? 이거 가방 같은데? 큰 가방이 하나 있는데 뭐에 걸렸는지 잘 안 들려요. 아무래도 밧줄로 고정해서 끌어 올려야 할 거 같아요."

"네. 천천히 작업할게요. 우선 다른 잠수사분이 밧줄을 가지고 내려갈 겁니다. 조금만 기다려 주세요."

잠수사가 가방을 밧줄로 단단히 고정하자 배 위에서 조금씩 밧줄을 당겼다. 검은색 이민 가방이 수면 위로 올라왔다. 정우가 말한 그대로였다.

다들 무언가 불길한 예감에 멈칫거릴 때 인욱이 지퍼를 찾아 가방을 열었다. 안에는 말도 못 하게 끔찍한 모습으로 썩은 인간의 뼈가 들어 있었다. 또 한 번의 백골 사체였다.

현장에 있던 사람들 모두 충격에 얼어붙은 듯 숨소리도 내지 못했다. 그때 정적을 깨는 파열음이 들렸다.

−치지직. 치지직.

물속에서 또 한 번의 무전이 들려왔다.

"여기 가방이 하나 더 있어요."

"뭐라고요?"

"똑같은 가방 같아요. 아! 이것도 꿈쩍 안 해요. 우선 밧줄로 고정할게요."

잠수사도 불길한 예감을 한 듯 말끝을 흐렸다.

역시 같은 방법으로 끌어 올려진 두 번째 가방을 앞에 두고 모두 숨을 죽였다. 이번엔 인욱도 도저히 내키지 않았다. 알 수 없는 전율이 등골을 타고 내려갔다. 그가 천천히 지퍼를 내려 가방을 연 순간, 죽은 지 오래되지 않은 토막 시체가 보였다. 피부 조직 상태로 봐서 최근에 죽은 게 분명했다. 차가운 강물 속에서 비교적 시신 보존이 잘되어 있었다.

그간 엽기적인 사건을 수없이 다루고, 참혹한 살인 현장을 수년간 누빈 형사들도 모두 머뭇거릴 만큼 충격적인 광경이었다. 인욱은 바로 팀장에게 전화해 상황을 보고했다.

"팀장님, 강 아래서 백골 시체 한 구와 근래에 살해된 것으로 보이는 토막 시신 한 구를 찾았습니다."

"뭐? 너 지금 뭐라고 했어?"

머지않아 서울 경찰청 현장반에서 과학 수사 요원들이 장비를 가지고 도착했다. 두 시간 반에 걸친 현장 감식 후에 사체는 정밀 검사와 신원 확인을 위해 병원으로 옮겨졌다.

'죽은 자는 말이 없지만 사체는 이야기한다.'는 말이 있다. 사체의 피부 변화와 빛깔, 위의 내용물 등이 수사를 하는 사람에게 많은 이야기를 해 주기 때문이다.

인욱은 속으로 간절히 빌었다.

"제발 당신을 죽인 사람을 말해 줘."

✦

정우는 그동안 기억 삭제술을 했던 2명의 환자와 면담을 마쳤다. 각각 화재 사고와 교통사고 트라우마가 있었던 환자는 현재 해당 기억을 잊고, 전과 다를 것 없는 일상을 살고 있었다. 물론 정우가 누군지도 전혀 알아보지 못했다.

마지막으로 남은 것은 단 1명. 전화도 받지 않고, 두어 번 주소지에 찾아가 보았지만 아무도 만날 수 없었다. 정우는 오늘 마지막으로 다시 그녀의 집에 찾아가는 중이었다.

이름은 황미영. 70대 초반의 여성이었다. 정우는 그녀를 처음 만났을 때를 떠올렸다. 피부는 하얀 편이었고 깨끗하게 잘 다려진 옷을 입고 있었다. 목소리가 작았는데 말투는 공손하다 못해 주눅이 들어 있었다.

"저기 선생님, 제가 지우고 싶은 기억이 있어요."

"그게 무슨 기억인지 말씀해 주실 수 있나요?"

그녀는 한참을 망설이다가 이야기 하나를 꺼내 놓았다.

"어느 날 문득 딸이 좋아하는 취나물 무침이랑 게 찌개를 해서 딸네 집에 간 적이 있어요. 늘 먼저 연락을 하고 갔는데 그날은 왜 그랬는지 모르겠지만 그냥 갔어요, 연락도 없이. 근데 가보니까 사위가 칼을 들고 있고, 거실 바닥에는 피가 흥건했어요."

그녀는 말을 하는 게 힘겨운지 잠깐 호흡을 가다듬고 말을 이었다.

"사위가 딸을 폭행하고 있었어요. 딸이 이른 나이에 결혼하겠다고 할 때 내가 말렸어야 했는데…. 알아서 잘하겠지 하고 방치한 것은 아닌가… 죄책감이 들더라고요."

"따님이 지금도 그 사람이랑 살고 있어요?"

"아뇨. 이혼하고 재혼했어요. 지금은 아이도 낳고 행복하게 잘 살고 있어요."

"다행이네요."

"네, 그렇죠. 근데 그때 딸의 피가 거실 바닥에 흐르고, 칼을 들고 있는 사위의 모습이 아직도 머릿속에서 가시질 않아요. 가능하다면, 정말 가능하다면 지우고 싶어요. 그 기억을."

황미영은 딸이 재혼해 가정을 꾸리고 잘 살고 있음에도 불구하고 여전히 과거의 기억이 자신을 괴롭힌다고 했다. 그녀의 얼굴엔 죄책감만큼 무거운 그림자가 드리워져 있었다.

"그때 기억을 지워 보도록 하죠."

"딸한테는 비밀로 하고 싶어요. 딸은 제가 그때 기억으로 여태껏 힘들어하는지 몰라요. 지금 잘 지내는데 괜히 그 일을 떠올리게 하는 것도 싫고."

정우는 그녀의 집인 단독 주택에 도착했다. 벨을 누르고 서성였지만 역시나 대답이 없었다. 혹시나 해서 문을 당기자 바깥 출입문이 열렸다.

그가 문을 열고 들어가자 아름답게 가꾸어진 화단이 눈에 들어왔다. 백일홍과 산수유 꽃, 아이리스와 헬레보러스, 글라디올러스와 같은 꽃과 함께 상추, 수박, 고추 등 쌈 채소들이 알뜰히 심어져 있었다. 그리고 한쪽 편에는 무화과나무도 심겨 있었다. 집주인은 조경 쪽에 관심이 있는 것 같았다.

그는 문을 두드리면서 연신 "저기요!"를 외쳤지만 인기척이 없었다. 그때 정우의 소리를 들었는지 바깥문을 열고 어떤 할머니가 집 안으로 들어왔다.

"거기 누구요?"

"안녕하세요. 여기 황미영 씨 댁 맞죠?"

"맞는데 지금 없어. 이제 안 올 거야."

"네? 어디 가셨어요?"

"요양 병원 갔어. 갑자기 치매가 와 가지고. 근데 누구여?"

정우는 순간적으로 상황 파악이 안 되는지 고개를 갸우뚱하며 바보 같은 표정을 지었다. 할머니도 정우의 마음을 이해한다는 듯이 말했다.

"나도 놀랐어. 멀쩡하던 사람이 갑자기 치매라고 해서. 그리

고 요양 병원에 간다니. 우리 나이쯤 되면 자식들이 요양 병원
보낼까 봐 그게 제일 걱정이거든. 행여나 해서 나는 죽어도 요
양 병원엔 안 간다고 미리 선언해 놓는다고. 근데 그 사람은 참
안타깝게 됐지."

"그 요양 병원이 어딘가요?"

"이름이 뭐더라? 인천에 행복 요양 병원? 내가 이름 한번 개
떡같이 지었다고 했지. 그이 말로는 거기가 시설도 좋고 밥도
맛있고 뭐 그렇대. 원래 치매가 그렇잖아. 이상하다가도 순간
적으로 멀쩡해지는 순간이 있단 말이여. 그때 미영이가 자기,
곧 병원에 간다고 인사를 하러 왔더라고."

"언제 가신 거예요?"

"한 6개월 된 거 같은디?"

6개월 전이라면 수술 시점과 딱 맞아떨어졌다. 그렇다면 기억
삭제술의 부작용 때문에 치매가 왔을 수도 있다는 뜻이었다.

정우는 사색이 되어 도망치듯 집을 빠져나왔다. 그는 바로 택
시를 타고 황미영이 있다는 요양 병원으로 향했다. 도무지 어
떻게 된 상황인지 알 수가 없었다. 지금으로써는 그녀를 만나
직접 확인하는 것이 최선이었다.

병원에 도착했을 때 황미영은 밖에서 산책 중이었다. 그는 천
천히 그녀가 앉아 있는 벤치를 향해 걸어갔다.

"안녕하세요."

그는 인사 다음엔 뭐라고 말을 붙여야 하나, 나를 뭐라고 소개하지, 머릿속이 복잡한 얼굴로 황미영의 옆에 조심스레 앉았다. 그녀가 정우 쪽으로 시선을 돌리면서 말했다.

"어? 오래간만이에요, 선생님."

그 말에 정우는 머릿속이 새하얘지면서 자신이 어떤 표정을 짓고 있는지 컨트롤할 수 없었다.

'나를 알아보는 건가?'

그는 애써 태연한 척하며 물었다.

"혹시 저를 아세요?"

"네. 여기 선생님이잖아요. 근데 저 요즘에 안 아파요. 두통도 없고, 밤에 잠도 잘 자요. 여기가 집보다 나아요. 여기선 악몽을 꾸지 않으니까."

정우는 여전히 그녀가 자신을 기억하는 건지 아닌지 헷갈렸다. 단순히 이 병원의 의사로 착각하는 것일 수도 있었다.

"집에 무화과나무가 있어요. 오래전에 딸이랑 심은 나무예요. 무화과를 따서 잼으로 만들면 우리 손녀가 그걸 빵에 발라서 잘 먹었어요."

정우는 조금 전 그녀의 집에서 봤던 무화과나무를 떠올렸다. 무화과가 작은 복주머니처럼 올망졸망하게 달린 모습이 보기 좋았더랬지. 10월이니 딱 수확 철이기도 했다.

"노인네처럼 기회만 있으면 자꾸 사람들한테 말을 붙이게 되네요. 아무래도 심심해서 그런 거겠죠. 나는 아직 여기서 친구를 사귀지 못해서."

"여기 생활은 괜찮으세요?"

"뭐 끼니때마다 밥 주니까 귀찮은 일도 없고, 아프다고 하면 진통제 주고, 이렇게 산책할 수 있고. 뭘 더 바라요. 이 정도면 됐지."

정우는 정확한 확인을 위해서 더 구체적으로 물어보았다.

"사실 저는 이 병원 의사가 아니에요. 저를 다른 분과 착각하신 거 같아요."

정우의 말에 그녀가 그를 빤히 들여다보았다. 그 시선이 불편한 듯 정우는 눈을 다른 곳에 두었다.

"음, 그런가 보네요. 제가 다른 사람이랑 착각했나 보네요."

정우는 기분이 묘했다. 여전히 뭔가 분명하지 않다는 생각에 자신도 모르게 한숨이 새어 나왔다.

"무슨 고민 있어요?"

"네. 털어놓고 싶어도 말할 수 없는 그런 고민이요."

잔뜩 긴장해서 지쳐 있던 정우가 순간적으로 진심을 털어놓았다.

"맞아요. 사람은 누구나 그런 고민들이 있죠. 남들한테 솔직하게 말할 수 없는 고민 같은 거. 저는 이만 들어가야겠네요. 먼저 일어날게요."

좀 더 물어볼 게 많았는데, 정우는 아쉬운 마음에 함께 일어나 멀어지는 그녀의 뒷모습을 바라보았다. 그녀는 느릿느릿하게 병원 건물 쪽으로 발걸음을 옮기고 있었다. 그러다 그녀가 뒤돌아보며 정우에게 말했다.

"걱정하지 마세요, 선생님. 기억은 다 지워졌어요. 더 이상 눈앞에 떠오르지 않는 것을 보면 지워진 게 분명해요."

정우는 벤치에 풀썩 주저앉았다. 그녀가 하는 말을 잘 이해할 수 없었지만 한 가지는 분명했다. 그녀는 정우가 누군지 알고 있었고, 자신이 기억 삭제술을 받았다는 사실 또한 기억하고 있었다.

'혹시 기억 삭제술을 해서 치매가 온 걸까? 아니야, 그럴 리가 없어. 오히려 뇌 속에 전극을 심고 미세 전류를 흘려보내 치매를 치료하는 '뇌 심부 자극술(DBS)'을 보면 내가 하는 것은 치매 치료에 더 가까워. 기억 삭제술이 치매를 유발하다니 있을 수 없는 일이야.'

정우는 그럴 리가 없다고 주문처럼 되뇌었지만, 의미 없는 행동이었다. 이미 자신이 믿고 쌓아 왔던 것들이 무너져서 바닥에 뒹굴고 있었다.

정우는 더 이상 자신을 신뢰할 수 없었다.

✦

정우는 사무실에 혼자 남아 있었다. 자신이 지금 생각에 골똘히 잠겨 있는 건지, 아무 생각도 하지 않고 있는 건지 본인도 잘 모르겠는 멍한 상태에 빠질 때쯤 수진이 문을 열고 들어왔다.

"뭐야. 너 또 상태가 왜 그래?"

"…왔어?"

"어휴…. 밥은 먹고 다니냐?"

그녀가 따끈한 토스트가 담긴 검은 비닐봉지를 그에게 건넸다.

"너 뭔 일 있었어? 마지막으로 만난다는 환자는 어떻게 됐어?"

그녀가 입안 한가득 토스트를 베어 먹으며 물었다.

"응. 그 환자가 나를 기억하더라. 자기가 기억 삭제술을 받은 것도 모두."

"뭐라고? 진짜야? 근데 너 왜 이렇게 담담하게 이야기해?"

수진이 세상 심각한 표정으로 이미 입안에 욱여넣은 토스트를 씹었다.

"나도 뭐가 뭔지 모르겠다. 아무튼 확인하길 잘한 것 같아. 근데 너무 답답해. 언제까지 놈이 병원에 오기만을 기다리고 있어야 하냐고."

"인욱이가 지금 수사 중이고, 덕분에 시신도 세 구나 발견됐잖아. 분명 증거가 나올 거야. 잡아 족치는 것도 수사망이 좁혀졌을 때 해야 해. 놈이 빠져나가지 못하도록."

"그래. 네 말이 맞아."

정우는 맥없이 토스트를 오물거리다가 무언가 생각이 났는지 말을 꺼냈다.

"지수가 말이야. 지수가 우리 관계를 의심했었대."

"뭐? 누굴 의심해?"

수진은 말의 요지도 파악하지 못하고 재차 물었다.

"너랑 나 말이야. 그러니까 우리가 친구 이상의 관계가 아닌지 의심했었다고."

"야, 그게 무슨 말도 안 되는 소리야."

"그치? 그러니까 그게 무슨 말도 안 되는 소리냐. 내가 하고 싶은 말이다."

정우는 그간 지수의 이모와 조 변호사를 만났던 일들을 수진에게 모두 털어놓았다.

"지수가 이혼 소송까지 준비했었대. 양육권을 지키려고 변호사한테 그랬다더라. 남편이 친한 친구와 바람을 피운다고. 너 말이야, 너. 이수진 너랑."

"정말? 그런데 그 지경이 될 때까지 지수가 왜 나한테 말을 안 했지?"

"야, 너랑 나랑 심각한 사이라고 생각했다면 당연히 말을 못했겠지."

"말도 안 돼. 내가 왜 친구 남편을 건들겠어. 심지어 너는 내 취향도 전혀 아닌데. 인욱이라면 모를까."

"응? 여기서 갑자기 인욱이? 너 인욱이한테 관심 있어?"

"내 말은 너는 정말 아니라는 것을 강조하기 위해서 굳이 비교한 거지. 그리고 인욱이는 나이가 너무 어리잖아. 6살? 7살연하던가?"

"5살. 근데 너 그 말은 인욱이가 너보다 어리지만 않았어도 잘해 보고 싶었다는 말처럼 들린다."

"야! 딴 데로 새지 마. 지금 그게 중요해?"

수진은 뜬금없는 정우의 공격에 얼굴이 붉어졌다. 웃긴 상황은 아니었지만 정우는 살짝 웃음이 났다. 수진이가 인욱이에게 관심이 있었을 줄이야. 전혀 생각지도 못했다.

정우는 속으로 말했다.

'지수야, 거봐. 정말 아니잖아. 왜 그런 오해를 한 거야.'

✦

강에서 시체 두 구를 건져 올린 이후 인욱은 제대로 밥을 먹지 못했다. 그는 만 하루를 꼬박, 개수로는 네 끼를 굶고는 '그래도 먹고 살아야지.'라고 푸념 같은 말을 뱉으며 국밥집으로 향했다.

이 일을 하다 보면 늘 그랬다. 당장은 다신 밥을 먹지 못할 것처럼 비위가 상하고 입맛이 없어도 항상 시간이 지나면 배가 고팠다. 그렇게 허기지다 보면 어느새 밥은 입안으로 들어갔다. 인욱은 이런 게 사는 힘인가 보다 하고 생각했다. 그때 국과수에 있는 친한 동료에게서 전화가 걸려 왔다. 인욱이 부검 결과를 최대한 빨리 알려 달라고 채근해 놓았던 탓이었다.

"어, 뭐가 좀 나왔어?"

"응. 박미자 씨 두개골에 망치 같은 둔기로 맞아서 함몰된 자국이 있어. 그게 사인이야. 누군가 불시에 뒤에서 가격한 거지. 이게 뒤통수를 공격한 거라서 면식범이거나 전혀 위협적으로 생각하지 않았던 사람에게 당했을 가능성이 있어."

"그렇구나. 이번에 강가에서 나온 시신은?"

"그건 최대한 빨리 진행하고 있어. 시체가 같은 방식으로 두 구나 나온 사건이라 연쇄 살인의 가능성이 높아서 내일 중으로 나올 거야. 바로 전화할게."

"그래, 고생한다. 고마워."

"네가 왜 고마워. 이게 내 일인데. 네가 월급 주는 것도 아니고."

"인마, 그냥 좀 따스하게 마무리 좀 하면 안 되냐."

"됐어. 어울리지도 않는 따스한 마무리. 너나 몸조심해."

"고맙다."

인욱은 전화를 끊고 며칠 만에 입가에 미소를 지었다.

그는 밥을 다 먹고 첫 번째 피해자 박미자가 발견된 곳으로 갈 예정이었다. 꼭 확인할 일이 있었다. 피해자가 생전에 마지막으로 모습을 보였던 곳은 친한 친구 김연자의 장례식장이었다. 김연자의 신원을 조회해 보니 아들은 1명뿐이었다.

'어? 분명 동네 사람들은 아들이 둘이라고 했는데.'

그리고 곧이어 더 놀라운 사실을 발견하는데, 김연자의 호적에 올라 있는 아들이 2팀에서 그렇게 찾으려고 혈안이 돼 있는 털털이, 본명 최대복이라는 것이었다. 그 사실을 알게 된 2팀 팀장이 인욱에게 물었다.

"최대복이 가족이라고 해 봐야 오래전 돌아가신 엄마밖에 없고, 엄마가 살던 시골집도 처분한 지 오래어서 그쪽은 아예 수사를 안 했어. 그럼 야산에서 나온 시체가 털털이랑 관계가 있다는 거야?"

"글쎄요. 아직은 잘 모르겠어요. 더 알아봐야죠."

"근데 왜 엄마의 친한 친구를 죽이겠어. 그렇게나 무참히."

인욱은 말을 아끼는 대신 서둘러 현장으로 향했다.

장시간 운전으로 피곤해진 인욱은 눈을 비비며 다시 동네 회관을 찾았다. 텅 빈 줄 알았던 회관에는 다행히 어르신 한 분이 앉아서 텔레비전을 보고 있었다.

"어르신, 저 기억하세요? 여기 몇 번 왔었는데요."

"알아. 경찰 양반이지? 덩치가 하도 커서 한 번 보면 안 잊어뿔게 생겼어."

"맞아요. 뭐 좀 여쭐 게 있어서요. 그때 7년 전인가 돌아가신 김연자 씨에게 아들이 둘 있다고 하셨잖아요."

그는 주섬주섬 주머니에서 휴대전화를 꺼내 사진 한 장을 어르신께 보였다.

"혹시 이 사람 맞아요?"

어르신은 눈이 잘 안 보이는지 휴대전화를 멀찌감치 들고는 한참을 보더니 말했다.

"맞아. 그 집 둘째 아들."

"정말 이 사람이 확실해요?"

"그렇다니까 그러네. 왜 그러는데?"

"혹시 양아들 같은 건가요?"

"무신 놈의 양아들? 친아들이지. 지금 뭔 소리를 하는 거여?"

인욱이 어르신께 보여 준 사진은 다름 아닌 서두원이었다.

인욱은 자신의 의심이 확신으로 바뀌자 소름이 돋으면서 정신이 번쩍 뜨였다. 그는 털털이와 서두원이 자주 만나는 사이는 아니었어도 형님 아우 하는 사이라는 점에 주목했다. 혹시 그게 단지 친밀한 관계에서 하는 말이 아니라 정말 형님과 아우라면?

여기까지 생각이 미치자 인욱은 직접 확인을 해야겠다는 생각이 든 것이다.

호적상 올라와 있는 아들은 1명뿐인데 동네에선 아들이 둘이라고 알고 있다는 것은 털털이의 엄마가 서두원을 친자식처럼 키웠고, 주변 사람들도 그렇게 믿게끔 했다는 뜻이었다.

인욱은 드디어 첫 번째로 발견된 피해자 박미자와 서두원의 연결 고리를 찾았다. 다만 살인 동기는 찾을 수 없었다. 자신을 키워 준 친엄마 같은 사람의 친구를 왜 죽인 거지? 문득 인욱은 놈에게 '왜'라는 이유는 찾는 순간 수사에 혼란만 느낄 뿐이라는 생각이 들었다.

'놈은 이유가 없다.'

정우는 거의 매일같이 요양 병원에 입원해 있는 황미영을 만나러 갔다. 어떨 때는 10분, 때론 1시간 정도 그녀의 말벗이 되어 주었는데 주로 그녀는 어렸을 적 이야기나 가족에 관한 이야기를 반복적으로 했다.

"우리 딸 이름은 진숙이야. 나아갈 진(進)에 맑을 숙(淑). 뜻이 곱잖아. 근데 우리 딸은 이름이 촌스러워서 너무 싫대."

그녀는 겉으론 멀쩡해 보였지만 확연히 치매 증상을 보였다. 종종 자신이 어디에, 왜 있는지를 잊어버렸고, 이미 했던 행동을 몇 번이고 반복하기도 했다.

하지만 그녀가 '기억은 다 지워졌으니 걱정하지 말라.'고 말했던 순간처럼 모든 게 선명해지는 때가 올 것이다. 그때가 되면 그녀가 무엇을 얼마나 기억하고 있는지 물어볼 수 있다. 정우는 그 순간을 기다렸다.

정우와 미영이 대화를 나눈 지 얼마 지나지 않아서 젊은 여자가 찾아왔다.

"엄마!"

"어? 우리 딸 왔네."

미영이 종종 말했던 딸이었다. 큰 눈을 위로 뜨니 옅게 쌍꺼풀 라인이 생기는 게 미영과 많이 닮아 있었다. 키는 161cm 정도로 크지 않았고, 체구도 아담했다. 머리카락이 어깨에 내려

앉은 모습이 차분하게 느껴졌다.

"누구세요?"

"아, 저는 할아버지를 뵈러 왔다가… 잠시 이야기를 나누고 있었어요."

자신을 뭐라고 소개해야 할지 난감했던 정우가 대충 둘러대며 말했다. 미영은 딸이 왔으니 어서 가라며 휘휘 손을 저으며 그를 쫓아냈다.

"엄마, 왜 그래. 이거 제가 직접 만든 건데…."

진숙이 노란색 카디건 위로 메고 있던 에코백에서 작은 병을 꺼내어 정우에게 건넸다.

"제가 직접 만든 무화과 잼이에요. 엄마랑 말벗해 주셔서 고맙습니다."

"괜찮은데…. 고맙습니다."

정우는 도망치듯 둘에게서 멀어졌다.

✦

인욱은 식당에서 선지해장국을 주문하고, 지친 몸을 의자에 기대어 앉았다. 그는 수사 중에 시간을 아낀다고 몇 끼 연속으로 빵을 먹었더니 속이 더부룩해 견딜 수가 없었다.

"하아…. 속 느끼해. 이게 얼마 만에 먹는 밥이냐."

뜨끈한 선지해장국이 나오자 그는 숟가락으로 뜨거운 김이

나는 선지를 푹 폈다. 그리고 고춧가루와 참기름에 버무린 부추를 숟가락 위에 올렸다. 그가 황홀한 표정을 지으며 숟가락을 입으로 가져가려는데 휴대전화가 울렸다. 국과수에 있는 동료의 전화였다.

"얘는 다 좋은데 꼭 밥 먹을 때만 전화가 온다니까. 하여튼 내가 밥을 편히 먹는 꼴을 못 봐요, 꼴을."

인욱은 구시렁대면서도 곧장 전화를 받았다.

"결과 나왔어! 강에서 나온 토막 시신 말이야. 범인은 칼 쓰는 솜씨가 완전 프로야. 시신을 부위별로 토막 내는 솜씨가 의사거나 하다못해 베테랑 정육점 사장님 정도는 될 것 같은데?"

인욱의 동료는 흥분을 억누르며 말을 쏟아 냈다.

"백골 사체도 토막 내서 버렸을 가능성이 높아. 놈의 패턴이야. 시신을 총 14개로 자르는데 특이한 점은 목 뒤에서 전기 충격기 흔적이 나왔다는 거. 이 정도 상흔이면 시중에서 구할 수 있는 호신용 충격기는 아닌 것 같아. 고전압으로 직접 개조하거나 직접 만든 전기 충격기일 거야. 전기가 튀는 부분의 간격이 시중에 나온 것보다 아주 넓어. 방금 시신 외상 사진 보냈어."

인욱이 휴대전화를 확인해 보니 목이 잘린 피해자의 목덜미에 선명하게 상흔이 남아 있었다. 두 개의 상처 간격이 13cm 정도는 되어 보였다.

"고맙다. 이 새끼 아무래도 빨리 잡아야겠다."

"응. 위험한 놈 같다. 근데 너 밥은 먹고 다니냐?"

"밥? 허허허…. 덕분에 잘 먹었다. 수고해라."

"그래. 수고."

인욱은 잠시 고민하는 듯하더니 꾸역꾸역 숟가락을 입안으로 집어넣었다.

'직접 만든 고전압 전기 충격기라.'

그는 한 손으로 밥을 국에 말아 푹푹 떠먹으면서 다른 한 손으로는 인터넷을 검색했다.

#고전압 #휴대용전기충격기 #자작 #호신용 #인증

몇 가지 키워드만 검색하니 이쪽 바닥에서 제일 유명한 놈이 나왔다. 인터넷상의 별명은 '피아신스'.

그는 블로그에 전기 충격기 원리와 직접 만드는 과정을 설명하고, 제품을 홍보했다. 놈이 1년 전쯤 올린 게시글에서 피해자에게 남긴 상흔과 비슷한 간격의 전기 충격기를 발견했다.

'오, 이거 같은데?'

때론 큰 품을 들이지 않고 금방 결정적인 증거를 찾기도 하는데, 평소에 사사로운 증거를 찾는데도 아주 개고생하는 것을 생각하면 인욱은 이런 행운도 가끔씩 따라 줘야 한다고 생각했다.

인욱은 당장 전기 충격기를 구매하고 싶다는 쪽지를 보내고 약속을 잡았다. 피아신스는 돈이 급했는지 바로 답문이 왔다.

[피아신스님. 제가 사기를 많이 당해서 직접 만나서 구매하고 싶어요. 지하철역 2번 출구에서 봬요.]

약속 장소에 도착한 인욱은 형사의 감으로 금방 피아신스를 찾아냈다. 겉으로 보기엔 평범한 공대생이었다. 누가 봐도 형사 비주얼인 인욱이 자신을 향해 걸어오자 피아신스는 얼굴이 사색이 되어 뒷걸음질 쳤다.

"너 여기서 도망치면 도주범 되는 거야. 뛰어 봤자 잡히는 거 알지? 편하게 가자, 편하게."

인욱의 포스에 피아신스는 도망칠 생각도 못 하고 손목을 잡혀 버렸다.

두 사람은 카페에 마주 앉았다. 피아신스는 계속해서 핑계를 늘어놓았다.

"형사님, 아시다시피 호신용 충격기 사려면 경찰서 가서 신고하고 등록하고 번거롭잖아요. 그리고 전압이 낮아서 오히려 범죄자들의 화만 돋우거나 더 위험해질 수 있다고요. 그래서 제가 직접 만들기 시작한 거예요. 용돈 벌이나 할 겸해서."

"시끄러우니까 좀 조용히 해. 너, 이 전기 충격기 누구한테 팔았어?"

인욱이 범죄 도구로 추정되는 전기 충격기 사진을 보여 주며 물었다.

"이거는 좀 된 건데요. 1년 전에 만든 거니까요. 그때 좀 특이

하긴 했는데."

"뭐가 특이했다는 건데?"

"이거 산 사람이요. 거래하는 시간이랑 장소만 정하고, 지하철 사물함을 이용해서 돈 받고 물건을 줬거든요. 그때는 뭐 이렇게까지 해야 하나, 혹시 범죄자인가 싶긴 했어요."

"야, 인마! 그럼 팔지 말았어야지."

"그게 나랑 뭔 상관이에요."

"와! 이 새끼 말하는 싸가지 봐라? 실제로 네가 만든 전기 충격기로 사람을 기절시키고 죽였다는 증거가 나왔어. 이래도 네가 아무 상관이 없어?"

인욱은 슬슬 화가 치밀어 오르는 듯 얼굴이 붉어졌다. 피아신스는 그런 그가 무서운지 바짝 긴장해서 눈치를 살폈다.

"누가 너 뒤돌아 있을 때 이걸로 목을 지진다고 생각해 봐. 그래도 아무 상관이 없어? 내가 한번 해 봐?"

"죄송해요. 이제 안 할게요."

피아신스가 기어 들어가는 목소리로 말했다.

"너 되게 유머 감각 있다? 말 참 재밌게 하네. 내가 무슨 너 선도하러 온 담임선생님이나 교회 집사님인 줄 아냐? 이제 그만 가자."

"어, 어딜 가요?"

"범죄자가 어딜 가겠어. 경찰서지."

"네? 형사님! 한 번만 봐주세요. 저 곧 대학도 졸업하고 취직

도 해야 하는데 범죄 이력 남으면 어떻게 해요. 철없는 동생이
다 생각하시고 한 번만 봐주세요."

무릎 꿇고 싹싹 비는 피아신스에게 인욱이 눈길도 주지 않으
며 말했다.

"네가 내 동생이 아닌 걸 천만다행이라고 생각해라. 그랬으
면 내가 이렇게 젠틀하지는 못했을 테니까."

피아신스는 이제야 닥친 현실을 깨달았는지 눈물과 콧물을
쏟아 냈다.

"그리고 범죄 이력 남는 게 네 인생에 손해 같아? 아니. 네 인
생에서 처음으로 책임감이라는 걸 배울 기회가 온 거야. 네가
한 짓의 대가를 잘 치러. 그러고 나면 다시 시작할 수 있어."

인욱은 피아신스를 데리고 경찰서에 갔다. 조사해 보니 1년
전 피아신스와 거래했던 아이디는 도용한 아이디였다. 물건을
건네받았다던 지하철역 CCTV는 당연히 남아 있지도 않았다.
하지만 최소한 범인의 범행 도구가 무엇인지를 알아냈다. 인욱
은 이것만으로도 큰 소득이라고 생각했다.

✦

정우는 서두원을 미행했다. 놈의 기억을 뒤질 수 없다면 그의
행적이라도 좇아야 했다. 서두원이 또 다른 범죄를 계획하고
있을지도 모르는 일이었다. 그가 연쇄 살인마인 게 분명한 이

상 그냥 둘 수는 없었다. 운이 좋으면 범죄 현장을 잡을 수 있을지도 몰랐다.

서두원의 일상은 단조롭고, 규칙적이고, 평범했다. 아침 9시에 출근해서 오후 8시에 퇴근을 했다. 겉으로 보기에 놈은 성실하고 가정적인 남자였다.

퇴근 무렵 한 여자가 아이의 손을 잡고 놈의 가게로 들어갔다. 소녀는 재빨리 달려가서 서두원에게 안겼다.

'딸이구나.'

그의 아내와 딸은 테이블에 앉아 놈이 가져다주는 국수를 먹었다. 모르는 사람이 보더라도 흐뭇한 미소가 절로 나오는 화목한 모습이었다. 이내 식사를 다 마쳤는지, 세 사람은 직원에게 가게를 맡겨 두고 밖으로 나왔다.

"어? 저 사람… 낯이 익는데 어디서 봤더라?"

정우는 분명 서두원의 아내를 본 적이 있었다.

"아! 그… 딸이잖아!"

정우가 요양 병원에서 마주쳤던 미영의 딸이었다. 나아갈 진에 맑은 숙을 쓴다는 진숙이라는 여자. 가정 폭력에 시달리던 진숙은 재혼해서 아이를 낳고 잘 살고 있다고 했다.

"저 여자가 서두원의 아내라니…."

정우는 몇 번이고 다시 보면서 확인했지만 분명 그 여자가 맞았다. 서두원은 아내와 딸과 함께 자신의 아파트 안으로 들어갔다. 정우는 믿기지 않고 혼란스러워서, 핸들에 이마를 대고 한참을 차 안에 있었다.

그때 갑자기 서두원이 다시 집 밖으로 나왔다. 정우는 순간적으로 핸들 아래로 몸을 잔뜩 웅크렸다. 선팅이 짙게 되어 있어 밖에선 보이지 않았지만, 그의 등장에 당황한 탓이었다. 놈은 아까 타고 왔던 본인의 차가 아닌, 주차되어 있던 검은색 스타렉스를 타고 어디론가 출발했다. 정우는 그의 차가 떠나자 시동을 켜고 조심스럽게 뒤를 밟았다. 혹여 그를 놓칠세라 몹시 긴장한 탓에 목이 뻣뻣하게 굳어 갔다. 그를 좇은 지 1시간가량이 지났을 때, 주변 풍경은 어둡고 인적이 드문 시골길로 바뀌어 있었다.

놈은 차를 대더니 아무도 눈여겨보지 않을 듯한 작고 허름한 집으로 들어갔다. 차에서 내린 정우는 골목으로 들어가지 않고 멀리서 동향을 살폈다. 풀벌레 우는 소리가 귓가에 크게 울렸다. 조금 기다리자 한 남자가 서두원과 함께 담배를 피우러 집 밖으로 나왔다.

정우는 더 가까이서 보기 위해 낮은 보폭으로 조금씩 다가갔다. 잠시, 놈의 시선이 정우가 있는 쪽을 향해 멈췄다. 정우는 자신이 할 수 있는 최대한으로 몸을 바닥에 붙였다.

어느새 두 사람은 담배를 피우며 담소를 나누고 있었다. 무슨 이야기를 하는지는 들리지 않았다. 서두원과 같이 있던 사람이 휴대전화로 어딘가 통화를 했다. 휴대전화의 불빛이 남자의 얼굴을 밝혔다. 흥분한 정우는 양쪽 고막에서 들리는 자신의 심장 소리를 들으며 인욱에게 전화를 걸었다.

"형."

"인욱아, 털털이 찾았어."

"뭐라고요?"

"털털이가 숨어 있는 곳을 찾았다고!"

정우의 목소리는 작고 낮았지만, 숨길 수 없는 흥분이 묻어났다.

"형 지금 어딘데요?"

"방금 GPS로 내 위치 찍어서 보냈어."

"지금 위험한 거 아니에요?"

"아니, 괜찮아. 지금 숨어 있어."

"그게 위험한 거예요! 거기 혼자 간 거예요? 대체 어떻게 찾아간 거야. 얼마나 위험한데."

"인욱아, 너만 와. 꼭 혼자 와야 해."

"그게 무슨 말이에요?"

"저번처럼 우리 둘이 잡아서…."

"아뇨, 지금 벌써 팀 전원이 출동했어요. 그니까 거기 꼼짝 말고 숨어 있어요."

"뭐? 안 돼! 털털이한테 무언가 알아낼 기회였는데!"

정우는 절망적인 표정으로 탄식했다. 인욱은 털털이를 찾은 기쁨보다도 정우가 혼자 위험하게 움직인다는 사실에 마음이 무거웠다.

"형, 조급한 것도 알고 경찰 못 믿는 것도 충분히 이해하는데요. 이번에는 나를 좀 믿어 봐요."

그때 차에 시동을 거는 소리가 들렸다. 소음이라고는 풀벌레 소리뿐이었기에, 강조되듯 더 크게 들려올 수밖에 없었다. 서두원이 다시 차를 타고 출발하고 있었다. 정우는 급히 휴대전화를 들어 사진이나 동영상을 찍어 보려 했지만, 시야가 너무 어둡고 멀어서 아무것도 찍히지 않았다.

서두원이 떠나고 얼마 지나지 않아 경찰이 대거 출동했고, 털털이는 검거되었다. 마침 그는 위조된 여권과 신분증을 이용해 내일 해외로 튈 예정이었다.

현장에 도착한 인욱은, 정우를 보고 이제야 안심이 된다는 얼굴로 다가왔다.

"형, 다신 혼자서 이렇게 위험하게 다니지 마요!"

"알겠어."

"털털이 은신처는 대체 어떻게 안 거예요?"

"서두원을 미행 중이었거든. 얻어걸렸지. 나는 놈이 혹시라도 다른 범죄를 저지를지 모른다는 생각에…. 근데 도피를 도울 정도면 둘이 꽤 친분이 두터운가 봐."

"그 이상이에요. 둘이 한 어머니 밑에서 형제처럼 컸더라고요."

"뭐? 형제라고?"

"호적상으로는 아닌데, 어떤 사정인진 몰라도 털털이 생모가 서두원을 거두어서 친자식처럼 키운 것 같아요. 전 이제 서두원 잡으러 갈게요. 범인 은닉 혐의로 경찰 조사를 받아야 하니까."

"참 웃기고 아이러니하다. 연쇄 살인마에게 범인 은닉죄라."

"현재로선 그것뿐이지만 언젠가 잡혀요. 잡힐 놈은 언젠가 잡힌다! 불변의 법칙이죠."

경찰서에서 서두원과 나란히 앉은 인욱은 내심 긴장하고 있었
다. 무엇보다 서두원의 정체에 대해서 아무것도 모르는 척 연
기를 하는 게 힘들었다.

'이렇게 멀쩡한 사람이 연쇄 살인범이라니. 이렇게 선량한 얼
굴로 모두를 속이고, 심지어 가족들에게까지 정체를 숨기고 살
았겠지.'

그때 팀장이 인욱에게 강가에서 발견된 피해자의 신원이 나
왔다며 결과지를 건넸다. 앞에 앉은 놈은 그 말을 듣고도 전혀
동요하지 않았다.

'자신이 죽인 사람들의 신원이 나왔는데 정말 아무렇지 않다
고?'

인욱은 결과지를 보며 일부러 큰 목소리로 말했다.

"어우! 피해자가 조폭이야? 조폭을 죽인 거야? 그리고 다른 1명은 80대 후반 노인이라…. 아주 가리지 않고 마구잡이로 죽였구먼. 이런 미친 살인마는 빨리 잡아야 하는데 말이야. 그래도 언젠가 잡히게 돼 있어요. 그죠?"

그가 서두원에게 능청스럽게 말을 건넸다.

"하하…. 네. 그렇죠."

놀랍게도 강에서 토막 시신으로 발견된 피해자는 폭행 치사로 수배 중인 조폭 강호식이었다. 검거를 피해 도피 생활을 하다가 살해된 것이다. 그리고 백골 사체로 발견된 피해자는 12년 전 사라진 80대 후반 노인으로, 기초 생활 수급을 받으며 폐지를 줍는 생활을 했다. 집에 정기적으로 방문했던 사회 복지사의 신고로 실종 신고가 이뤄졌다. 조폭과 노인 사이에는 그 어떤 공통점도 없었다.

그때 뉴스에서 속보가 나왔다. 경찰서에 있던 사람들 모두가 텔레비전에 시선을 고정했다.

[앵커: 방금 들어온 속보입니다. 두 달 전에 실종됐던 여중생 김 모 양이 갈대숲에서 시신으로 발견됐습니다. 잔인하게 토막 시체로 발견돼 충격을 주고 있는데요. 자세한 내용은 현장에 있는 취재 기자 연결해 알아보겠습니다. 노지민 기자!]

[기자: 네, 저는 경북 포항 홍해읍 도로변 갈대숲에 나와 있습니다. 이틀

전인 7일 오후 4시경 행인이 이곳에서 널브러져 있는 포대와 비닐 봉지에 담긴 시체를 발견했습니다. 부검 결과, 시신은 일주일 전에 실종된 중학생 김 모 양인 것으로 확인됐습니다.

특이한 점은 피해자 목 뒤에서 전기 충격기로 생긴 상흔이 발견됐다는 것인데요. 경찰은 범인이 김 모 양을 전기 충격기로 제압한 뒤 범행을 저지른 것으로 추정하고 있습니다.]

'뭐라고? 목 뒤에 전기 충격기 흔적? 토막 살인?'

서두원은 멍하니 뉴스 화면에 시선을 두고 있었다. 마치 '오늘 티비에 정말 볼 게 없네.' 하는 표정이었다. 인욱은 그의 표정에서 정말이지 아무것도 읽을 수가 없었다. 이를테면 걱정이나 불안, 초조, 두려움, 공포 하다못해 스릴이나 쾌락마저 느낄 수 없었다.

뉴스를 보고 심란해진 인욱은 수법만 비슷한 다른 사건일 수도 있다고 마음을 달래며 조사를 마쳤다.

서두원은 주거가 안정적이고 증거 인멸의 우려가 없어서 불구속 수사를 받게 되었다. 그는 털털이를 도왔다는 혐의 대부분을 시인했다.

"형사님, 이제 가도 되죠?"

인욱이 한참 동안 대답을 하지 않고 멀뚱히 그를 바라보자 놈이 다시 물었다.

"혹시 더 할 말이 있으시면…."

"아니에요. 들어가세요."

"네. 수고하세요."

놈은 꾸벅 인사한 후 경찰서를 나갔고, 이어서 인욱도 당장 경북 포항의 사건 현장으로 출발했다. 관할 사건은 아니었지만 서두원의 범행인지 확인해야만 했다.

인욱이 해당 서에서 사건 기록을 보니 시신은 수일 동안 비와 햇볕에 반복적으로 노출돼 부패가 시작된 상태였고, 총 14개로 토막이 나 있었다. 알몸 상태이긴 했지만 범인의 정액은 검출되지 않았다. 사체와 사체를 포장했던 비닐봉지 등에서도 범인의 DNA는 나오지 않았다.

피해자 목 뒤에서 확인한 상흔은 강가에서 발견된 피해자의 상흔과 정확하게 일치했다.

"아! 씨발!"

인욱이 자신도 모르게 끓어오르는 분통을 이기지 못하고 냅다 소리를 질렀다. 주변에 있던 형사들과 기자들이 냄새를 맡고 주변으로 몰려들었다.

'놈이 맞아. 이건 놈이 저지른 짓이야. 근데 왜 이번엔 시신을 유기하지 않고 드러냈지? 이건 놈의 수법이 아니야. 대체 왜 달라진 거지?'

경찰에서는 강가에서 발견된 시신과 여중생 살해 사건을 동일범의 소행으로 보고 조사를 시작했다. 전기 충격기 연쇄 살인범을 잡기 위한 별도의 팀이 마련되었고, 언론에서도 대대적으로 보도하기 시작했다.

[앵커: 강가에서 발견된 시신과 여중생 토막 살인이 동일범의 소행임이 밝혀졌는데요. 교수님, 사건에 대해 어떻게 보십니까?]

[서국대 범죄 심리학 김기태 교수: 제가 사건을 면밀히 검토하고 범인에 대해 프로파일링했는데요. 범인은 혼자 살고 가족이나 친구가 없을 가능성이 높습니다. 한마디로 은둔형 외톨이죠. 작은 체구에 외모 콤플렉스가 있을 것이고요. 그리고 단순 노동에 종사하면서 생활이 빈곤하고, 평균 이하의 지능과 고졸 미만의 학력일 가능성이 높습니다.]

인욱은 뉴스를 보는데 허탈한 웃음이 새어 나왔다.

범인은 무직도 외톨이도 아니었다. 단란한 가정을 일구고, 그가 운영하는 작은 국숫집은 맛과 인심이 좋은 덕에 늘 손님이 북적거렸다. 게다가 외모도 누구나 말 붙이기 편한 인상이었다. 서글서글하니 웃는 호감형이었고, 친절하고 겸손했다.

'다 틀렸다고, 이 사람들아.'

✦

서두원은 경찰 조사를 마친 후 서둘러 집으로 향했다. 간밤에 경찰이 집에 들이닥쳐 임의 동행을 요구하자 진숙은 영문도 모른 채 넋이 나간 표정을 지어 보였다. 서두원이 놀란 아내를 진정시키며 말했다.

"여보, 별일 아니야. 오랜만에 아는 형님을 만났는데 경찰이 그 형님을 쫓고 있었나 봐. 나는 몰랐는데 말이지. 허허허."

"나도 같이 가요. 잠시만 기다려. 옷 좀 입고 나올게."

"그럼 애는 어쩌고. 걱정 말고 집에 있어. 금방 올 거야. 거 참, 별거 아니라니까 그러네."

서두원은 아내가 간밤에 잠을 한숨도 못 이뤘을 거라는 생각에 걱정이 앞섰다. 그가 집에 도착했을 때 아내는 부엌에서 된장찌개를 끓이고 있었다.

"왔어? 피곤할 텐데 얼른 씻고 밥 먹어요."

그녀는 아무 일도 없었다는 듯 태연하게 행동하며 오히려 남편을 안심시켰다.

"나 때문에 많이 놀랐지? 미안해."

"일은 잘 해결됐어?"

"응. 그게 아는 형님이 그 사업을 좀 크게 하는데 그게⋯."

서두원이 뭐라고 말해야 할지 몰라 더듬거리자 아내가 말했다.

"됐어. 별일 아니겠지, 어서 밥이나 먹어요. 배고프겠다."

서두원은 아내가 차려 준 따뜻한 밥을 먹고 나니 모든 근심과 피곤이 가시는 것 같았다. 밤을 새웠던 탓인지 노곤한 포만감이 밀려왔고 금세 잠이 들었다.

한숨 자고 일어난 서두원은 믹스 커피를 타서 마시며 혼자 생각을 정리했다.

'경찰이⋯ 어떻게 찾았지? 야산에 묻은 시신도, 강가에 버린 시신도 아는 사람은 나밖에 없는데⋯. 이 세상에 나밖에 모른다고. 대체 어디서 샌 거지? 매일 집 아니면 가게잖아. 최근 몇 달 동안 밖에서 만난 사람도 없었고. 경찰이 대체 이걸 어떻게 찾은 거야. 내가 들린 곳이라고 해 봤자 병원밖에 없는데. 설마 병원에서 별일이야 있었겠어? 뭐, 요즘 병원에 자주 가긴 했지. 링거를 맞고 간만에 잠도 푹 자고 말이지. 가만…. 근데 나 같이 잠귀 밝은 사람이 링거를 맞고 아주 죽은 듯이 잠들었다는 게 뭔가 이상한데?'

서두원은 가게로 가던 발걸음을 돌려 옆길로 틀었다. 그의 발걸음이 도착한 곳은 수진의 내과였다. 평일 오전이라 그런지 기다리는 사람이 많지 않았다. 대기실에서 한가로이 기다리고 있던 놈은 자신의 차례가 되자 진료실로 들어갔다.

"어디가 불편하셔서 오셨어요?"

수진이 입가에 옅은 미소를 지으며 그에게 물었다.

"아니요. 좀 피곤해서 링거를 하나 맞으려고요."

"어디가 어떻게 피곤하신데요?"

"갑자기 좀 스트레스를 받는 일들이 많았거든요. 그래서 머리도 좀 아프고 피곤하네요."

"그럼 두통을 완화해 줄 진통제랑 같이 종합 비타민 링거로 맞으시면 될 것 같아요."

"네. 그렇게 해 주세요."

서두원은 링거를 맞는 장소로 이동해 침대에 누웠다. 그가 꿀꺽 침을 삼켰다. 오기 직전에 커피를 연달아 석 잔을 마신 탓에 각성 상태가 계속되었다. 누가 수면제를 먹이지 않는 한 그는 절대 잠들 수 없을 것이다.

'오늘은 절대 안 잘 건데 그럼에도 내가 잠든다면….'

그는 주머니 속에 휴대전화를 확인했다.

● 녹음중 00:10:23

이미 10분 전부터 녹음이 시작되고 있었다.

갑작스러운 서두원의 방문에 당황한 수진은 바들바들 떨리는 손을 황급히 책상 밑으로 감췄다. 그녀는 놈의 앞에서 태연하게 굴려고 안간힘을 썼지만, 괜히 과장된 표정을 짓고 있지는 않은지 걱정이 됐다.

놈이 진료실 밖을 나가자 수진은 숨을 크게 들이쉬고 내쉬기를 반복하며 떨리는 가슴을 진정시켰다. 그리고 바로 정우에게 전화를 걸었는데, 손이 얼마나 떨리는지 휴대전화 키패드를 누르는 것조차 쉽지 않았다.

"정우야, 너 어디야!"

"나? 잠시 밖에 나왔는데 왜 무슨 일 있어?"

"서두원이 왔어. 왜 왔지? 아무래도 너무 자주 오는 것 같은데…."

"어제 놈이 경찰 조사를 받았거든. 피곤해서 갔을 수도 있어. 자세한 건 가서 설명할게. 조금만 기다려. 금방 가."

"빨리 와! 놈이 갑자기 진료실로 들어오는데 나 얼마나 식겁

한 줄 아냐고."

"무서울 거 없어. 아무 일도 없을 거야. 조금만 기다려."

하필 인욱은 여중생 토막 살인 사건 조사를 위해 포항에 간 상태라 바로 올 수가 없었다.

✦

그 시간, 정우는 지수와 단체 상담을 했다던 해숙을 만나러 가던 중이었다. 일주일에 단 하루, 해숙이 일하는 식당이 쉬는 날이었다. 지수가 단체 상담을 하면서 어떤 이야기를 했는지, 어떤 고민이 있었는지 알고 싶었다. 정우는 자신이 미처 알지 못했던 그녀의 이야기가 궁금했다.

정우는 급히 해숙에게 전화를 걸었다.

"죄송해요. 오늘 갑자기 급한 일이 생겨서 못 갈 것 같아요. 다음에 봐도 괜찮을까요?"

"그래요? 괜찮아요. 다음에 봐요."

그는 약속 장소를 목전에 둔 채 다시 택시를 타고 수진의 병원으로 향했다.

수진은 진통제와 함께 수면제를 넣었고, 20분 남짓 지나자 서두원은 깊이 잠이 들었다. 정우가 병원에 도착했을 때, 수진과 놈은 이미 3층으로 자리를 이동한 상태였다.

그가 수진에게 다가가며 무슨 말을 하려고 하자.

"쉿!"

수진이 검지를 자신의 입에 대면서 조용히 하라는 신호를 보냈다. 무슨 영문인지 몰라 어리둥절한 정우에게 수진은 놈의 휴대전화를 보여 주었다.

● 녹음중 00:32:04

정우는 놀라서 숨이 턱 막혔다. 수진이 자신의 휴대전화를 꺼내 뭔가를 적었다.

[느낌이 이상해서 놈의 휴대전화를 확인했는데 녹음 중이더라고. 휴대전화를 대강 확인했는데 별건 없었어.]

[눈치챈 걸까?]

[응. 안 그럼 녹음을 할 이유가 없잖아. 아직 아무 말도 녹음은 안 됐는데, 놈이 의심을 하고 있다는 게 좀 걸려.]

[어떻게 안 거지?]

[나도 모르겠어. 오늘은 그냥 아무것도 안 하는 게 좋겠어.]

[아니. 어차피 수면 상태고, 이미 의심을 하고 있다면 하나 안 하나 마찬가지야. 그냥 하자. 가서 준비할게.]

수술을 준비하는 정우의 마음도 편치 않았다. 머릿속에 든 폭탄이 당장이라도 터질 듯 조마조마했다.

'놈이 어떻게 안 거지? 대체 뭘 의심하는 걸까. 내가 기억을 들여다보는 것까지 눈치챈 건가? 아니지. 그렇다면 병원에 오지 않았을 거야.'

정우는 생각을 정리하고 결론을 내렸다. 자신이 유기한 시체가 연달아 나오자, 불안해진 놈이 이런저런 궁리 끝에 병원을 의심하게 된 것이라고. 확신이 있었다면 굳이 확인하러 오지 않았을 테니까.

기억 이식을 마친 뒤, 수진은 놈을 데리고 내과로 내려갔다. 혼자 남은 정우는 생각에 빠졌다.

'어쩌면 마지막 기회일지도 몰라. 놈이 눈치채는 순간 다신 이곳에 오지 않을 테니까. 그리고 수아도 나도 위험해지겠지.'

정우는 무엇이든 좋으니 기억 속에 놈을 잡을 단서가 있길 간절히 바랐다. 보통은 1시간 정도 지나면 기억이 났던 반면 이번에는 시간이 좀 오래 걸렸다. 이미 놈은 링거를 다 맞고 잠에서 깨어나 병원을 나간 후였다.

정우가 '왜 아무 기억도 나지 않는 거야.' 하며 답답해할 때쯤 갑자기 오래전 기억처럼 까마득하게 무언가가 떠오르기 시작했다.

✦

서두원은 거울 속에 비친 자신의 모습을 바라보고 있었다. 거울 속에는 빳빳하게 다려진 새 교복을 입은 앳된 중학생이 서 있었다. 그때 현관문 열리는 소리가 들리고 아빠와 어떤 여자가 함께 집으로 들어왔다.

"두원아, 내가 이전에 말했지? 아빠가 만나는 사람이 있다고. 여기 인사해."

"안녕하세요."

"안녕, 반갑다. 네가 두원이구나. 이야기 많이 들었어."

"오늘부터 아줌마랑 같이 여기서 살 거야. 처음엔 불편하겠지만 점차 편해질 테니 호칭은 천천히 하고."

"네."

"아, 그리고 형이 1명 있어. 오늘은 좀 늦는다고 하니 다음에 인사시켜 줄게. 이름은 최대복이야. 너보다 1살 형이고 네가 이번에 전학 간 학교에 다니고 있어."

서두원의 친엄마는 그가 3살 무렵, 아빠가 빚으로 사채업자들에게 쫓기자 그를 고모에게 맡기고 자취를 감추었다. 이후로 그는 엄마를 한 번도 보지 못했는데, 그래서인지 그에게는 엄마에 대한 기억이 없었다. 빚을 갚지 못했던 아빠는 결국 교도소에 갔고, 출소 이후 서두원은 아빠랑 둘이 살았다.

새로 전학 간 학교에서는 힘든 날들이 반복되었다. 일진이 그를 집요하게 괴롭힌 탓이었다. 그날도 그는 어김없이 점심시간에 학교 구석에서 구타를 당하고 있었다.

"야! 너네 뭐 하냐?"

털털이가 일진과 서두원이 있는 곳으로 어슬렁거리며 다가왔다.

"이 씨발 새끼야. 너 뭐 하냐고 묻잖아."

일진이 털털이의 위세에 주눅 든 사이, 그가 일진의 정강이를 걷어찼다.

"얘가 내 동생인데, 어? (퍽) 네가 이렇게 때리면, (퍽) 어? 내가, (퍽) 마음이, (퍽) 무지, 아프겠어, (퍽) 안 아프겠어? (퍽) 말해 봐. 어?"

털털이의 주먹과 발이 일진의 얼굴을 무자비하게 가격했다. 흉하게 부러진 코에서 피가 흘러나왔다.

둘은 말없이 집으로 향했다. 몇 달이 되도록 최대복과 말 한 마디 나눠 본 적없던 서두원은 지금 상황이 의아했다.

"야, 넌 싸울 줄 모르냐? 죽더라도 싸우는 게 나아. 알아들어? 찐따 새끼."

털털이의 친아빠는 병으로 죽기 전까지 그와 엄마에게 늘 주먹을 휘둘렀다. 하지만 새로 살게 된 아저씨인 두원의 아빠는 달랐다. 매달 엄마에게 생활비를 주었고, 밤이면 종종 야식거리를 사 왔으며, 음식물 쓰레기를 전담해서 버렸다. 또 털털이를 볼 때마다 주머니를 뒤적거려서 단 몇만 원이라도 꼭 주려고 했다. 털털이는 집에 있는 시간이 거의 없었지만 집이 어떻게 돌아가는지 정도는 훤히 꿰고 있었다.

이렇게 조금씩 네 사람이 함께 있는 시간이 편하고 당연해질 무렵, 갑자기 서두원의 아빠가 사고로 죽었다. 같이 산 지 딱 3년만이었다. 주말에 투 잡으로 지방까지 내려가 공사 일을 하다가 변을 당한 것이다. 이후 엄마는 털털이와 서두원을 데리고 친정 부근으로 이사를 했다.

"두원아, 너 이제까지는 나를 아줌마라고 했지? 이제부터는 엄마라고 해. 알았지? 엄마라고 안 하면 혼낼 거야."

"네."

"그래, 가자."

그녀의 따뜻한 손이 그의 어깨를 토닥였다.

✦

서두원은 오랜만에 털털이를 만나고, 그 일로 경찰서에서 조사를 받으며 아마 그때를 떠올린 모양이었다. 정우는 허탈했다. 그가 알고 싶었던 것은 놈과 털털이의 관계 따위가 아니었다. 서두원이 어떻게 살았는지는 알고 싶지도, 알 필요도 없었다.

그는 상황을 통제할 수 없다는 무력감에 화가 치밀어 올랐다. 하지만 순간 정신이 번쩍 들었다.

'놈이 의심하고 있어. 위험하다.'

정우는 그길로 당장 수아가 있는 장모님 댁으로 향했다.

"장모님, 수아가 마침 방학인데 미국에 계신 이모할머니 집에 다녀오시면 어떨까요? 수아도 종종 사촌 언니가 보고 싶다고 하고요. 장모님만 좋다고 하시면 당장 비행기 티켓을 예매하려고 하는데…."

정우는 누가 봐도 뭔가에 쫓기는 모습이었다.

"잠시만 숨 좀 고르고 말해. 갑자기 왜 그래? 자네 요즘 이상해. 바쁜지 통 보이지도 않고, 볼 때마다 정신없는 얼굴이고. 혹시 무슨 일이 있는 거야?"

"아뇨. 그런 거 없어요. 그냥 일이 좀 많아서 그래요."

둘은 잠시 말없이 있었다.

"어머니, 실은 전부터 여쭙고 싶었던 게 있어요."

"그게 뭔데?"

"지수 아버지요. 이모님이 그러는데 돌아가신 게 아니라고 하더라고요."

장모님은 잠시 당황하는 듯했지만 이내 담담한 표정으로 돌아왔다.

"걔가 쓸데없는 말을 했구나. 하여간 정말 마음에 안 든다니까. 들었으면 알겠네. 내가 지수를 임신 중이었는데, 다른 여자가 생겼다고 떠났어. 그게 다야. 그런 사람이 지수 아빠니? 그 핏덩어리를 한 번 안아 보지도 않고 다른 여자의 품으로 간 남자가 과연 아빠라고 할 수 있을까? 난 지금도 자네에게 거짓말을 했다고는 추호도 생각 안 하네."

"혹시 연락처를 아세요?"

"왜? 만나게? 연락처는 나도 몰라. 근데 인터넷으로 검색하면 나오더라. 어디 벤처 기업 사장이더군. 굳이 만나겠다면 말리지는 않겠지만, 휴우…. 모르겠네. 자네 마음대로 하게."

"그리고 장모님, 사정이 있어서 그런데 제발 부탁드려요. 수아 데리고 미국에 잠시 계셔 주세요. 당장, 최대한 빨리요."

"대체 무슨 일이기에 그래. 무섭게…."

"지금은 말씀 못 드려요. 어머니, 우리 수아 좀 부탁해요."

"알겠네. 당장이라면 언제?"

"당장 내일이라도요."

일주일 후, 정우는 공항에서 장모님과 수아의 짐을 부쳤다.

수아는 갑작스러운 여행에도 불구하고 잔뜩 들떠서 공항을 이리저리 누비고 다녔다. 정우는 공항에만 오면 좋아서 날뛰는 수아의 모습이 지수를 똑 닮았다고 생각했다.

"아빠는 언제 와?"

"여기 일 마무리하고 따라갈게. 혹시 좀 오래 걸리더라도 가서 이모할머니랑 사촌 언니들이랑 재밌게 놀고 있어."

정우는 온몸으로 품듯이 수아를 끌어안았다. 작고 따뜻한 아이의 몸이 그의 품 안에서 꿈틀거렸다.

"장모님도 이번 기회에 푹 쉬다 오세요."

"그래, 자네도 몸조심하고."

"수아랑 장모님, 두 사람 제가 사랑하는 거 알죠?"

세 사람은 어깨를 벌려 한참을 껴안고 있었다. 정우는 아쉬운 인사를 남기고 돌아섰다. 벌써부터 마음이 허전했지만 동시에 마음이 놓였다. 최소한 놈에게서 수아와 장모님을 지켰으니까.

공항 특유의 분위기 때문인지 자꾸만 헛헛한 마음이 들었던 정우는 서둘러 공항을 빠져나왔다. 그때 인욱에게 전화가 걸려왔다.

"인욱아, 나 지금 공항인데 방금 수아랑 장모님을 보냈어."

"형! 수진이 누나가 연락이 안 돼요!"

✦

서두원이 마지막으로 기억하는 장면은 수액이 한 방울씩 뚝뚝 떨어지는 모습이었다.

'수액이 너무 빨리 떨어지나? 괜찮은 거 같기도 하고.'

그는 별 시답잖은 생각을 하면서 자신이 현재 전혀 잠이 오지 않는 상태라는 것을 상기했다. 천장만 멀뚱히 바라보던 그는 주변을 더듬거려서 찾은 리모컨으로 텔레비전을 켰다. 시사 프로그램 패널들이 한 테이블에 둘러앉아 아동 성폭행범 조두순의 출소일이 6개월밖에 남지 않은 사실에 관해 이야기하고 있었다.

"조두순의 피해 아동에 대한 접근 금지 범위가 고작 100m밖에 안 돼요. 성인 남자가 20초 남짓한 시간이면 도달할 수 있는 거리라고요. 이게 말이 됩니까? 최소 500m는 돼야지."

"아동 성범죄에 대한 형량을 더 높여야 해요. 평생 감옥에서 썩어도 모자랄 사람이 12년 만에 세상으로 나오다니. 법원이 수치스럽게 여겨야 합니다."

"재범 우려도 있지 않겠어요?"

"옛날처럼 풀어놓는다면 백발백중 나오자마자 저지른다고 봅니다."

그는 시큰둥하게 리모컨을 만지작거리다가 시끄러운지 텔레비전 전원을 껐다. 요즘 국숫집에서 거래하는 파와 애호박이 시들하다는 것을 떠올리며 거래처를 바꿔야겠다고 생각했다. 병원 침대에 누워 있는 게 오늘따라 불편하게 느껴지는지 그는 좌우로 뒤척이다가 머지않아 깊은 잠에 빠졌다.

그가 눈을 떴을 땐 깜빡이는 눈꺼풀 사이로 천 칸막이에 가려진 형광등 불빛이 보였다. 벼랑 끝에서 곤두박질치는 꿈이라도 꾼 사람처럼 그는 놀란 눈으로 벌떡 일어나 앉았다. 휴대전화를 확인하니 2시간 35분가량이 지나 있었다. 그는 신경질적으로 손등에 꽂힌 주삿바늘을 뺐다. 그러고는 옆의 작은 선반 위에 벗어 놓은 겉옷을 챙겨 큰 보폭으로 그곳을 빠져나왔다.

그는 웬만하면 화를 내는 스타일이 아니었다. 이렇게 머리끝까지 화가 난 것이 언제였는지 기억이 안 날 정도로 까마득했다. 끓어오르는 분노에 이가 바득바득 갈렸다.

'그래, 아직까진 의심일 뿐이다. 가서 확인해 봐야 정확히 알 수 있어.'

그는 자신이 잠들었다는 사실에 놀라움과 수치스러움을 느꼈다. 중요한 것은, 자신은 잠든 것이 아니라 누군가 고의로 재운 것이라는 사실이었다.

집에 도착한 서두원은 소파에 앉아 이어폰을 끼고, 휴대전화에 녹음된 내용을 들었다. 빨리 감기도 하지 않았다. 자신이 잠든 2시간 반 동안 무슨 일이 있었는지 눈을 감고 오직 소리만으로 상상했다. 작게 들렸지만, 공간의 폭에 따라 녹음된 노이즈가 미세하게 달라졌다. 누군가의 대화나 말이 녹음된 것은 없었다.

그는 고개를 갸웃거리며 자리에서 일어났다. 뭔가 아리송한 표정이었다. 그는 병원에 입고 갔던 재킷의 안쪽 호주머니에서 뭔가를 꺼냈다. 혹시 몰라서 가져간 펜처럼 생긴 소형 녹음기였다. 그는 이 펜을 병원 침대 옆의 협탁 서랍에 넣고, 서랍을 1cm 정도 열어 두었었다.

다시 찬찬히 녹음기를 듣기 시작한 그는, 이번에는 1시간 정도 만에 녹음기를 끄며 나지막하게 중얼거렸다.

"여기였네. 비밀이 샌 곳이."

● 녹음 중 00:57:23

−부스럭 부스럭

"여기 누워?"

링거를 맞으러 온 할머니의 목소리가 들렸다.

"네, 여기요."

간호사가 할머니를 병원 침대로 안내했다.

"이거 얼마나 걸리는 거여?"

"2시간 30분 정도요."

"그렇게 오래?"

"한숨 푹 주무세요."

"그거야 잠이 와야 자는 거지."

간호사가 나가고 할머니는 누군가에게 전화를 걸었다.

"나여. 마당에 널어놓은 고추는 걷었어? 그거 다 말랐을 것인 디. 아니라니까! 지금 걷으라니까 그러네? 나는 지금 병원에 왔지."

링거가 굳이 필요할까 싶을 정도로 기력이 좋은 할머니의 쩌렁쩌렁한 목소리가 녹음되어 있었다. 서두원은 병원을 빠져나올 때 옆 병상에 쳐져 있던 커튼을 떠올렸다. 그때는 할머니가 잠이 든 후였다.

휴대전화와 소형 녹음기에 녹음된 내용이 달랐다. 그 말은 두 개의 녹음기가 각기 다른 장소에 있었다는 것을 의미했다.

'펜형 녹음기는 서랍에 뒀으니, 누군가가 나를 다른 곳으로 데려간 모양이군.'

서두원은 양 엄지손가락으로 자신의 관자놀이를 세게 누르며 눈을 번득였다. 그는 이제 자신이 뭘 어떻게 하면 될까, 머리를 굴리고 있었다.

정우는 장모님과 수아를 보내고 나니 긴장이 풀렸는지 피곤이 몰려왔다. 그는 공항에서 산 커피를 물처럼 벌컥벌컥 들이켰다. 문득 공항에 오길 좋아했던 지수 생각에 서글퍼졌다. 논문이 마무리되면 다 같이 여행도 많이 다니려고 했는데…. 지수는 그 언젠가 아이슬란드에서 오로라를 보고 싶다고 했다. 그때 정우는 시큰둥하며 지수가 때론 지나치게 감성적인 면이 있다고 생각했다. 감성에 빠져 있던 정우는 인욱의 전화를 받고 서둘러 공항을 빠져나왔다.

정우는 그때부터 무슨 정신으로 운전을 했는지 알 수 없었다. 미친 듯이 뛰는 심장을 부여잡고 무작정 수진의 집으로 향할 뿐이었다.

'나 때문에 수진이가 위험해진 거야. 놈이 눈치를 챘을 때 수진이가 위험에 빠질 걸 알았어야 했는데 수아랑 장모님만 생각하고 수진이를 보호하지 못했어.'

"나 때문이야. 나 때문이라고!"

그는 알아듣지 못할 악다구니를 쓰면서 거칠게 차를 몰았다.

"혹시라도 수진이 잘못되면 어떡하지. 나 때문이야. 내가 수진이를 위험으로 내몰았어. 나를 도왔다는 이유만으로."

수진의 집에 거의 도착했을 무렵 교차로에서 신호 대기 중인 정우에게 전화가 한 통 걸려 왔다. 수진에게서 걸려 온 전화였다.

"여보세요? 이수진?"

"정우야, 너도 나 걱정했어? 방금 인욱이랑 통화했어. 아주 난리더라고."

"야! 너 괜찮은 거야? 아무 일도 없는 거야?"

그는 주체할 수 없는 감정이 차올랐다. 그의 목소리에는 이미 울음이 가득 차 있었다.

"미안해. 어제 동생이 오랜만에 서울 와서 같이 밥 먹고 쇼핑하는데 내가 휴대전화를 집에 두고 나왔어. 근데 너희 대체 뭘 걱정한 거야?"

"무사하니까 됐어. 앞으론 휴대전화 꼭 잘 챙겨. 내가 널 끌어들여서 괜히 위험하게 만든 것 같아. 정말 미안해."

"야! 그럼 그런 미친 살인마 새끼를 그냥 둬? 잡아야지."

수진은 정우와 인욱이 생각하는 것보다 훨씬 강한 사람이었다.

"그래도 제발 조심해. 날 위해서라도."

"오…. 한정우, 네가 날 이렇게까지 생각하는지 몰랐는데 되게 애절하다? 눈물겹다. 눈물겨워."

수진은 이제껏 보지 못했던 정우의 모습에 감동하면서도 민망한지 농담으로 상황을 넘겼다.

"수진아, 아무래도 너 혼자 사는 게 좀 위험한 것 같아. 경찰의 보호가 필요하다고."

"그렇다고 당장 신변 보호 요청을 할 수 있는 것도 아니잖아."

"당분간 인욱이네 집에서 지내는 게 어때? 인욱이도 무조건 너 끌고 오래. 목숨보다 중요한 게 어디 있어."

인욱이 사는 빌라는 경찰서 바로 맞은편에 위치해 있었다. 주변엔 24시 식당이 즐비해서 밤에도 거리가 밝았고 늘 오가는 사람들이 많았다. CCTV도 사각지대 없이 촘촘히 설치되어 있었다.

"야, 아무리 그래도 남자 집에 가는 건 좀⋯. 인욱이가 불편해하지 않을까?"

"인욱이가 나한테 너 좀 대신 설득해 달라고 했어. 이번에 연락이 안 돼서 많이 놀란 모양이더라고. 방 하나 내준다고 하니까 당장 짐 싸. 알았지? 이수진, 진짜 내 말 좀 들어. 나 피 말려서 못 살겠다."

"아유! 알겠어. 알겠으니까 조금만 더 생각해 볼게."

정우는 전화를 끊고 인욱에게 바로 전화를 걸었다.

"인욱아, 수진이 집에 혼자 사는데 아무래도 좀 마음이 안 놓여. 너희 집에 당분간 신세를 지면 어떨까? 방 하나만 내어 줘."

"음, 수진이 누나가 오려고 하겠어요? 나야 뭐 상관없지만⋯."

"너만 오케이 하면 그렇게 하고 싶어 해. 너도 알잖아. 놈이 수진이를 해코지할 동기가 충분하다는 걸."

"그래요. 그럼 가급적 빨리 이사 오라고 할게요. 그게 저도 마음이 편할 거 같긴 해요."

"인욱아, 고맙다!"

정우는 몇 시간 동안 생과 사를 넘나드는 것 같은 기분을 느꼈다. 심장 박동은 여전히 요동치며 잠잠해질 줄을 몰랐다.

"죽었다 살아나는 기분이 이런 걸까?"

그는 여전히 긴장을 풀지 못하고 혼자 중얼거렸다.

수진은 창문이 모두 잘 잠겨 있는지 꼼꼼히 확인했다. 1층 단독 주택에 산다는 게 이토록 불안했던 적이 있었던가. 그녀는 잠시지만 아파트 같은 곳으로 이사해야 하나 고민하던 차였다.

정우에게는 시큰둥했지만 그녀도 실은 겁이 났다. 언젠가부터 자꾸만 서두원의 얼굴이 떠올랐고, 그가 언제고 나타나 자신을 해칠지도 모른다는 망상에 시달렸다. 그녀는 스스로의 증상에 대해 신경과민으로 진단을 내렸지만 정작 무슨 처방을 내려야 할지는 몰랐다.

수진은 결국 캐리어에 간단한 짐을 싸기 시작했다. 부모님은 대전에 계시고, 여동생은 충주에서 대학을 다니며 자취 중이었다. 사실 인욱의 집이 아니면 마땅히 갈 곳도 없었다.

"그래. 상대는 연쇄 살인마잖아. 조심해서 나쁠 거 없지."

수진은 지금은 체면을 차릴 때가 아니라고 스스로 기운을 북돋웠다. 그녀는 인욱의 집 근처까지 택시를 타고 갔다. 인욱은 집 앞에서 그녀를 기다리고 있었다.

"제가 치운다고 치웠는데. 집이 좀 좁고 더러워도 이해해 주세요."

인욱이 멋쩍은 웃음을 지으며 현관 도어락 비밀번호를 눌렀다. 깔끔하게 치워진 집에는 필요한 가구와 전자 제품이 알뜰하게 구비되어 있었다. 2인용 테이블 위에는 노란 프리지아가 담긴 꽃병이 놓여 있었다.

"아니, 어딜 봐서 더럽다는 거야? 우리 집보다 훨씬 깨끗해! 이 꽃은 환영의 의미로 산 거야? 되게 섬세한데?"

"그런 거 아니에요. 제가 원래 꽃을 좀 좋아해요. 한 달에 한 번 정도는 꼭 산다고요."

민망한지 인욱은 서둘러 욕실 옆에 있는 방으로 수진을 안내했다. 방에는 책꽂이와 책상이 가지런히 정리되어 있었고, 이불이 구석에 잘 개어져 있었다.

"이게 무슨 냄새야?"

"엥? 무슨 냄새가 나요? 남자 혼자 살아서 그런가?"

"뭔 향긋한 냄새가 나는데?"

"아, 그거 섬유 유연제 냄새일 거예요. 방금 빨래를 널어서."

"내가 폐 끼치는 김에 건조기 하나 사 줄까?"

"아뇨. 전 빨래 너는 거 좋아해요."

수진은 피식 웃음이 새어 나왔다. 주방에선 커피머신으로 커피를 내리는 소리가 들렸다. 수진은 개어 있는 이불을 방석 삼아 앉으며 벽에 등을 기댔다.

며칠 동안 집에서 제대로 잠을 못 잔 탓인지 그녀는 금방 곯아떨어졌다.

[4:00 AM]

수진이 눈을 떴을 때는 새벽이었다. 그녀는 방에 불을 켜고 캐리어에서 짐을 풀었다. 휴대전화에는 동생에게 문자가 와 있었다.

[나는 언니 때문에 죽은 거야.]

수진은 해괴망측한 문자 내용을 확인하자마자 이런저런 생각을 할 틈도 없이 동생에게 바로 전화를 걸었다.

[전화를 받지 않아 음성 사서함으로 연결됩니다. 삐— 소리 후에는 음성 사서함으로…]

수영은 대학교 1학년이었지만 수진의 눈에는 늘 어리기만 한 막내였다. 학비는 수진이 대고 있었는데, 다음 학기에 장학금을 받게 됐다며 언니한테 부담을 주지 않을 수 있어서 좋다고 말하던 속이 든 아이였다. 충주에서 대학을 다니고 있던 수영은 방학이 되자마자 수진을 보러 서울에 왔다.

"수영아, 너 옷이 그게 뭐야!"

수진은 멀리서 걸어오는 동생을 보고 피식피식 웃으면서 면박할 준비를 했다.

"왜, 옷이 어때서. 예쁘기만 하고만."

수영은 서울에 올 때면 제 딴엔 제일 세련되고 힙하게 옷을 입었다. 이날 수영은 약간 어벙한 모자를 쓰고 줄무늬 크롭 티에 밝은색 통 청바지를 매치해서 레트로한 느낌을 풍겼다.

"배꼽 보인다고, 배꼽!"

수진은 수영의 배를 꼬집으며 키득거렸다.

"아파! 그리고 크롭티 몰라? 크롭티! 진짜, 언니는 패션을 모르면 좀 가만히 있어."

"머리 스타일은 뭔 청학동이냐? 양 갈래로 따게. 또 이 벨트는 뭐야. 요즘 누가 청바지에 벨트를 한다고."

수영은 이런 수진의 놀림이 익숙한지 별 대꾸도 하지 않았다.

그녀는 서울에 올 때마다 꼭 가고 싶은 핫플레이스를 정해 왔는데, 이날은 가로수길에 있는 레스토랑이었다. 매일 동네 해장국집이나 김밥집에서 끼니를 해결하는 수진도 종종 동생과 이런 곳에 오는 것을 내심 즐겼다.

수영은 잉글리시 머핀 위에 수란과 베이컨, 시금치, 버섯이 올라간 에그 베네딕트를 반으로 잘라 수진의 접시에 올려놓았다.

"오늘 왜 이렇게 많이 주문했어? 배고파?"

"나 요즘 스트레스받는 일이 많았거든. 너랑 처묵처묵 하면서 풀려고 벼르고 있었어. 오늘은 진짜 배 터지게 먹을 거야."

수진은 샤워도우와 그릴에 구운 채끝살, 바질페스토, 루꼴라를 곁들여 맛을 낸 샌드위치를 우걱우걱 씹으며 쉴 새 없이 "으음!" 하고 감탄을 연발했다. 이어서 등심 스테이크와 라자냐가 나왔고 테이블은 음식으로 가득 찼다.

수진은 지금 이 순간만큼은 모든 근심을 내려놓을 수 있었다.

우스꽝스러운 모자를 쓴 귀여운 동생이랑 수다를 떨면서 맛있는 음식을 양껏 먹는 게 그녀의 유일한 삶의 낙이었다.

✦

[4:02 AM]

수진은 동생이 전화를 받지 않자 난생처음으로 피가 거꾸로 도는 것 같은 어지럼증을 느꼈다.

"인욱아! 인욱아!"

그녀는 정신 나간 사람처럼 인욱의 이름을 불렀다.

한 손으로 벽을 잡고 비치적거리며 그의 방으로 들어갔지만 방에는 아무도 없었다.

"어…. 어?"

그녀는 버퍼링이 걸린 듯 신음조차 더듬거렸다. 전화를 걸기 위해 떨리는 손으로 휴대전화를 들었지만 힘이 빠졌는지 두어 번이나 바닥에 떨어뜨렸다. 그녀는 손끝에 힘을 세게 주면서 바닥에 놓인 휴대전화 키패드를 눌러 인욱에게 전화를 걸었다. 3번의 통화 연결음이 지나고 그의 목소리가 들려왔다.

"어? 누나? 안 잤어요?"

"인욱아! 내가 방금 이상한 문자를 받았는데, 그니까, 내 동생한테서 이상한 문자가 왔는데… 혹시라도 무슨 일이 생긴 건 아니겠지?"

평소 늘 차분하고 호들갑 떠는 일이 없는 수진의 모습과 달리 그녀는 극도로 흥분하고 겁에 질린 모습이었다. 졸린 눈을 비벼 가며 자양 강장제를 마시던 인욱은 수진의 목소리에 본능적으로 반응하며 정신을 차렸다.

"누나, 진정하고 차분히 이야기해 봐요."

"'나는 언니 때문에 죽은 거야.'라고 수영이한테서 문자가 왔어. 바로 전화를 했는데 안 받아. 아무래도 무슨 일이 생긴 것 같아."

"우선 신고 먼저 해야겠어요. 동생 집 주소가 어떻게 돼요?"

"충북 충주시, 그, 뭐더라. 금곡서로 2길 예원빌 201호."

"신고는 제가 할게요. 그리고 지금 누나 데리러 갈 테니까 1층으로 내려와요. 5분이면 가니까 먼저 가지 말고 기다려요. 알았죠?"

"동생한테 무슨 일이 생긴 건 아니겠지? 서두원이 혹시라도… 안 돼! 제발…."

수진은 극도의 흥분 상태로 울부짖었다. 인욱은 서둘러 경찰에 신고하고, 수진을 데리러 출발했다.

"이건 말도 안 돼."

인욱도 지금의 상황이 혼란스러운지 고개를 저으며 혼잣말을 했다.

새벽 4시까지 인욱이 있던 곳은 서두원의 집 앞이었다.

인욱과 수진이 동생의 집 근처에 도착했을 땐, 이미 신고를 받고 출동한 경찰이 현장에 도착해 폴리스 라인을 치고 조사를 시작한 후였다. 해가 뜨기 전 어둑어둑한 골목을 경찰차 사이렌 불빛이 채우고 있었다.

새벽에 이게 무슨 소란인가 싶어 밖으로 나온 이웃 주민들은 팔짱을 끼고 현장 주변을 한참 동안 어슬렁거렸다. 방학 후에도 아직 고향으로 내려가지 않은 학생들은 잠옷 차림에 슬리퍼를 신고 나와 사람이라도 죽은 거 아니냐며 수군댔다.

수영은 1년 연세가 300만 원인 '예원빌'이라는 작은 원룸에 살았는데, 집에서 학교 정문까지 걸어서 10분 정도 걸렸다.

차에서 내린 수진이 건물 안으로 들어가려고 하자 경찰이 앞을 막아섰다.

"들어가시면 안 됩니다."

"제 동생 집이에요."

경찰이 잠시 머뭇거리다가 몸을 비스듬히 비켜섰고, 수진은 조심스럽게 계단을 올라갔다. 현관문은 열려 있었고, 감식반에서 나온 사람들이 현장 사진을 찍으며 증거물을 수집하고 있었다.

한눈에 살림살이가 전부 들어오는 작은 원룸엔 책상과 침대가 ㄱ자 모양으로 붙어 있었고, 작은 냉장고 위엔 수영이 좋아했던 다양한 모자들이 놓여 있었다. 그중에는 수진이 작년 생일에 선물한 소가죽으로 만든 헌팅캡도 있었다. 운동화가 가지런히 놓여 있는 좁은 신발장을 지나자, 맨바닥에 위아래 속옷만 입은 채 누워 있는 동생의 모습이 보였다.

대(大)자로 누워 있는 수영의 몸에는 파란색 매직으로 13개의 선이 그어져 있었다. 마치 시신을 토막 내기 전에 미리 선을 그어 놓은 것처럼 보였다.

"헙."

수진은 외마디 비명을 지르며 수영을 끌어안았다. 동생의 몸은 차가웠지만, 아직 일말의 온기가 남아 있었다.

"구급차, 어서 구급차를 불러 주세요. 빨리 병원에….."

수진의 다급한 외침에도 사람들은 움직이지 않고 그녀의 눈을 피해 고개만 숙일 뿐이었다.

"이봐요! 빨리 병원에 가야 하는데 왜 다들 가만히 있는 거예요!"

"죄송합니다. 동생분은 이미 사망했습니다."

뒤따라온 인욱이 그녀를 부축했지만, 수진은 "아니야, 안 돼!"라고 절규하고는 순식간에 정신을 잃고 쓰러졌다.

✦

정우가 인욱의 연락을 받고 수진이 입원 중인 병원에 도착했다. 모든 이야기를 전해 들은 정우는 자신의 머리카락을 쥐어뜯으며 자책의 한숨을 쉬었다.

"이게 다 나 때문이야. 내가 수진이를 위험에 처하게 만들고,

결국 수진이 동생을 죽게 만든 거라고. 이제 다 필요 없어. 그냥 놈을 죽이고 끝낼 거야."

"형! 정신 차려요. 이게 왜 형 때문이에요. 서두원, 제가 잡을게요. 머지않아 제가 잡는다고요."

인욱은 흐느끼는 정우를 끌어안고 들썩이는 그의 등을 두드렸다. 한동안 둘은 아무 말도 하지 않고 멍하게 있었다. 인욱이 적막을 깨며 말했다.

"실은 저 잠복 중이었거든요. 놈이 눈치챘다는 이야기를 들은 후부터 24시간 내내 빈틈없이 감시했어요. 저번에 놈이 털털이 만나러 나갔던 것처럼 언제든 범행을 할 수도 있다고 생각했어요. 그래서 제가 믿는 후배 1명이랑 2교대로 돌아가면서 지켰다고요."

"그럼 어젯밤에도?"

"네. 어젯밤엔 제가 직접 서두원이 퇴근 후에 집에 들어가는 것까지 봤어요. 밤새 놈은 집 밖으로 나오지 않았고요. 9층에 사니까 창문으로 나올 수도 없었을 텐데, 도무지 어느 틈에 범행을 한 건지 모르겠어요."

"혹시 변장한 건 아닐까?"

"변장했다고 제가 놈을 못 알아봤겠어요? 만약 그렇다면 잠복을 해도 놈이 또 우리 눈을 속이고 범행을 저지를 수 있다는 말이잖아요. 아무래도 뭔가 놓친 게 있는 것 같아요."

"단독범이 아닌 걸까? 혹시 공범이 있다면."

"공범이라…. 그럼 이번 범행은 서두원이 아닌 공범이 저지른 짓이라는 거죠?"

"서두원이 잠복 중에 경찰의 눈을 피해 범행을 저지른 게 아니라면 공범이 있다고밖에 설명이 안 돼. 아니면 어떻게 했는진 모르겠지만 미행 중인 형사들을 따돌리고 범행을 저지른 거겠지."

"모든 가능성을 열고 수사해야겠어요."

그때 서두원의 집 앞에서 잠복 중이었던 인욱의 후배에게서 전화가 왔다.

"선배, 서두원 지금 집에서 나오는데요? 딸이랑 와이프랑 같이요."

"지금? 지금 몇 시지? 오전 9시 55분이네. 지금 서두원이 집에서 나왔다는 거지? 혹시 그 전에 들어가는 모습은 못 봤어?"

"아뇨. 선배가 간 후로도 계속 지켜봤는데 이제 처음 나오는 게 맞아요."

"고생했다. 내가 갈 때까지 계속 수고 좀 해 줘."

인욱은 수진을 정우에게 맡기고 다시 현장으로 복귀했다.

인욱이 떠난 지 얼마 되지 않아 보호자를 찾는 간호사의 목소리가 들렸다.

"지금 이수진 씨가 정신이 들었어요. 보호자분 들어가 보셔도 돼요."

수진은 병원 침대에 앉아 텅 빈 표정으로 창문 밖을 바라보고
있었다.

"수진아…."

정우가 그녀에게 다가갔지만, 수진의 얼굴엔 아무 표정의 변
화가 없었다. 그녀가 천천히 고개를 돌려 정우를 바라보았다.

"왜 그렇게 미안해하는 얼굴을 하고 있어?"

정우는 차마 미안하다는 말도 나오지 않아 고통스러운 표정
을 지었다.

"놈이 원하는 게 이런 거야. 서두원은 나한테 '나는 언니 때문
에 죽었어.'라고 문자를 보냈어. 내가… 나 때문에 수영이가 죽
었다고 생각하게끔 만든 거지. 그리고 너는 너 때문에 내 동생
이 죽었다고 생각하게 만든 거고. 놈은 내가 널 원망하길 바라
고 있을 거야."

그녀가 천천히 손목에 꽂힌 주삿바늘을 빼고 자리에서 일어
났다.

"나는 널 원망하지 않을 거야. 내 상대는 오직 서두원뿐이니
까. 너도 약하게 굴면서 놈한테 끌려다닐 거면 지금 당장 그만
두고 뒤로 물러나."

수진은 목소리뿐 아니라 온몸을 바들바들 떨면서 말했다. 두
려움이 분노를 만나 그녀를 사정없이 뒤흔드는 것 같았다.

"정우야, 우리 이만 가자."

"어딜 가는데?"

"어딜 가겠어. 서두원 잡으러 가야지."

수진이 확신에 찬 눈빛으로 정우를 바라보았다. 놈에 대한 들 끓는 분노가 동생을 잃은 슬픔을 마비시켜 되레 그녀를 살게 하는 것처럼 보였다.

"인욱이는 경찰이니까 이번 일엔 끌어들이지 말자. 그니까 우리 둘이서 하는 거야, 우리 둘이서만."

정우가 고개를 끄덕이며 수진의 말에 동의했다. 아무리 연쇄 살인마라고 하더라도 적법 절차를 어기고 납치하는 일 또한 범 죄임은 분명했다.

"네가 서두원을 납치해서 기억을 뒤지겠다고 했을 때 그걸 말 리는 게 아니었어. 현재로서 기억 삭제술이 불완전하다고 해도 놈이 이미 눈치를 챘기 때문에 완성도는 별 의미가 없어. 놈을 어떻게 잡아서 병원으로 데려올지 그 계획 먼저 세워 보자. 일 단 장례를 치르기 전에⋯."

수진은 장례라는 말에서 잠시 머뭇거리더니 말을 잇지 못했 다. 하려는 말이 목울대에 걸려 나오지 않았다.

"부검을 하고 사인을 찾아야지. 아직까진 감전사로 보이긴 하지만."

"부검을 하려고?"

"당연히 해야. 내 마음 아프다고 억울하게 죽은 동생을 그 냥 묻을 수는 없잖아."

부검은 사망 원인을 찾고 억울한 죽음을 밝히기 위해서는 꼭 필요한 절차였다. 하지만 망자의 시신을 다시 칼로 베어 가르고, 장기 하나하나를 꺼내 사진을 찍으며 해체하는 일은 유가족들에겐 살 떨리는 일이었다.

수진은 퇴원 수속 일에 맞춰 자신을 데리러 온 인욱에게 말했다.

"우리 수영이… 부검 진행할 거지? 나도 부검 과정에 참여시켜 줘."

"뭐라고요? 아니, 부검을 할 사안인 건 맞는데 누나가 참관하는 건 좀 더 생각해 봐요."

"커대버(cadaver)라면 의대 다닐 때 많이 봤어. 부검의도 내가 잘 아는 교수님이고 무엇보다 내 동생이잖아. 왜, 그리고 어떻게 죽어 갔는지 내가 직접 봐야겠어. 그리고 부탁인데 부검 후에 시신을 봉합하는 건 내가 하고 싶어."

"네? 그렇게 하다가 난리 나요."

수진의 결심은 확고했다.

그녀는 이미 담당 부검의에게 전화를 걸어 사정을 설명하고, 양해를 구하고 있었다. 인욱은 그런 수진을 안쓰러운 표정으로 바라보았다.

"휴…. 나도 모르겠다. 누나가 저러는 것도 이해는 가는데."

그때 인욱에게 문자 메시지가 도착했다.

[선배님, 검사 부검 지휘 떨어졌어요. 법원 압수 영장도 나왔고요. 부검 일은 내일 오전 11시고, 장소는 충주 시립 병원입니다.]

다음 날 아침, 인욱과 수진은 부검이 진행되는 병원으로 향했다. 인욱이 수진에게 건넨 뜨거운 커피는 한 모금도 줄지 않고 차갑게 식어 갔다.

"누나, 정말 괜찮겠어요?"

"내가 해야만 하는 일이야."

부검실에 들어가자 선득한 공기가 온몸을 감쌌다. 차가운 부검대 옆에는 날이 선 도구들이 놓여 있었다.

늘 생기가 넘치던 그녀의 동생이 부검대 위에 누워 있었다. 수영은 사방에서 반사판을 댄 것처럼 눈부시도록 시린 빛을 내고 있었다. 수진은 천천히 손을 뻗어 싸늘하게 식은 수영의 손을 잡았다. 더 이상 그 어떤 온기도 전달되지 않았다. 수진은 뜬눈으로 밤을 새우며 다짐했던 대로 눈물은 보이지 않았다.

"저는 부검을 삶의 마지막 진료라고 생각합니다. 'Mortui Vivos Docent, 죽음으로 삶을 배우다.' 죽은 사람과 나누는 마지막 대화인 거죠. 세상을 떠날 때 마지막으로 하고 싶었던 이야기가 있었다면 들어 보고, 억울함이 있다면 풀어 줘야 합니다. 그럼 시작하겠습니다. 일동 묵념."

부검의로 일을 한 지 8년 차가 넘어가는 최 교수지만 유가족을 참여시키고 부검을 하는 것은 처음이었다. 최 교수는 초임 교수 시절부터 인연을 쌓아 온 수진의 부탁을 거절하지 못했다. 비록 절차에는 어긋났지만, 수진이 의사 면허가 없는 일반인은 또 아니었으니 문제가 될 건 없었기 때문이다.

"감전사는 심하게 부패한 시신과 대발작, 부정맥과 더불어 철저하게 부검을 진행해도 명확한 사인을 알아내기 힘든 죽음 중 하나입니다. 다만 여기를 보시면…."

최 교수가 시신의 목 뒷면에 화상으로 보이는 상처를 가리키며 말했다.

"전류가 들어온 부위에 생긴 유입흔과 나간 부위에 형성되는 유출흔이 남아 있어요. 전류가 인체에 흐르게 되면 발열로 인해 화상과 같은 형태로 피부에 흔적을 남기죠. 비교적 낮은 전류가 오랫동안 가슴을 통과하면 근육이 경직되고 그로 인해 질식으로 사망하기도 합니다. 이제 가슴을 열어 보도록 하죠."

최 교수는 시신의 복부 전면을 절개하고 늑연골, 흉쇄골, 접합부를 절단했다. 그 후 심장, 폐, 간, 위, 비장, 췌장 등을 적출했다. 각 장기의 무게를 잰 뒤 육안으로 살펴보고 조직 검사를 진행했다.

모든 조사가 끝난 후, 그는 각 장기를 제 위치에 다시 집어넣었다.

"이제 자네가…."

"네, 교수님. 고맙습니다."

수진은 절개된 피부를 조심스럽게 봉합하기 시작했다. 숨 한

번에 한 땀씩, 느리지만 꼼꼼하게 헤쳐졌던 동생의 살을 모아 감쌌다.

"수고했네. 잘했어."

최 교수가 고개를 살짝 흔들며 그녀를 격려했다. 그제야 그녀의 눈가가 젖어들었다. 처음 흘러내린 눈물 자국이 길을 내어, 그뒤로 한없는 눈물을 흘려보냈다.

수진은 아무 말도 하지 못하고 고개를 숙여 인사하고는 부검실을 빠져나왔다. 인욱은 서둘러 어디론가 뛰어가는 그녀를 따라갔다. 그녀는 부검실에서 최대한 멀리 떨어지기 위해 뛰고 있었다. 그리고 복도 끝에 다다르자 다리에 힘이 풀렸는지 주저앉아 버렸다.

"수영아…. 수영아…."

가슴속 깊은 곳에서 토해 내는 그녀의 울음소리가 복도 안에 울려 퍼졌다. 목 놓아 우는 수진의 입가에서 침 섞인 핏물이 흘러내렸다. 부검실에서 내내 이로 입안을 깨물며 버틴 탓이었다. 인욱은 차디찬 바닥에 이마를 대고 고통에 몸부림치는 수진에게 차마 다가가지 못했다. 그저 옆에 서서 함께 눈물을 흘리는 것 말고는 할 수 있는 일이 없었다.

부검 후 장례를 치른 수진은 마치 3년 전 정우가 그랬던 것처럼 다른 사람이 되어 있었다. 그녀는 분노라는 아비와 비탄이라는 어미에게서 새로 태어났다.

7
함정

서울 지방 경찰청 마약 수사팀 사무실.

"아오! 털털이 이 새끼. 도무지 불지를 않아요. 도대체 그 많은 마약은 어디에 숨긴 건지."

지방청에 갓 전입한 신입 경찰 철호는 신경질적으로 이를 닦으며 의자에서 몸을 일으켰다.

"그러게. 분명 어디에 잘 숨겨 뒀을 텐데 싹 다 뒤져도 나오질 않네."

인욱이 습관처럼 자신이 앉은 의자를 뱅글뱅글 회전시키며 맞장구쳤다. 털털이를 검거한 이후 경찰은 수사에 박차를 가했지만 정작 대규모로 거래하던 마약의 행적이 묘연했다.

털털이와 털털이 부하가 마약을 매수한 사실 자체를 부인하는 것은 아니었다. 문제는 매수한 마약의 양이었다. 털털이와 털털이 부하는 자신들이 매수한 마약의 양은 극히 소량이고, 한 사람이 한 번 투약할 정도밖에 되지 않는다고 주장하고 있었다.

첩보에 의하면 두 사람이 매수한 마약의 양은 결코 소량이 아니었다. 또 혹여나 두 사람이 법정에서 말을 바꿨을 때, 유죄를 입증해 내기 위해서는 물적 증거인 마약이 꼭 필요했다.

"마약 사범을 검거했는데 마약이 없다는 게 말이 돼? 이대로 검찰로 송치했다가 검찰에서 마약이라도 찾아봐. 그냥 웃음거리야. 마약 무조건 찾아내야 해! 알지?"

팀장이 목에 핏대를 세울 동안 팀원들은 절로 한숨이 나오는지 저마다 다른 곳을 응시했다. '이 잡듯이 찾아도 없는 것을 어떡하란 말인지'라고 표정에 쓰여 있었다.

능글맞은 털털이는 내공이 높은 선배나 팀장이 직접 상대했고, 털털이의 부하인 이진구는 철호가 조사하고 있었다. 그가 가족 명의로 된 부동산 등기부 등본을 열어 보며 물었다.

"여기 보니까 아내 명의로 시골에 집이 하나 있네요. 이 집은 뭐예요?"

"아, 그건 나중에 여기 생활 정리하면 가서 살려고 마련해 둔 거예요."

"바짝 벌어서 귀농이라도 하려고 했어요?"

"뭐 그런 셈이죠."

"언젠가 귀농을 하려고 10년도 더 전에 이 시골구석에 집을 샀다는 거죠? 아주 그럴듯한 이야기네요."

"왜 기분 나쁘게 실실 쪼개고 그래요?"

지친 기색이 역력했던 철호의 눈빛에 조금씩 총기가 되살아났다. 입질을 감지한 낚시꾼같이 순식간에 흥미로워하는 얼굴이라니. 그는 신입이지만 베테랑 형사만큼이나 감이 좋은 친구였다. 놈은 지나치게 자연스럽게 말하려고 노력하는 모습이 되레 부자연스러웠다. 철호는 이 어색한 틈새를 놓치지 않고 파고들었다.

"나도 언젠가 이런 시골집에서 살고 싶은데 얼마에 샀어요?"

"그게 얼마더라? 오래돼서 기억이 잘 안 나네. 계약은 와이프가 직접 했던 거 같기도 하고."

"그렇군요. 알겠어요. 오늘 조사는 여기까지 하죠."

"벌써 끝났나요?"

"뭐 어차피 사실대로 말하지도 않을 거잖아요?"

쿨하게 일어선 철호는 곧바로 영장 신청서를 작성하면서 외근 중이었던 팀장에게 전화를 걸었다.

"팀장님, 이진구의 아내 명의라는 집이요. 아무래도 여기 냄새가 좀 나요. 한번 봐야 할 것 같은데요?"

"영장이 나올까? 담당 검사도 이제 그만하고 사건 송치하라는 눈치던데."

"일단 할 수 있는 건 다 해 봐야죠. 여기까지만 해 본다고 그래요."

"알았어. 그럼 내가 담당 검사한테 미리 연락해 놓을 테니까 오늘 중으로 영장 신청서 작성할 수 있겠냐?"

"네. 한번 써 볼게요. 팀장님, 그 집에 가셔서 실제로 누가 관리하고 있는지 좀 알아봐 주세요. 아마 누가 사는 흔적은 없을 거예요. 그리고 혹시 최대복이 눈치를 채고 마약을 빼돌릴 수도 있으니까 근처에 인력 좀 배치해 주세요."

"응, 알았어. 야! 근데 누가 팀장이야? 인마가 나한테 지시를 하고 있네?"

팀장의 커지는 목소리를 뒤로하고 철호는 전화를 끊었다. 잠시 뒤 현장에 도착한 팀장으로부터 그 집에는 사람이 사는 흔적이 없으며 주변 사람들에게 물어봐도 누가 사는지 아는 사람이 없다는 이야기를 전해 들었다.

철호는 즉각 검사에게 압수 영장을 신청했고 다음 날 예상대로 영장이 발부되었다.

팀장과 인욱을 포함한 팀원들이 영장을 가지고 그 집을 찾았다. 전북 임실군 삼계면 수애리에 위치한 작은 주택이었는데 인적이 드물고 반경 5km 골목까진 CCTV가 설치되어 있지 않았다.

바깥문을 열고 들어가자, 일 년에 두어 번 정도 사람 손을 탔을 법한 작은 정원이 눈에 띄었다. 다른 사람들이 집 밖을 살펴

볼 동안 인욱은 집 안으로 들어갔다. 거실에는 낡았지만 아직까지 쓸 만한 소파와 탁자 등이 놓여 있었다.

이리저리 살피던 인욱은 화장실 문을 열었다. 화장실치곤 지나치게 넓은 감이 있었는데 바닥에는 파란색 타일이 깔려 있었다. 구석엔 변기와 커다란 갈색 고무 대야가 있었고, 가운데엔 커다란 하수구가 있었다.

한눈에 봐도 일반적인 화장실 용도로 쓰이는 곳은 아니었다. 인욱이 왠지 모를 불길한 예감에 섣불리 안으로 들어가지 못하고 있는데 밖에서 팀장이 부르는 소리가 들렸다.

"밖에 좀 나와 봐! 여기 전기톱이 있는데?"

"전기톱요?"

전기톱이라는 말을 듣자마자 인욱의 눈앞에 시뮬레이션처럼 어떤 모습이 그려지기 시작했다. 범죄 현장에서 간혹 보이는 일종의 망상이었다. 그의 상상 속에서 욕실 가운데에는 토막 난 시체가 놓여 있고, 하수구로 시뻘건 피가 소용돌이치며 빨려 들어갔다. 락스 냄새가 섞인 비릿한 피 냄새가 역하게 진동하는 그곳에서 누군가가 전기톱으로 시신을 토막 내고 있었다. 이곳은 범죄 현장이라고, 그의 모든 세포가 소리치고 있었다.

인욱은 현장에 남겨진 증거들이 훼손될까 발걸음을 종종거리며 집 밖으로 나갔다. 혹시라도 자신의 양말에 범인의 침이나 땀이 묻을지도 모를 일이었다.

"팀장님! 현장 보존하고 당장 감식반 불러야겠어요."

"왜? 뭐가 좀 나왔어?"

"그냥 느낌이 와요. 여기 아무래도 범행 장소 같아요."

"범행? 무슨 범행?"

"살인이요."

"야, 무슨 전기톱 하나 나왔다고 바로 살인으로 가냐."

"언제는 형사는 감으로 움직인다면서요. 벽지며 타일이며 다 뜯고 루미놀 뿌리고 나면 확실해질 거예요."

장담하는 인욱에게 면박을 줬지만, 실은 팀장도 이상한 낌새를 차리고 있었다.

화장실은 다른 방에 비해 유독 컸다. 벽이나 타일의 상태를 봤을 때 이 주택에서 리모델링을 한 곳은 화장실이 유일했다. 주거용이 아니라 어떤 작업을 위해 마련된 집이라는 인상을 주기 충분했다.

곧 국과수가 현장 감식을 시작했다. 인욱의 말대로 바닥과 벽지를 다 뜯어내고 나서야 소량의 혈흔을 발견할 수 있었다. 현장은 국과수 요원도 혀를 내두를 만큼 깨끗했다.

"범인이 누군지는 몰라도 엄청 깔끔한 놈이에요. 증거를 싹 치웠어요. 극소량의 혈흔 빼고는 정액, 타액, 모발, 피부, 땀 일절 없어요. 시신을 토막 내면 혈액을 완전히 치운다는 게 불가능에 가깝거든요. 그런데 혈흔이 이 정도밖에 안 나왔다는 건 진짜 현장을 깔끔하게 치운 거라고 봐야죠."

며칠 후 서장과 팀장이 상기된 얼굴로 DNA 감정 결과지를 가지고 왔다. 팀장이 서장에게 바로 결과를 보고했다는 것은 뭔가 큰 게 나왔다는 뜻이었다.

"토막 연쇄 살인 범행 장소가 나왔어. 유력한 용의자는 털털이고."

"네? 그게 무슨 말인지….

인욱은 팀장이 건넨 DNA 감정 결과지를 보고 온몸에 소름이 돋았다. 폭행 치사로 도주 중이었던 조폭 그리고 갈대숲에서 발견된 여중생 김 양의 DNA가 모두 그 집에서 나온 것이다. 나머지 신원 불상의 혈흔 두 개는 국립 과학 수사 연구원과 대검찰청 범죄자 DNA 데이터베이스에 교차 조회를 맡겨 놓은 상태였다.

"이 두 개 혈흔에서 털털이나 털털이 부하가 나오면 게임 완전 끝이라고. 알지? 곧 연락이 올 거야. 내가 바로 전화하라고 해 놨거든!"

팀장은 '분명 털털이의 DNA가 나올 것'이라며 의기양양하게 어깨를 들썩였다. 인욱을 제외한 팀원들 모두 고무된 표정을 지었다.

─띠리리리리리.

팀장의 2G폰이 울리자 모두들 숨을 죽였다. 팀장도 긴장되는지 목소리를 가다듬고 전화를 받았다.

"여보세요. 결과 나왔습니까?"

"보내 주신 혈액 샘플과 최대복, 이진구를 대조해 봤는데 일치하지 않았어요."

"확실해요? 정말 아니에요?"

"네."

DNA 체취 대상 범죄는 방화·실화, 약취·유인, 절도·강도, 폭력 행위, 강간·추행, 성폭력, 살인 등이다. 인욱은 서두원이 전과가 없기 때문에 수형인과 구속 피의자들에 한한 범죄자 데이터베이스에는 등록되지 않았을 거라고 생각했다.

"그럼 신원 불상의 혈흔은 대체 누구야? 설마 피해자가 2명 더 있는 건가? 이씨⋯."

맥이 풀린 듯 서장은 헛기침을 하더니 서장실로 올라갔다. 팀장은 다 잡은 토끼를 놓친 것처럼 씩씩대며 말했다.

"어쨌든 털털이 부하 명의의 집에서 피해자 혈흔이 다 나온 거니까 확실하다고 봐야지. 죄수의 딜레마 알지? 둘이 서로를 못 믿게 만들고 먼저 불게 만들라고. 증언 꼭 받아 내!"

인욱은 바로 국과수에 있는 동료에게 전화를 걸었다. 확인되지 않은 두 명의 혈흔 중에 서두원의 것이 있을 수도 있었다.

"나야, 신원 불상 혈흔 말인데 뭐 다른 정보 나온 거 있어?"

"응. 성별은 나왔어. 1명은 여자고, 1명은 남자야. 부계 염색체인 Y 염색체를 조사하면 성씨마다 독특한 패턴이 나타나거든. 이걸 축적된 데이터로 분석하면 에러가 거의 없다고 봐야지. 이 2명 중에 1명은 범인 아니겠어?"

"근데 범죄자 데이터 조회해 봤는데 거기엔 없었어."

"범인이 운도 더럽게 좋나 보다. 살인을 저지르면서 전과 하나 없이 살다니."

전화를 끊고 인욱은 미간을 찌푸리며 생각에 빠졌다.

"만약 확인되지 않은 남성의 혈흔이 서두원의 피라면…."

그렇다면 서두원은 단박에 유력한 용의자가 될 것이다. 하지만 서두원의 피를 채취하는 건 현실적으로 불가능했다. 그는 현재로서 범죄와의 연관성이 전혀 없는 민간인 신분이었다. 당장 대조해 보고픈 마음은 굴뚝같았지만 도저히 방법이 떠오르지 않았다.

이 와중에 경찰서를 출입하며 냄새를 맡은 수습 기자 1명이 토막 연쇄 살인 사건의 범행 장소가 발견됐다고 단독 기사를 내면서, 사건은 다시금 언론의 주목을 받기 시작했다. 피해자의 DNA가 나온 주택의 실제 주인인 털털이가 유력 용의자라는 게 기사의 핵심이었다. 불과 며칠 지나지 않아 언론은 털털이가 연쇄 살인마라고 단정 짓는 분위기로 흘러갔다. 종편에서는 사건에 대해 잘 알지도 못하는 변호사와 객원 교수들이 나와 온종일 이러쿵저러쿵 아무 말이나 떠들었다.

[단독] 토막 연쇄 살인 유력 용의자 최대복. 경찰 조사 때 왕갈비탕 먹어
[단독] 연쇄 살인 용의자 최대복이 복용한 액상 대마 카트리지가 대체 뭐길래

저급하고 어그로를 끄는 기사들이 하루에 몇천 건씩 인터넷

을 도배했다. 인욱은 답답해 미칠 노릇이었다. 털털이의 전과 기록만 봐도 토막 살인 범행 시점과 교도소 수감 시점이 겹쳤다. 용의자를 털털이로 설정하면 결국 재판에서 진짜 털리는 건 그가 아니라 경찰일 것이다.

✦

정우는 인욱에게서 받은 수영의 사건 파일을 보고 있었다. 전과는 달리 이번 사건은 시신을 유기하지도, 토막 내지도 않았다.

'아무래도 시신을 옮기는 게 부담이었겠지. 인적이 드물다고 해도 대학가인 데다가, 오가는 사람 중에 목격자가 생길 수도 있었을 테니.'

이번에 놈은 시신을 훼손하는 대신 마치 토막이 난 것처럼 보이도록 시신에 13개의 선을 그려놓았다. 시신을 토막 낼 상황이 못되자 기어코 선이라도 그리는 범인의 이상 행동을 봤을 때, 놈은 시신을 훼손하면서 극도의 쾌감과 전능함을 느끼는 게 분명했다. 정우는 보통의 살인범이 시신을 손쉽게 유기하기 위해 시신을 훼손하는 것과 달리 놈은 시신을 토막 내기 위해 살인을 저지르는 유형일지도 모른다고 생각했다.

정우는 직접 정리한 사건 파일을 찬찬히 살펴보았다. 그는 흥신소 직원을 고용해 서두원과 주변인들을 밀착 감시 중이었고,

파일엔 이를 정리한 내용이 담겨 있었다.

서두원은 오전 7시 30분쯤 동네 공원을 한 바퀴 정도 돌면서 아침 운동을 했다. 보통은 9시에, 간혹 10시에 국숫집으로 출근했다. 그리고 오후 8시에 퇴근했는데 아내와 딸이 데리러 오거나 집으로 혼자 걸어갔다. 만나는 친구는 없었고, 간혹 인천에 있는 레저 낚시터에서 밤낚시를 즐겼다.

그의 아내인 진숙은 매일 오전에 요양 병원으로 가 엄마를 만났고, 오후엔 엄마가 살던 집에 가서 틈틈이 청소를 했다. 정원에 심어 놓은 부추, 상추 등 채소를 따서 오기도 했다. 수아와 동갑이었던 서두원의 딸은 학교를 마치고 월, 수, 금요일에는 피아노 학원을 갔고 화, 목요일엔 태권도 학원에 갔다. 그리고 바로 집으로 가거나, 아파트 옆 동에 거주하는 친구네 집에서 놀다가 귀가했다.

그가 병원 사무실에 놓인 소파에 앉아 자료를 넘겨 보고 있는데 수진이 분주한 발걸음 소리를 내며 방으로 들어왔다. 수진과 정우는 거의 매일 만나 사건에 관한 이야기를 나누고, 놈을 잡을 계획을 짰다.

수진이 가방에서 묵직하고 넙적한 무언가를 꺼내 정우에게 건넸다. 남성의 손바닥만 한 크기의 직사각형 물체였는데 두께는 5~6cm 정도 되었다.

"이게 뭐야? 전기 충격기?"

"응. 내가 만들었어."

"네가 직접?"

"애들 장난이지. 이런 거 만드는 것 정도는."

수진은 놈과 일대일로 마주쳤을 때 밀리면 안 된다는 생각에 직접 전기 충격기를 만들기에 이르렀다.

그녀는 연필로 공책에 낙서하듯이 회로도를 슥슥 그렸다. 전기 충격기의 원리는 간단했다. 직류 전기를 발진해서 구형파를 만든 후에 변압기를 통해 승압시켜 고전압을 만드는 것이다. 일반적으로 심실세동에 이를 수 있는 감전 전류의 크기는 100~500mA인데 그녀가 만든 전기 충격기는 최대 1,000mA의 전류가 흘렀다. 이걸 몸에 지지는 순간 죽거나 불구가 되거나 둘 중 하나였다.

"놈이 언제 전기 충격기를 들고 덤빌지 모르는데 우리도 대비하고 있어야지. 안 그래?"

그녀가 약간의 흥분 상태로 자작 전기 충격기에 관해 설명하고 있을 때쯤 정우에게로 전화 한 통이 걸려 왔다.

혜수였다.

정우는 그제야 수아가 미국에 간 사실을 여태 그녀에게 말하지 않았다는 사실을 깨달았다.

"야! 너 왜 이렇게 전화를 안 받아! 수아는 상담하러 왜 안 와?"

"혜수야, 미안해. 그게… 수아, 미국에 갔어."

"미국에는 왜? 혹시 수아한테 무슨 일이라도 있어?"

"아니, 그런 건 아닌데."

그때 옆에 있던 수진이 "누구야?"라고 묻는 소리가 통화 너머로 전해졌다.

"이럴 게 아니라 나 지금 너희 병원 근처거든? 나와서 잠깐 얘기 좀 하자."

둘은 이전에 간혹 갔던 동네 근처의 조그마한 바에서 만났다. 혜수는 새틴 재질의 발목까지 오는 롱 원피스를 입고 나타났다.

"수아는 왜 갑자기 미국엔 간 거야?"

"지수 죽인 범인이 지금 내 주변에 있어. 그래서 장모님이랑 수아를 미국에 보낸 거야. 그래야 내 마음이 편할 것 같아서."

"뭐라고? 범인이 아직도 네 주변에 있다고? 너는 괜찮은 거야? 신고해서 빨리 잡아야지!"

"응. 그래야지."

복잡한 표정의 혜수는 흘러내리는 머리카락을 쓸어 올리며 오렌지색 데킬라 선라이즈를 한 모금 마셨다. 정우는 글라스에 담긴 위스키를 마시진 않고 얼음이 녹는 것을 지켜보고만 있었다.

"근데 아까 누구랑 있었어? 얼핏 여자 목소리가 들렸던 것 같은데."

"수진이. 사건 때문에 요즘 매일 만나거든."

혜수가 그의 말에 잠시 뜸을 들이더니 나지막한 목소리로 물었다.

"혹시 너 수진이랑 무슨 사이인 건 아니지?"

"뭐? 그게 무슨 뜻이야?"

"수진이가 널 이렇게까지 돕는 게 솔직히 잘 이해가 되지 않아서."

정우는 혜수의 말이 황당하고 한편으론 억울해서 뭐라 대답할 엄두가 나지 않았다. 당혹감은 금세 화로 바뀌더니 정우의 얼굴이 취한 것처럼 불그스름하게 달아올랐다.

"맞아. 네 말대로 수진이가 이유도 없이 날 돕다가 수진이 동생이 놈에게 살해당했어. 이제 왜 나랑 수진이가 함께할 수밖에 없는지 좀 이해가 됐어?"

그녀의 말이 선을 넘었는지 정우는 불쾌한 표정을 숨기지 않고 자리를 박차고 일어섰다. 혜수는 나가는 정우의 손목을 잡았다.

"미안해. 내가 잘 모르면서 말을 함부로 했어."

그는 말없이 그녀의 손을 떼어 내며 발길을 돌렸다. 혜수는 방금 한 말이 후회된다는 듯 한숨을 연거푸 내쉬며 정우가 남기고 간 위스키를 마셨다. 얼음이 녹아서인지 술은 꽤 연해져 있었다.

정우가 다시 병원 사무실에 갔을 때는 인욱도 와 있었다. 양손 가득 닭강정을 사 온 인욱은 수진에게 뭐라도 좀 먹여 보려 진땀을 뺐다. 수진은 그의 성화에 못 이겨 억지로 닭강정을 입에 넣고 오물거렸다. 그녀는 언뜻 보기에도 7~8kg은 족히 빠진 상태였다.

"아무래도 서두원이 범행 장소에 혈흔을 남긴 것 같아요. DNA 대조를 하고 싶은데 서두원의 혈액을 채취할 방법이 없어요."

인욱은 닭강정을 거의 다 먹었을 때쯤 슬며시 사건 이야기를 꺼냈다. 수진이 손에 들고 있던 젓가락을 꽉 쥐면서 말했다.

"서두원 피라면 나한테 있어."

"뭐라고요? 서두원 피가 누나한테 있다고? 어떻게요?"

"정우가 첫 번째 기억을 이식하고 놈이 살인마인 걸 알게 됐잖아. 그래서 두 번째 기억 이식을 했던 날에 내가 놈이 깨기 전에 혈액을 채취했어. 혹시라도 나중에 상황이 어떻게 될지 모르니까. 그땐 뭔가에 홀린 듯이 그랬던 것 같아. 놈의 혈액을 뽑으면서 양심의 가책을 느꼈던 내가 싫다."

그녀의 말에 정우와 인욱이 섣부른 희망의 눈빛을 교환했다.

"어디에 있어요? 당장 가요."

"병원 혈액 보관실에 있지."

인욱은 인류를 구할 마지막 백신처럼 보관함에 놈의 피를 고이 담았다. 그리고 그는 주문이라도 걸듯이 중얼거렸다.

"아! 제발 서두원의 혈액이 맞기를. 제발…."

서울 남부 교도소 수용자 접견실.

서두원은 접견실 의자에 앉아 털털이가 나오길 기다리고 있었다. 그는 통유리로 막힌 건너편 방을 눈으로 샅샅이 훑었다. 죄수복을 입은 털털이가 접견실 안으로 들어왔다. 그는 애써 미소를 지어 보이며 부드러운 음성으로 "왔냐."라고 말했다.

"형님, 얼굴이 많이 상했네요. 저 때문에 죄송합니다. 제가 다 돌려놓겠습니다."

"돌려놓는다니 그게 무슨 말이야? 나야 딸린 식구가 없지만 넌 다르잖아. 지금까지 네가 가정을 지킨다고 얼마나 고생했는지 잘 알고 있어. 아무튼, 나는 풀려나게 돼 있으니까 걱정할 필요 없어."

"풀려나게 돼 있다니 그게 무슨 말인지."

털털이가 자세를 바꿔 앉으며 왼 다리를 오른 다리 위로 꼬아 올렸다. 교도소에서도 그는 아직 부릴 여유가 남아 있었다.

"마약, 장물, 사기…. 내가 인생 절반을 교도소에서 보내면서 느낀 점이 뭔지 알아? 형사 사건에서는 증거가 명백하지 않은 이상 자백하는 놈이 바보라는 거야. 이게… 자백을 하면, 그때부터는 그 자백을 믿을 만하게 하는 보강 증거만 있으면 유죄거든? 그런데 부인하면, 그날 있었던 일에 대해서는 검사가 모두 증명을 해야 한다고. 알아들어?"

털털이가 하는 말의 요지를 잘 모르겠는지 서두원이 고개를 갸우뚱거렸다.

"그 집에서 피해자의 피가 나왔으니까 빠져나갈 수 없는 거 아닌가요?"

"물론 그 집의 실제 명의자가 나라고는 인정했지. 가오 떨어지게 부하한테 뒤집어씌울 수는 없으니까. 근데 그게 왜? 내 집에서 살인 사건이 일어났다고 해서 무조건 집 주인인 내가 죽였다는 법이 있나? 너도 알겠지만 난 그 집 근처에 가본 적도 없어."

"그렇죠, 형님."

"살인이 벌어진 장소가 내 명의라는 것 이외에는 내가 범인이라는 증거가 아무것도 없어. 물론 의심은 받겠지. '저 마약쟁이가 왜 저 집을 산 거지? 뻔하네! 저놈이 범인이네!'라고 생각은 하겠지. 하지만 의심으로 유죄가 선고되는 건 아니거든. 나는 모든 혐의를 부인할 거고. 검사도 절대 입증 못 해, 증거를 만들지 않은 한. 왜냐면 진짜로 내가 한 짓이 아니니까. 큭큭큭."

"하지만 혹시라도….."

"걱정 말라니까. 내 입에서 네 이름이 나올 일은 없을 거야. 이미 큰돈 들여서 유명한 변호사도 선임해 놨고."

접견 시간이 끝나자 털털이가 자리에서 일어서며 말했다.

"만약에 일이 잘 안 풀리면 말이지. 여차하면 이혼해라. 내 말이 무슨 말인지 알지?"

"네, 알겠습니다. 근데 형님, 왜 저를 위해 이렇게까지…."

"우리 엄마 말이다. 고약한 병으로 돌아가실 때까지 네가 병수발 든 거 알고 있다. 임종도 네가 지켰잖아. 난 그때 교도소에 있었으니까. 늘 고맙게 생각한다. 이 정도는 내가 널 위해서 해야 한다."

✦

정우는 서두원의 뇌를 스캔한 사진을 보고 있었다. 그리고 다른 한 손엔 자신의 뇌를 스캔한 사진을 들고 있었다. 그는 양손에 든 사진을 번갈아 보았다.

"참 비슷하네. 한 사람 거라고 해도 믿겠어."

정우는 자신과 서두원의 뇌 모습을 비교하면서 문득 제임스 팰런 교수의 이야기를 떠올렸다.

그는 캘리포니아 대학에서 신경 과학을 가르치는 교수로, 세 자녀를 둔 가장이었다. 그는 주로 사이코패스의 뇌를 연구했는데 우연히 사이코패스의 특징이 명백하게 드러나는 뇌 사진을 발견했다. 하지만 그건 놀랍게도 팰런 교수, 자신의 뇌를 스캔한 사진이었다.

사이코패스는 뇌에서 공감과 감정 조절을 담당하는 피질이 손상되거나 기능이 저하된 경우가 많다. 행복과 흥분을 느끼는 신경 전달 물질인 세로토닌과 도파민, 남성 호르몬인 테스토스테론 활동도 비정상적이다.

팰런 교수는 살인자 대부분이 눈 바로 위 관자놀이 안쪽에 위치한 안와 피질에 손상이 있다는 것과 MAO-A라고 하는 폭력 유전자에 주로 변형이 있다는 사실도 발견했다. 비슷한 뇌를 갖고도 어떤 사람은 사이코패스를 연구하는 교수가 되고, 어떤 사람은 사이코패스 살인마가 된 것이다.

시트상으로 정우와 서두원의 뇌는 많이 닮아 있었다. 다만 팰런 교수와 다른 게 있다면, 서두원은 지극히 정상적이고 평범한 뇌를 가지고 있다는 점이었다. 뇌 데이터만으로 범죄자를 식별할 수 있다는 생각은 얼마나 터무니없는 것인가. 정상적이고 평범한 뇌를 가지고도 얼마든지 끔찍한 짓을 저지를 수 있으니 말이다. 정우는 최근에 장비를 점검하고 컴퓨터 자료를 백업하면서 놀라운 사실을 발견했다.

그의 컴퓨터에는 그동안 기억 삭제술을 시행한 환자들과 서두원의 뇌를 분석한 자료가 남아 있었다. 특정 기억을 떠올릴 때 활성화된 시냅스 간 연결 강도의 변화를 나타내는 전기 신호 패턴이었는데, 이 자료를 이용해 반복적인 기억 이식이 가능하다는 것을 알게 되었다. 서두원을 포함해 이전에 기억 삭제술을 했던 환자들의 기억까지 모두 재이식이 가능했다.

이 말인즉슨 기억의 영구 보관이 가능하다는 뜻이었다. 이로써 한 사람의 기억이 다중에게 그대로 노출되고, 이용될 수 있게 되었다. 이 기술을 코어로 두고 발전시킨다면 영화 「매트릭스」에서 나온 주인공 네오처럼 타인의 기억을 이식하고 다운로드 받아 헬기를 능숙하게 운전하는 것도 가능할지 몰랐다.

'어쩌면 기억을 사고 팔 수 있을지도.'

정우는 들끓어 오는 욕망의 대가리를 짓누르며 다짐했다. 놈을 잡으면 그동안 음지에서 했던 연구는 모두 폐기하겠다고. 그는 부정적으로 쌓은 이 어마어마한 가능성을 완벽히 차단하리라 다짐했다.

연구자가 모든 상황을 통제하고 있다고 착각하는 동안에도, 흔히 성과라고 불리는 미지의 것은 스스로 살아 움직인다. 연구자는 트리거(trigger)였을 뿐이다. 자신의 가설보다 몇 발이나 더 나아간 결과를 얻는다면 애초에 그가 세운 가설은 맞는 것일까, 틀린 것일까.

정우는 서두원의 기억으로 다시 들어가기 위해 전극이 달린 헬멧을 쓰고 수술대 위에 걸터앉았다. 놈의 기억을 들여다보는 일은 끔찍했지만 뭐 하나라도 건져 올릴 수 있다면 언제까지나 그 기억 속에 머물 수도 있었다.

정우는 편안한 자세로 놈의 기억을 맞았다. 불쾌하지만 간절히 기다리는 손님. 기억은 이미 다 알고 지나온 것을 더듬는 행위다. 이내 놈의 기억은 정우의 머릿속에서 껄끄럽지 않게 안착했다.

＊

　서두원은 시신 두 구가 발견된 강 부근에 서 있었다. 그가 숨을 크게 들이마시자 축축한 공기에 콧속이 촉촉해지는 기분이 들었다. 그가 트렁크에 있는 이민 가방을 꺼내기 위해 양팔에 힘을 주자 핏줄이 선명하게 보였다. 가방은 철퍼덕 넘어지는 소리를 내면서 바닥으로 떨어졌다. 그는 가방을 질질 끌어 강가로 옮겼다.

　놈은 강어귀에 놓인 통나무로 만든 배에 올라탔다. 기다란 노는 나뭇결이 얇게 터져 날카로운 가시처럼 거스러미가 일어나 있었다. 그가 노를 한 손으로 꼭 잡자 나무의 순결과 엇결이 혼재된 거친 촉감이 느껴졌다. 놈은 꿈쩍도 하지 않는 배를 움직이기 위해 노로 있는 힘껏 강바닥을 밀어냈다. 진득하게 힘을 준 지 30~40초 정도가 지나자 천천히 배가 밀리기 시작했다. 놈이 노에서 손을 뗐을 때, 가시처럼 돋아 있던 거스러미가 놈의 손바닥을 날카롭게 찌르고 빠져나왔다. 정우가 처음 그의 기억을 봤을 땐 느끼지 못했던 미미한 촉감이었다.

　강 한가운데는 달빛이 뚝 떨어진 것처럼 밝았다. 놈은 손으로 더듬거리며 지퍼를 찾아 가방을 열었다. 열린 가방 사이로 털이 난 남성의 굵직한 다리가 보였다. 종아리에는 붉은 화염에 휩싸인 검은 집이 보였다.

　순간 정우는 멈칫하더니 급하게 자신의 책상 위에 있는 서류를 뒤지기 시작했다. 인욱에게 받은 사건 파일이었는데 강에서 발견된 조폭의 토막 난 시신 사진이 담겨 있었다.

"이럴 수가…. 문신 모양이 달라."

분명 놈의 기억 속에서는 붉은 화염이 둘러싼 집 모양의 문신이었는데, 실제로는 붉은색 잉어 문신이었다. 라인과 명암은 검은색이었지만 그 안이 붉게 칠해진 역동적인 잉어의 모습이 보였다.

'서두원이 잘못 본 걸까? 아니면 기억이 왜곡된 건가?'

그가 혼란스러워하는 와중에도 놈의 기억은 멈추지 않고 머릿속에서 흐르고 있었다.

모든 일을 끝마친 서두원은 기분을 전환하고 싶은지 원하는 노래가 나올 때까지 라디오 채널을 돌렸다. 놈은 거칠고도 감미로운 일렉 기타 선율이 마음에 들었는지, 한참만에 라디오 채널을 고정했다. 차 시계가 정확히 11시 43분을 가리키고 있었다.

♪파도 너머 죽음의 고요 속에서 나는 여전히 잃어버린 아이들이 부르는 소리를 듣네. 넌 말할 수도 없었지. 겁이 나서. 다시 홀로 버려진다는 위험을 받아들여야 하는 것이 두려워서…. ♫

"이 노래, 다시 들으니까 알겠네."

라디오에서 흘러나온 노래는 엔니오 모리꼬네가 부른 '로스트 보이즈 콜링'이었다.

정확한 시신 유기 시점이 나왔다. 2~3달 전쯤 라디오에서 정확히 11시 43분에 '로스트 보이즈 콜링'이 흘러나온 날을 찾으면 된다. 그날이 서두원이 강에 시신을 버린 날이었다. 그리고 무엇보다 아직 현장에 서두원의 DNA가 남아 있을지도 몰랐다.

놈의 손바닥을 찔렀던 그 거스러미에.

✦

정우는 편두통 때문에 머리가 욱신거리는지, 이마에 얼음 팩을 대고 컴퓨터 모니터를 바라보았다. 몇 시간 째 라디오 홈페이지에서 선곡표를 확인하고 있었다.

"어? 찾았다! KDS FM 김지혜의 '시네마 천국'."

[다음 들려드릴 곡은 영화 피아니스트의 OST죠. 엔니오 모리꼬네의 '로스트 보이즈 콜링'입니다. 영화 엔딩 곡이었는데 영화의 진한 여운을 끌어 올리는 그런 곡이었죠. 오늘같이 쌀쌀한 밤에 딱 어울리는 노래 같네요.]

정우는 인욱에게 바로 전화를 걸었다.

"인욱아, 내가 기억을 다시 확인해 보니까 서두원이 조폭 시신을 유기하던 날에 나무로 만든 노에 손바닥을 좀 긁혔거든. 혈흔이 남아 있을 수도 있어. 국과수에 보내서 감정을 받으면 좋겠는데."

"그 통통배 옆에 있던 노요? 에이, 근데 그거 강물이랑 빗물에 씻겨서 흔적이 남아 있을까요?"

"하늘이 돕는다면 아직 서두원의 혈액이 남아 있을 수도 있겠지."

"아마 증거 물품에는 빠졌을 거예요. 제가 챙길게요."

"그리고 서두원이 조폭 시신을 유기한 날은 정확히 지난 3월 12일이야. 오후 11시쯤 그곳에 도착해서 11시 40분쯤 현장을 빠져나왔어."

"형이 그걸 어떻게 알아요?"

"놈의 기억을 다시 확인하면서 단서를 찾았어. 자세한 이야기는 나중에 만나서 하자."

✦

서울 남부 교도소 변호인 접견실.

털털이가 철제 의자에 앉아 기지개를 켰다. 에어컨이 가동되고 있어 비교적 쾌적한 변호사 접견실이 마음에 든 모양이었다.

"어우, 여기 참 좋네. 변호사 접견을 매일 해야 할까 봐."

"아무래도 안에 갇혀 있는 것보단 여기가 낫죠. 시간제한도 없어서 반나절이고 계실 수 있어요. 원하시면 접견실에서 쉬실 수 있도록 매일 변호사를 보내드리죠."

법무법인 한세의 조민재 변호사가 회색 스트라이프 슈트 재킷을 벗어 접견실에 마련된 싸구려 의자 위에 가지런히 올려놓았다. 그가 잠시 안경을 벗자 왼쪽 눈에만 있는 쌍꺼풀이 도드라져 보였다.

　"변호사님, 제가 돈을 꽤 많이 들였는데 실력 좋은 분 맞으시죠?"

　털털이가 능글맞은 미소를 지으며 상대의 반응을 살폈다. 조 변호사는 피식 웃으면서 맞장구를 쳤다.

　"돈을 제대로 된 곳에 쓰셨네요. 저는 한세 로펌의 조민재 변호사라고 합니다."

　한강이 보이는 고급 건물 전 층을 사용하는 법무법인 한세는 명실상부한 국내 최고의 로펌이었다. 사법 연수원, 로스쿨에서 내로라하는 인재들이 판검사 임용의 유혹을 뿌리치고 제일 먼저 이곳에 원서를 내밀었다. 법원장, 검사장, 부장 판검사, 전관 변호사, 고위 공직자 출신들로 된 수많은 고문들까지 인맥 구성도 다양했다.

　조 변호사는 로펌에서 형사 사건을 담당하며 불패의 신화를 자랑했다. 최고의 칼잡이 검사들로 구성된 특수 수사팀을 상대로 법정에서 전직 국정원장, 여당 국회의원에 대해 구속 기소된 10개의 범죄 사실을 1, 2, 3심 전부 무죄로 끌어내면서 그의 몸값이 치솟기 시작했다.

　털털이가 한세 로펌의 문을 두드렸을 때 주변 변호사들은 이 사건은 맡지 않는 게 좋겠다며 그를 말렸지만 조 변호사는 아랑 곳하지 않았다. 오히려 흥미롭다는 생각뿐이었다.

"사건 기록은 검토했습니다만, 어떻게 된 건지 먼저 이야기를 들어 볼까요?"

털털이는 그간 있었던 일을 설명하며, 자신은 피해자의 DNA가 발견된 집에서 일어난 일과는 일체 관련이 없다고 말했다.

"좋아요. 사건은 제가 맡도록 하죠. 보아하니 증거도 전혀 없네요. 피해자들을 죽이지 않았다는 최대복 씨의 말도 어느 정도 납득이 갑니다."

"근데 내가 전과가 좀 많은데 혹시 그 점이 불리하게 작용하지는 않을는지."

자신만만한 모습으로 자신을 포장했지만, 살인 혐의로 수사를 받는 것은 그에게도 큰 부담이었다.

"뭐, 전과가 있으니까 불리한 건 당연하죠."

"뭐요?"

남 이야기하듯 툭툭 던지는 조 변호사의 말투가 심기를 건드렸는지 털털이가 눈썹을 치켜떴다.

"최대복 씨 마약쟁이 맞잖아요. 유명한 장물아비이기도 하고. 전과가 수두룩하던데요."

조 변호사의 말에 털털이는 겉으로는 코웃음을 쳤지만, 귓불이 벌게지는 것까지 숨길 수는 없었다.

"안심하세요. 전과가 많다고 당신이 살인자가 되는 건 아니니까. 어차피 전과는 유무죄가 아닌 양형 자료에 불과해요. 물론 의심은 좀 가죠. 왜 하필 마약쟁이인 당신 집에서 피해자의 혈흔들이 줄줄이 나왔을까. 게다가 당신이 그 집을 산 이유도 분명하지 않아요. 부동산 투자도 아니고, 그 집에 거주 목적이 있었던 것도 아니고."

"그, 그건⋯."

"하지만 그건 수사 기관이 고민할 문제죠. 우린 당신이 살인을 위해 집을 구입한 게 아니라 다른 합리적인 이유가 있었다는 점만 피력하면 됩니다. 집이 당신 명의인 것 외에 다른 증거는 없으니까요."

털털이는 조 변호사의 건방진 태도에 기분이 언짢으면서도, 그의 뻔뻔함인지 당당함인지 모를 태도에 한결 마음이 놓였다. 왠지 모르게 그가 제법 믿음직스러웠다.

'하긴, 저렇게 하니 사건도 많이 맡고 수임료도 비싸겠지. 도둑놈 새끼들.'

털털이의 생각을 읽은 듯이 조 변호사가 말을 이었다.

"아무튼, 의뢰인과 변호인은 신뢰 관계가 제일 중요합니다. 저에겐 무조건 솔직하셔야 해요. 이 신뢰가 깨어지는 순간 전 최대복 씨를 변호할 수 없으니까요."

오랜 형사 사건으로 다져진 그의 감각이 털털이는 살인범이 아닐 거라고 짐작게 했다.

'제3자가 범인이라면 털털이와는 대체 무슨 관계지? 그 점에 대해선 입을 꾹 다물고 말을 안 하네.'

조 변호사는 검찰과 경찰이 차라리 털털이를 범인으로 몰아가 주면 일이 더 쉽겠다는 생각이 들었다. 그는 가죽으로 된 명품 가방에서 손 세정제를 꺼내더니 손을 비비며 말했다.

"오늘은 이만할까요? 저는 내일 못 오지만 접견용 변호사를 보내드리죠. 이번에 새로 뽑은 인턴을 보내면 되겠네요. 특별히 미니스커트를 입고 다녀오라고 제가 일러두겠습니다. 하하하! 제게 따로 하실 말씀이 있으면 그 변호사에게 전달하셔도 좋습니다."

✦

전북 김제군 해구면 해구리의 허름한 반지하 월세방.

이곳은 조폭 강호식이 생전에 검거를 피해 숨어 있던 은신처였다. 집주인이 월세방에서 강호식의 신분증을 발견하고 경찰에 신고하면서 알려졌다.

인욱이 방에 들어서자 퀴퀴한 곰팡내가 진동했다. 제습기를 틀면 몇 분 만에 물 한 바가지는 족히 나올 것 같았다. 발을 뗄 때마다 바닥에서 정체불명의 찐득한 것이 붙었다 떼어지는 소리가 났다. 방바닥엔 편의점에서 산 인스턴트 음식들의 잔해가 흩어져 있었다. 침구도 만지기 싫을 만큼 얼룩덜룩하고 지린내가 진동했다. 책상 위에는 포장지도 뜯지 않은 노끈과 포대가 놓여 있었다.

'노끈과 포대라.'

3개월 전 동네 마트에서 강호식이 노끈과 포대를 사는 모습이 CCTV 영상에 남아 있었다. 놈은 토막 살해를 당하기 전까지 이곳에서 쭉 머물렀던 것으로 보였다.

옆에선 집주인인 60대 여성이 쉴 새 없이 말을 쏟아 냈다.

"나는 체격이 좀 좋다뿐이지 그런 깡패인 줄은 전혀 생각도 못 했거든. 알았으면 방을 안 내줬겠지. 처음에 6개월치 세를 바로 현금으로 주길래 편하고 좋았는데, 글쎄 6개월이 지나고 부터 이 총각이 월세를 안 내는 거야. 와서 이야기를 좀 하려고 해도 올 때마다 아무도 없고 말이야. 참다 참다 내가 문을 뜯고 들어온 거야. 그랬더니 이 꼴을 봐, 이 꼴을! 그래서 바로 경찰에 신고했지."

아주머니가 씩씩대며 말했다.

"이 방에서 혹시 사람 죽이고 뭐 그랬던 건 아니겠지? 아우, 재수 옴 붙어서 내가 살 수가 없어! 짜증 나!"

감식 결과, 이 방에는 침, 땀, 정액, 피를 포함해서 강호식의 체액으로 가득했다. 놈이 구매 후 쓰지 못하고 죽은 노끈과 포대를 보면 이곳이 범행 현장일 가능성도 있었다. 그때 인욱의 후배인 철호가 "선배님!"을 애타게 찾으며 방으로 들어왔다.

"나 여기 있는데 왜 그래? 무슨 일이야?"

"선배님, 이 방에서 여중생 김 양의 혈흔이 나왔대요."

"뭐라고? 누구 혈흔이 나왔다고?"

"방금 국과수 결과 확인했는데요. 실종된 후에 갈대숲에서 토막 시신으로 발견된 김 양이요. 살해당하기 전에 이 방에 있었어요."

"그럼 김 양을 납치한 게 강호식이라는 말이야?"

"그럴 가능성이 높죠. 김 양이 죽기 전에 놈의 방에 있었다는 거니까."

인욱은 머릿속이 복잡했다. 강호식과 김 양은 같은 방식으로 죽임을 당했다. 목 뒤에 전기 충격으로 인한 상흔이 발견됐고, 둘 다 시신이 훼손된 채 버려졌다. 당연히 서두원이 벌인 두 개의 개별적인 사건이라고만 생각했는데…. 인욱은 흐트러진 정보를 정리하기 위해 미간을 찡그리며 생각에 잠겼다.

'김 양을 납치한 게 서두원이 아니라 강호식이라고? 만약 서두원이 둘 다 죽였다면 어째서 1명은 강에 유기하고, 1명은 갈대숲에 버린 거지?'

실종된 김 양의 이름은 김지유였다. 지유는 전북 임실군 홍익면에 4개 학급, 학생 수가 총 45명인 시골의 작은 중학교에 다니고 있었다. 지유의 부모님은 서울에서 사업에 실패한 후 귀농을 결심했고, 이후 작은 토마토 농장을 운영했다.

3월의 농촌은 무척 바빴다. 씨앗이나 작물을 심기 위해 밭을 갈고, 땅에 영양분을 줘야 하기에 항상 일손이 부족했다. 늘 친환경을 고집했던 지유의 아빠는 최근엔 가온 종묘의 애플토마토를 재배하고 있었다. 지유는 친구들과 방과 후에 남아서 조

별 과제를 한 뒤, 일터이자 놀이터였던 비닐하우스로 가는 중이었다.

조금 싸늘한 바람에 지유는 옷깃을 여몄다. 날은 금세 어둑어둑 저물었다. 천천히 다가오는 차바퀴 소리가 들렸지만 지유는 별 신경을 쓰지 않았다. 차가 바로 뒤쪽에서 멈추는 소리가 나자 그제야 지유는 고개를 돌려 뒤를 바라보았다.

순식간이었다. 지유는 별다른 저항도 하지 못하고 손과 발이 케이블 타이로 묶인 채 뒷좌석에 태워졌다. 한적한 시골길에는 지나가는 사람이 없었다. 지유는 뒷좌석에서 고개를 들어 운전석을 보았다. 검은색 모자를 쓰고 반팔에 반바지 차림의 덩치 큰 남자가 보였다. 머리숱이 많고 콧수염이 길었다. 얼핏 문신도 보였다. 그는 기분이 좋은지 콧노래를 흥얼거리고 있었다.

"살려… 제발 살려 주세요."

"내 말을 잘 들으면 살려 줄 수도 있어. 알았지?"

"네…."

지유는 정신 줄을 놓아 버릴 만큼 두려웠지만, 그 와중에도 무조건 살아서 도망쳐야 한다는 생각뿐이었다. 하지만 마음을 굳게 먹을수록 엄마 아빠 생각이 나서 눈물이 흘렀다. 차는 한적한 동네 골목에 도착했고, 남자는 차에서 내리기 전에 청테이프로 지유의 입을 틀어막았다. 지유는 남자가 방심할 수 있도록 순순히 그의 말을 따랐다.

남자가 자신의 어깨를 꽉 잡고 차에서 내리게 하는 순간, 지유는 입이 막혀 있는 상태에서 낼 수 있는 가장 큰 소리를 내며 온몸을 버둥거렸다. 하지만 이에 당황한 남자가 휘두른 팔꿈치에 지유는 그 자리에서 기절하고 말았다.

─삐삐삐삐삐.

누군가 현관문 비밀번호를 누르는 소리에 지유는 정신이 돌아왔지만, 엎드려서 기절한 척을 했다.

남자가 양손에 검은색 비닐봉지를 들고 신발장에서 신발을 벗으려고 할 때 누군가 뒤따라 집으로 들어왔다. 그리고 남자의 뒷목에 전기 충격기를 대자 남자가 '읍, 흡.' 하고 소리를 내더니 쓰러졌다. 지유는 누군가 남자를 제압한 모습을 보고 울부짖으며 도움을 요청했다. 지유는 자신을 납치한 남자가 쓰러진 모습을 보며 '이제 살았다.'라는 안도감에 흐느꼈다.

무너졌던 하늘 지붕 사이로 한 줄기 빛이 내려오는 듯했다. 지유는 '살려 주세요!', '하나님! 감사합니다!' 등의 말을 알아들을 수 없는 신음으로 내뱉었다.

뚜벅뚜벅.

하지만 자신의 손과 발에 묶인 케이블 타이를 끊어 주리라고 믿었던 사람의 손은 지유의 목을 겨냥했다.

시간이 얼마 지나지 않아, 강호식이 생전에 쓰던 대포차가 월세방 인근에서 발견되었다. 차에서는 역시나 강호식과 김지유의 지문과 혈흔이 검출됐다.

"강호식이 이 차로 김 양을 납치한 게 확실하네요. 소량의 혈흔이 발견됐고, 뒷좌석엔 김 양의 지문이 한가득 나왔어요. 어휴! 얼마나 무서웠을꼬⋯."

철호가 차 뒷좌석을 아련히 바라보면서 말했다. 중학생 막냇동생을 둔 터라 더욱 감정이 이입되었다. 팀장이 며칠째 못 감은 머리를 벅벅 긁으며 말했다.

"그래서 김 양은 강호식이 죽인 거야, 털털이가 죽인 거야? 머릿속이 복잡해서 죽겠어!"

"강호식이랑 김 양 둘 다 목 뒤에 화상으로 보이는 상흔이 발견됐고, 같은 방식으로 시신이 훼손된 것을 보면 한 사람에게 당했다고 봐야죠."

"어떻게 확신해? 강호식이 먼저 김 양을 죽이고 나서 이후에 누군가에게 당했을 수도 있잖아. 범인이 강호식과 발견 당시 이미 사망한 김 양의 시신을 처리한 걸 수도 있다고."

"강호식 전과가 폭행 치사 말고도 강간 미수, 강간 치상, 특수 강간까지 줄줄이 있어요. 김 양의 시신에서 성폭행 흔적이 나오지 않은 것을 보면 김 양을 납치한 직후에 바로 범인에게 살해당했을 가능성이 더 높아요."

인욱의 말에 철호가 수긍이 가는지 고개를 끄덕였다.

"철호 저 인마는 아주 인욱이 네 말이라면 고개부터 끄덕이고 보더라?"

팀장이 철호에게 눈을 흘기며 입술을 삐죽거렸다.

"그거야 제가 맞는 소리를 하니까 그러죠. 팀장님은 아직도 털털이가 연쇄 살인범이라고 생각하시는 거예요?"

"당연히 털털이지. 그놈 집에서 피해자 혈흔이 줄줄이 나왔는데 뭐가 더 필요해."

"실종됐던 김 양이 갈대숲에서 시신으로 발견된 게 털털이가 경찰에 검거된 바로 그다음 날이에요. 털털이가 검거 직전까지 썼던 대포폰 기지국을 보면 갈대숲 인근에는 간 적도 없어요. 계속 서울이라고요. 연쇄 살인범은 털털이가 아니라 서두… 아니, 털털이 주변 인물이에요!"

인욱은 하마터면 서두원의 이름을 내뱉을 뻔했다. 팀장은 말만 하지 말고 증거를 찾아오라며 그의 말을 귓등으로도 듣지 않았다. 그러고는 자리를 뜨며 말했다.

"네 말대로 제3의 인물이 강호식이랑 김 양을 둘 다 죽였다고 치자. 그럼 왜 강호식은 강에, 김 양은 갈대숲에 따로따로 유기했지? 유기 방식도 달라. 강호식은 절대 찾을 수 없게 치밀하게 유기했다면 김 양은 갈대숲에 허술하게 버리고 갔다고. 진짜, 같은 사람이 했다고 생각해?"

인욱은 팀장의 물음에 아무 대꾸도 하지 못했다. 바로 그게 그가 풀어야 할 숙제였다.

✦

정우는 불면증이었다. 깊은 밤이 되면 몽롱해지긴 했지만, 결코 잠에 들지는 않았다. 해가 뜨자 그는 막 자고 일어난 사람처럼 샤워를 하고 수아에게 영상 통화를 걸었다.

"수아야!"

"아빠!"

수아가 전화를 받자 주변으로 사촌 동생과 언니들이 모여들었다.

"거긴 밤이지? 곧 잘 시간이네. 아빠 없다고 늦게 자는 거 아니겠지?"

"아빠도 나 없다고 밤에 잠 못 자는 건 아니겠지? 눈 밑이 시꺼매."

어리지만 예리한 녀석. 수아는 미국 생활이 재밌는지 표정이 늘 밝았다. 한국에 오고 싶다는 둥의 말이 나오지 않는 것을 보면 생활이 꽤나 만족스러운 모양이었다.

"아빠! 내가 에반한테 아빠 사진 보여 주니까 코리안 액터냐면서 잘생겼다고 하더라."

"에반? 에반이 누군데?"

"여기서 새로 사귄 친구. 옆집에 살아."

정우가 장난스럽게 뚱한 표정을 짓자 수아가 까르르 웃음을 터뜨렸다.

"남자 친구 생기면 아빠한테 제일 먼저 말해 줘야 해."

"그런 거 아니야. 친구야. 저스트 프렌드."

수아는 한참 동안 아울렛에 있는 치즈 케이크 팩토리(cheese cake factory)에서 먹었던 케이크 이야기와 돌아오는 주말에 가기로 한 놀이공원 식스 플래그스(six flags)의 명성에 관해 이야기했다.

"잘 자. 사랑해."

"나도. 바이 바이."

영상 통화를 마치고 정우가 습관처럼 긴 한숨을 쉬고 있을 때한 통의 문자가 도착했다.

지수와 그룹 상담을 하던 해숙의 문자였다.

[지수 사진이 있어서 보내요. 보낼까 말까 고민했는데 지수가 너무 예쁘게 나와서 보내네요. 이전에 밥 먹고 소화할 겸 산책하면서 제가 찍은 사진이에요.]

사진 속 지수는 긴 생머리를 한쪽 어깨로 넘긴 모습이 자연스럽고 아름다웠다. 그녀는 자신을 찍는 게 어색하고 민망한지 고개를 살짝 돌리고 수줍게 웃고 있었다.

[사진이 너무 좋네요. 고맙습니다. 저번에 약속 취소해서 죄송했어요.]
[좋아하니 다행이에요. 찾아보면 더 있을 텐데 나중에 보낼게요. 건강 잘 챙기시고요.]

정우는 멍하니 사진 속의 지수와 눈을 맞췄다. 마치 그녀가 자꾸 자신의 눈을 피하는 것처럼 느껴졌다. 사랑하는 사람을 먼저 떠나보내면 못해 줬던 것만 사무치게 기억이 난다. 밥 한끼 더 같이 먹을 걸, 사랑한다고 한 번이라도 더 말할 걸, 텔레비전 보면서 같이 낄낄댈 걸, 함께 손잡고 동네 산책할 걸, 후회가 그의 목을 졸라 왔다. 너무 소중해서 영원히 누릴 수 있을 거라고 착각했던 것. 가족.

수아가 미국에 간 후 집은 일상의 소음이 묶음 처리된 죽은 공간이 되었다. 이곳을 채우는 건 기껏해야 정우의 한숨 정도였다. 그때 벨소리가 울렸다.

혜수였다. 그날 이후로 혜수에게서 미안하다는 문자와 함께 종종 전화가 걸려 왔지만, 정우는 받지 않았다. 딱히 그녀와 이야기할 기분이 아니었다. 마땅히 할 말도 없기도 했고.

벨소리가 끊기자 몇 초 간격을 두고 또 전화가 울렸다. 이번엔 인욱이었다.

"형."

내색하지 않으려고 하지만 티 나게 기가 죽은 인욱의 목소리가 들려왔다.

"실망하지 말고 들어요. 이거 아니어도 놈은 충분히 잡을 수 있으니까. 알았죠?"

"뭔지는 몰라도 실망은 네가 제일 많이 한 것 같은데? 괜찮으니까 편하게 말해."

"형이 말했던 그 노 말이에요. 과학 수사팀에 보냈는데 아무것도 검출되지 않았대요. 아무래도 강물이나 빗물에 다 씻겨 내려간 것 같다고 하더라고요. 시골집에서 발견된 신원 불상의 혈흔도 서두원 혈흔이랑 대조했는데 일치하지 않았어요."

"그래? 기대도 안 했어. 뭘 그런 거 가지고 기죽고 그래. 괜찮아."

"에휴…. 경찰이랑 검찰은 털털이를 연쇄 살인범 용의자로 특정해서 삽질하고 있고, 서두원을 용의 선상에 올리고 싶어도 마땅히 증거가 없으니 참 답답해 죽겠어요. 오늘이 털털이 결심 공판인데 아무튼 이따 밤에 사무실에서 봐요!"

"그래. 이따 봐."

기대는 늘 산산조각이 났다. 정우는 이제 무엇이 됐든 기대하는 마음 자체가 불길하게 느껴졌다. 괜한 기대를 해서 결과가 이렇게 된 거라고. 그러게, 기대는 왜 했느냐고 스스로에게 드잡이나 할 뿐이었다.

정우는 애써 기운 차릴 힘도 없는지 축 처진 어깨를 하고 터덜터덜 집을 나섰다. 오랜만에 요양 병원에 입원해 있는 황미영을 만나러 가는 길이었다.

기억 삭제와 기억 이식, 그리고 기억의 데이터베이스화 연구를 정리하면서 황미영이 앓고 있는 게 진짜 치매인지 기억 삭제술의 부작용인지 확인해야겠다는 생각이 들었다. 그것만 정확히 알 수 있다면 정우는 황미영의 치매 증상을 고칠 수도 있었다.

'황미영 씨가 병원에 한번 와 준다면 좋을 텐데 말이지.'

그는 빈손으로 가기가 허전했는지 요양 병원에서 10분 거리인 시장에 들러 이것저것 먹을거리를 샀다.

미영은 정우의 예상대로 점심 식사 시간 전에 느긋하게 산책로를 거닐고 있었다.

"오랜만에 보네요? 잘 지내셨어요?"

"어? 총각 오랜만에 보네."

"저 누군지 기억나세요?"

"알지."

"누군데요?"

"내가 어떻게 알아. 오늘 처음 보는데."

정우는 변덕스러운 미영의 반응에 옅은 미소를 지었다. 그는 양손에 든 족발과 귤 봉지를 내밀면서 물었다.

"이거 근처 시장에서 산 건데 양이 많아요. 괜찮으면 같이 드실래요?"

미영은 어쩐 일로 흔쾌히 고개를 끄덕이며 정우가 들고 있는 검은 봉지를 물끄러미 바라보았다. 점심시간이 되자 주변에 면회 온 가족들과 함께 음식을 먹는 사람들이 점점 늘어났다. 그 속에 섞여 미영과 정우도 조촐한 점심을 때우고 있었다.

"밖에서 먹으니까 꼭 소풍 온 것 같네요."

정우가 족발 한 점을 입에 넣으면서 말했다.

"이 집 고기 누린내 안 나게 잘 삶았네. 참 어려운 건데."

미영은 정우가 사 온 족발이 입에 맞는지 쩝쩝 소리를 내며 먹었다.

"뭐가 궁금해서 또 온 거야?"

정우는 속으로 '이때다'라고 생각했다. 지금 원하는 것을 물어보면 미영이 답해 줄지도 몰랐다. 미영은 슬슬 배가 부른지 귤을 손으로 조물거리고 있었다.

"치매 치료하시면 병원 말고 댁으로 돌아가는 게 어때요? 저희 병원에 한번 오시면 제가….."

"됐어. 난 여기가 좋아. 조용하고, 잠도 잘 오고."

"그게 무슨 말이에요. 요양 병원보다는 아무래도 집이 편하죠."

"내가 말했었나? 우리 집 화단에는 비밀이 있다고?"

"비밀이요?"

정우의 귓가가 솔깃해질 무렵 멀리서 걸어오는 서두원의 모습이 보였다. 그 옆엔 진숙과 그의 딸도 있었다. 수요일 가게 휴무에 맞춰 미영을 보러 온 것이었다. 정우는 소스라치게 놀라며 허둥댔다.

"어르신, 죄송한데 저 먼저 일어날게요. 급한 일이 생겨서."

"그래. 어서 가봐."

다행히 서두원은 아직 그를 보지 못한 것 같았다. 그들은 순식간에 정우가 있던 쪽으로 왔고, 그사이 정우는 황급히 나무 뒤로 몸을 숨겼다.

"엄마! 뭘 이렇게 먹었어? 누가 사 왔어?"

진숙이 먹다 남은 족발과 귤 봉지를 보며 물었다.

"이거? 여기 의사 선생님이 줬어."

미영은 손녀에게 한참 조몰락거리던 귤을 까서 주었다.

"엄마, 시장 고기는 안 먹잖아. 평생 먹어서 질린다고. 근데 오늘은 잘 먹었네?"

"응. 여기는 맛이 괜찮네. 누린내를 잘 잡았어. 너도 좀 먹어."

정우는 집으로 돌아오는 차 안에서 생각에 잠겼다. 미영이 말한 비밀이라는 게 뭐였을까? 다시 가서 묻는다고 해도 때를 놓친 이상 제대로 된 답을 듣지 못할 것 같았다.

"혹시."

정우가 무언가에 이끌리듯 핸드폰을 들어 인욱에게 전화를 걸었다.

"형? 안 그래도 지금 막 전화하려던 참이었는데."

"인욱아, 혹시 털털이가 숨겼다는 마약 말인데 황미영 환자 집에 있는 건 아닐까? 서두원의 장모네 집 말이야."

"갑자기 거긴 왜요?"

"오늘 오랜만에 요양 병원에 갔는데 자기 집 화단에 비밀이 있다고 하더라고. 그 말을 듣고 보니까 서두원이 털털이 마약을 숨겨 줬을 것 같다는 생각이 들어서."

"그럴싸한 추측인데 틀렸어요."

"응? 틀리다니?"

"털털이가 숨긴 마약 찾았거든요. 방금!"

인욱이 목소리 톤을 한층 높였다.

"찾았다고? 어디서?"

"피해자 혈흔이 나왔던 시골집에서요. 거기에 숨겨 둔 지하실이 있더라고요. 자그마치 필로폰 5kg이 나왔어요. 5kg이라고 하면 일반인들은 감이 잘 안 올 텐데 이게 15만 명이 동시에 투약할 수 있는 어마어마한 양이에요. 돈으로 치면 100억 정도?"

"그럼 이제 어떻게 되는 거지?"

"지금 서울 중앙 지법에서 털털이 마약 및 살인 사건으로 최후 결심 중이거든요. 증거 들고 제가 직접 가는 중이에요. 일단 털털이 마약 혐의는 백프로 입증된 거고요. 살인 사건도 이런 식으로 압박하다 보면 털털이도 마냥 버티긴 어려울 거예요."

"털털이 스스로가 불게 만들려는 거구나."

"그렇죠! 지금 마약에다 살인까지 다 뒤집어쓰게 생겼으니. 얼마 못 가 털털이한테서 서두원 이름이 나올 거예요."

정우는 오랜만에 인욱의 통쾌한 웃음소리를 들었다.

✦

서울 중앙 지방 법원 형사 제1합의부 법정.

털털이의 마약 및 살인 사건의 최후 결심이 진행 중이었다. 사회적 이목이 쏠린 사건이라 그런지 법정에는 기자와 방청객들이 가득했고, 살해된 피해자의 유족들도 숨죽인 채 재판을 지켜보고 있었다.

"자, 그럼 모든 증거 조사를 마쳤으니 이제 결심할까요? 먼저 검사님의 의견 진술을 듣고, 변호사님의 변론, 피고인의 최후 진술 순으로 듣도록 하겠습니다."

재판장의 낮고 엄중한 목소리가 법정에 울렸다. 사건을 담당하고 기소했던 검사가 검사석에서 일어났다.

"먼저 마약 사건에 대해 의견을 진술하겠습니다. 피고인은 경찰에서부터 법정에 이르기까지 마약 범행에 대해서는 인정을 하고 있습니다. 다만 본 법정에서 진술한 제보자의 진술 등 제반 증거에 의하면 피고인이 실제 매수하여 소지하고 있었던 마약의 양은 공소 사실에 기재된 마약의 양을 훨씬 웃도는 양입니다. 피고인은 다수의 마약 전과가 있는 사람으로 자신의 죄를 전혀 뉘우치지 않고 다시 마약을 매수하여 소지하는 범행을 저지르고 현재까지 마약의 양을 철저히 숨기고 있고, 마약을 숨긴 장소 역시 사실대로 진술하지 않았습니다. 결국, 피고인이 법정에서 한 마약 사건에 대한 자백도 자신의 죄를 진정으로 뉘우침에 기인한 것이 아니고, 자신의 범행을 은폐하기 위한 수단에 불과합니다.

다음으로 살인 사건에 대한 의견입니다. 피고인이 매수한 집에서 살해된 피해자의 혈흔과 DNA 등이 발견된 점, 피고인이 위 집을 매수한 매수 자금의 출처가 불분명하고 매수한 목적 역시 쉽게 납득하기 어려운 점, 피고인 스스로 현재까지 위 집에 들어갈 수 있는 비밀번호 등 시정 장치를 풀 수 있는 수단을 그 누구와도 공유하지 않았다고 진술하는 점 등을 종합하여 보면 피고인 이외에는 본 살인 사건을 저지를 수 있는 사람은 없다고 할 수 있습니다. 피고인으로부터 살해된 억울한 사람들이 수인에 달함에도 피고인은 현재까지 자신의 범행을 모두 부인하고 있고, 유족들에게 사과의 말 한마디 하지 않고 있습니다. 공소 사실 전부에 대하여 유죄를 선고하여 주시되, 앞서 본 사정을 참작하시어 피고인에게 법정 최고형인 사형을 선고하여 주십시오."

"죽여 주세요!"

피해자의 어머니로 보이는 사람이 법정에서 오열하며 쓰러졌다. 그러자 기다렸다는 듯이 다른 유족들의 목소리가 터져 나왔다.

"인정을 하란 말이야! 이 악마야!"

"자자, 아직 재판이 끝나지 않았습니다. 유가족의 심정은 본 재판부가 잘 헤아리고 있습니다만 원활한 재판 진행을 위해서 정숙을 부탁드립니다. 다음, 변호사님의 최후 변론을 듣죠."

검찰의 구형은 이미 예상이 됐던 바였지만 막상 사형 구형을 들은 털털이는 얼떨떨한 표정을 지었다. 조 변호사는 자리에서 일어나 최후 변론을 시작했다.

"먼저 마약 사건에 대해 진술하겠습니다. 검찰 측은 공소 사실에 기재된 마약의 양 이외에도 다수의 마약을 피고인이 숨기고 있다고 전제하고 있습니다. 하지만 이는 사실과 다릅니다. 피고인은 공소 사실에 기재된 마약의 양만 정확히 거래를 했습니다. 피고인은 출소한 이후 교도소에서 배운 차량 공업 업무를 통해 생계를 이어 가려 하였으나, 전과자에 대한 사회적 색안경들로 인해 번번이 취업의 문턱에서 좌절했고 생활고에 시달렸습니다. 결국 피고인은 생계수단으로 어쩔 수 없이 다시 마약에 손을 댔습니다. 이번에 피고인이 거래한 마약은 생계를 이어 갈 정도의 소량이었습니다. 피고인은 순간적으로 마약을 거래한 뒤 곧바로 자신의 잘못을 뉘우치면서 마약을 숨기거나 다시 처분한 것이 아니라 강가에 버리는 선택을 했습니다. 사실 공소 사실에 기재된 소량의 마약도 피고인이 끝까지 부인으로 일관하였다면 기소되지 않았을 것입니다.

즉 피고인은 자신의 범행을 진정으로 뉘우치기에 이 사건 공소 사실을 자백하고 있는 것입니다. 모름지기 형사 재판은 검사가 기소한 공소 사실에 한하여 사법적 판단이 이루어져야 하며 공소 사실에 기재되지 않은 사실 관계를 의심이 된다는 이유만으로 양형에 반영하는 등 피고인에게 불리하게 작용시키면 안 됩니다.

다음으로 살인 사건에 대하여 변론하겠습니다. 피고인에게 다수의 전과가 있는 것은 사실입니다. 하지만 살인이라는 엄청난 범죄와 결부시킬 만한 폭력을 수반하는 범행들은 일체 없습니다. 피고인은 귀농을 하기 위해 해당 주택을 구입하였고, 주변 채권 채무가 정리되면 여생을 가족들과 그곳에서 살아갈 생각이었습니다. 주택을 구입한 자금에 대해서는 과거 마약 범행으로 인한 불법적인 자금이 일부 사용되어, 부끄러워서 그 사실을 숨긴 것이지 다른 의도가 있었던 것은 아닙니다.

　피고인도 자신이 구입한 주택에서 왜 피해자들의 혈흔이 나온 것인지 의아해하고 있습니다. 심지어 검사가 기소한 살인 사건의 범행 일시 중 일부는 피고인이 교도소에 있을 때 이루어진 것들도 있습니다. 검사가 제출한 증거를 아무리 살펴보아도 피고인 명의의 집에서 피해자들의 흔적이 발견되었다는 것 이외에 피고인이 살인을 저질렀다는 아무런 직접적인 증거가 발견되지 않았습니다."

　조 변호사는 부드럽지만 단호한 말투로 막힘없이 변론을 이어 갔다.

　"맞습니다. 의심스럽습니다. 하지만 우리 헌법과 형사소송법은 증거 재판주의를 선언하고 있고, 증거를 통하지 않은 사실관계를 확정하는 것은 법관에게 허락되지 않는 영역입니다. 오히려 우리 헌법과 형사소송법은 의심스럽다는 사정만으로는 유죄를 선고할 것이 아니라 무죄를 선고할 것을 선언하고 있습니다. 이상과 같은 점을 참작하시어 피고인에게 살인 사건에 대해서는 무죄를 선고하여 주시고, 마약 사건에 대해서는 앞서 언급한 마약 매수 경위, 마약의 양 등을 고려하시어 최대한의 선처를 바라는 바입니다."

　"야! 이 악마야! 너도 똑같아!"

　다시 유족들의 외침이 시작되었다.

　─땅땅땅.

"정숙해 주세요. 그럼 이제 피고인의 최후 진술을…."

―쾅!

그때 법정 문을 박차고 온몸이 땀으로 범벅이 된 인욱이 뛰어들어왔다.

"거, 검사님! 드릴 말씀이…."

뭔가 낌새를 눈치챈 담당 검사가 황급히 자리에서 일어나며 말했다.

"재판장님, 잠시 휴정을 요청하는 바입니다."

조 변호사도 이에 질세라 일어났다,

"재판장님, 피고인에게는 신속한 재판을 받을 권리도 있습니다. 예정된 일정대로 일단 피고인의 최후 진술을 듣고 결심해 주시기 바랍니다."

"두 분 다 자리에 앉으시고요. 신속한 재판을 받을 권리가 있기는 한데, 일단 잠시 휴정을 하고 검찰 측에서 유의미한 이야기가 더 나오지 않으면 오늘 바로 결심해도 되는 것 아니겠습니까? 대신 휴정 시간은 짧게 20분 정도 드리겠습니다. 잠시 휴정합니다."

중앙 지검 공판 검사실.

땀에 흠뻑 젖은 인욱에게 담당 검사가 냉수를 건넸다.

"마약 찾았어요. 그 시골집에 지하실이 숨겨져 있었어요."

인욱이 흥분을 감추지 못하며 말했다.

"한 건 하셨네요! 그런데 전화를 하지 뭐 하러 이렇게 힘들게 뛰어왔어요."

"재판에서도 이런 드라마틱한 요소가 필요하잖아요. 아시면서."

인욱이 사람 좋은 웃음을 짓자 담당 검사도 따라 웃었다.

20분 휴정 뒤 재판장에 들어선 담당 검사는 피고인이 숨긴 마약이 발견되었으며, 공소장 변경 등의 절차를 거치기 위해 기일을 연기해 달라고 요구했고 재판장은 이를 받아들였다.

마약이 발견됐다는 말에 털털이는 여전히 상황 파악이 안 되는지 당혹스러운 표정을 지었다. 조 변호사는 그런 그에게 눈길 한 번 주지 않고 법정을 나왔다.

조 변호사는 자신의 사무실로 돌아와 책상 옆에 놓인 휴지통을 뻥 걷어찼다.

"빌어먹을! 완전히 다 끝난 게임이었는데! 범죄자 말을 들은 내가 등신이지. 확 사임할까 보다. 아오!"

그때 조 변호사의 비서실에 전화가 걸려 왔다.

"조 변호사님, 손님이 오셨어요."

"누군데요? 저 재판 있는 날은 손님 안 만나잖아요. 다음에 오라고 하세요."

"한정우 씨라는데요."

"한정우? 그 양반이 왜 나를…. 들어오라고 해요."

정우가 사무실로 들어오자 조 변호사가 의자를 가리키며 앉으라는 제스처를 했다.

"피차 서로 볼일 없는 사이인데 왜 왔죠?"

"오늘 재판 잘 봤습니다."

"오늘 재판? 최대복 씨 사건 말하는 거예요? 한정우 씨가 그 재판에 웬 관심이죠?"

"당신 말대로 털털이는 연쇄 살인범이 아니에요. 털털이 주변인이죠."

"내가 그걸 모르겠어요? 털털이가 입을 꾹 닫고 그 부분은 절대 말을 안 해요. 그나저나 사건에 대해 얼마나 알고 있는 겁니까?"

"서두원이라고 털털이랑 같이 형제처럼 자란 사람이 있어요. 털털이의 마약을 받아서 은닉한 사람도, 연쇄 살인도 모두 그 사람 짓입니다."

조 변호사는 자리에서 벌떡 일어나 수화기를 들었다.

"장비서, 오늘 나 퇴근한 걸로 해 줘요."

정우가 무엇을 얼마나 알고 있는진 몰랐지만 허튼 말을 할 사람처럼은 보이지 않았다.

"일관되게 주장한 게 그 시골집에서 일어난 일은 전혀 알지도 못하고 관련도 없다는 거였는데, 마약이 발견되면서 다 깨져 버렸어요. 이대로 가다간 털털이가 살인자가 될 수도 있습니다."

"털털이를 설득하세요. 재판이 불리하게 돌아가는 이상 진짜 범인을 불어야 한다고 말이죠. 마약이 발견된 게 정말 우연이라고 생각합니까? 털털이에게 뒤집어씌우려고 한 걸 수도 있어요."

"지금 하는 말, 증거 있습니까?"

"내가 증거가 있으면 털털이를 설득해 달라고 이렇게 찾아왔겠습니까? 증거는 계속 찾고 있어요."

"아니, 그보다 왜 이 사건에 이렇게 관심이 많죠? 대체 어디까지 알고 있는 겁니까?"

정우가 속으로 한숨을 삼키며 뜸을 들였다.

"그건 나중에 모두 설명하겠습니다."

"좋아요. 일단 재판은 망했고, 나도 플랜 B가 필요해요. 털털이를 좀 더 쑤셔 보도록 하죠."

'이딴 놈이 도움이 될 줄이야.'

정우는 개똥도 약에 쓴다는 속담이 평생에 이렇게 와 닿은 적이 없었다.

그 시각, 수진은 차를 타고 서두원의 집 근처를 서성이고 있었다. 놈의 미행을 맡겨 놓은 흥신소 직원이 교대 없이 식당서 밥을 먹고 오거나, 차 안에서 꾸벅꾸벅 졸고 있는 모습을 몇 번 목격한 뒤로 영 미덥지 않았기 때문이었다.

그때 서두원이 낚시 도구가 든 가방을 들고 아파트 입구에서 나오는 모습이 보였다. 그는 차 뒷좌석에 가방을 싣고는 어디론가 출발했다. 아무리 둘러봐도 미행을 맡겨 놓은 흥신소 직원은 온데간데없었다. 수진은 은밀하게 놈의 뒤를 쫓기 시작했다.

'낚시터로 가는 건가?'

놈의 차는 신통할 정도로 신호 한 번 안 걸리고 서울 외곽으로 빠져나갔다. 수진은 놈을 놓칠세라 시선을 그의 차 뒤꽁무니에 묶어 두고 떼지 않았다.

'정우랑 인욱이한테 전화해야 하는데….'

수진은 속으로 애가 탔지만, 놈의 차가 너무 빨리 가는 바람에 전화를 걸 겨를이 없었다. 묶인 시선을 떼는 순간 놈의 차를 놓치는 데는 몇 초도 걸리지 않으리라.

차가 서울을 벗어나 인천에 진입할 무렵 드디어 적색 신호등이 걸렸고, 느릿한 걸음의 노인이 지팡이를 짚으며 횡단보도를 건너가기 시작했다. 지수는 놈의 차가 정차한 것을 확인하고 정우에게 전화를 걸었다.

"정우야! 나 지금 서두원 뒤를 쫓고 있어. 아마 인천에 있는 낚시터에 가려나 봐. 낚싯대를 챙겨서 나오더라고. 아직은 가는 중이라 확실한 건 아니야."

"뭐라고? 너 지금 혼자 서두원 뒤를 쫓고 있는 거야? 혼자서 움직이지 말라고 했잖아! 바로 나한테 전화를 했어야지!"

"걱정 마. 조심할게. 차 뒤꽁무니만 봐도 뭔가 마음이 조급한 게 느껴져. 무슨 일이 있는 것 같은데. 일단 놈의 도착지가 어딘지만 확인할게. 어? 저기다!"

가로수 불빛도 흐릿한 한적한 길가를 밝히는 낚시터 간판이
눈에 띄었다.

[영동 레저 바다 낚시터 800m 근방. 잡는 재미! 먹는 즐거움! 월척을 낚
  는 짜릿한 손맛을 느끼세요!]

"영동 레저 바다 낚시터야. 여기로 당장 와. 인욱이한테는 네
가 연락해 줘."

"수진아, 너까지 잘못되면 나는 어떻게 살라고. 거기까지만
확인했으면 됐어. 당장 출발할 테니까 내가 갈 때까지 기다려."

"놈은 방금 낚시터 주차장 안으로 들어갔어. 나는 시간차를
두고 들어가야 할 것 같아. 이만 끊어."

수진은 무언가에 집중할 때 늘 그러하듯, 남의 말에 귀를 기
울이지 않고 자신만의 세계에 빠져 있었다. 정우가 무슨 말을
더 이어 갔지만 수진은 전화를 끊고 심호흡을 했다.

정확히 놈이 들어간 지 6분 만에 그녀도 차를 몰아 낚시터 입
구로 들어갔다. 넓은 주차장엔 놈과 수진의 차를 빼고 넉 대 정
도가 주차되어 있었다. 그녀는 차 시동을 끄고 문을 잠근 채 주
변을 살폈다. 밤이 깊어 어두울뿐더러 선팅을 짙게 해 둔 덕에
바깥에선 차 안이 보이지 않았다.

시간은 자정을 향해 가고 있었다. 놈이 관리실에서 입장료를
계산하고 낚싯대와 양동이 등 몇 가지를 챙겨 걸어가는 모습이

보였다. 간이식 건물로 구성된 실내형 낚시터와 야외 낚시터가 있었는데 그가 걷는 방향을 보니 야외 낚시터 쪽으로 가는 것 같았다. 실내 낚시터에서 마지막까지 남아 낚시를 하던 사람이 참돔과 우럭이 든 바구니를 들고 나왔다.

'아, 왜 이렇게 사람이 없어.'

수진은 놈이 야외 낚시터에 자리를 잡을 때까지 기다렸다가 차에서 내렸다. 비가 오려는지 빗방울이 바람에 실려서 대각선으로 떨어졌다. 그녀는 셀프 손질터를 지나 야외 낚시터 쪽으로 발걸음을 옮겼다. 우선은 정우가 오기 전에 놈의 위치만 정확히 파악할 생각이었다. 노지로 나가자 예상치 못했던 강풍이 불어 몸이 휘청거렸다. 바람에 서린 찬 기운 때문인지 온몸에 소름이 끼쳤다.

그때 무언가 재빠르고 묵직한 망치 같은 것이 수진의 목 뒤를 내리쳤다. 서두원의 주먹이었다. 그녀는 예상치 못했던 일격에 신음 한 번 못 내고 새우처럼 허리를 굽혔다. 서두원이 수진의 뒷덜미를 한 손으로 세게 움켜쥐고 다른 한 손으로 목을 졸랐다.

"누구야. 누군데 나를 따라오는 거야!"

놈도 어두워서 실루엣만 봤지 누구인지는 바로 알아차리지는 못했다.

―켁켁켁.

그 잠깐 사이에 수진의 얼굴에 피가 몰려 붉게 부풀어 올랐다. 그녀는 기도가 막혀 숨을 쉬지 못하겠는지 '억억' 소리를 냈다. 놈의 악력이 수진의 목을 쥐어짜고 있었다.

"어? 너는…."

그제야 놈이 수진의 얼굴을 알아보고 말했다.

수진은 숨이 막혀 의식이 옅어지고 있었다. 그녀는 몸의 체중을 실어 바닥으로 주저앉았다. 무게 중심을 잃은 놈이 비틀거렸고 수진이 넘어지면서 겨우 그의 손아귀를 벗어났다. 그는 당황하지 않고 다시금 수진의 목을 움켜쥐었다.

"너 어디까지 알고 있는 거야. 어? 어디까지!"

그가 붉게 상기된 얼굴을 하고 부들거렸다. 자신의 운명을 저주하는 것 같기도 자위하는 것 같기도 했다. 그가 입술을 꽉 물었다.

놈은 한 손으로 쥐고 있던 수진의 목에 다른 손까지 올렸다. 수진의 눈자위에 붉게 핏줄이 들어섰다. 그때 수진이 한 손에 내내 쥐고 있던 전기 충격기를 비어 있는 그의 옆구리에 가져다 댔다.

ㅡ치지직.

전기에 감전되면 나는 소리와 함께 놈이 외마디 신음을 삼켰다. 그는 온몸을 바르르 떨더니 순식간에 목석처럼 몸이 굳어져 그대로 쓰러졌다. 수진은 놈이 쓰러진 후에도 한참 동안 숨을 몰아쉬었다. 이 난리에도 주변엔 사람이 없는지 정적만 흘렀다. 서두원의 입에 하얀 거품이 올라왔다. 수진은 놈의 호흡을 확인했다.

'휴… 살아 있어.'

수진은 침착하게 다시 차로 가서 트렁크에 있던 휠체어를 가지고 왔다. 그러고는 기절한 그를 휠체어에 태워 주차장으로 데려갔다. 마침 낚시터로 차 한 대가 들어오고 있었다. 설핏 보니 정우나 인욱은 아니었다.

'하긴 벌써 올 리가 없지.'

수진은 침착하게 문을 열어 뒷좌석에 그를 욱여넣었다. 그녀는 서둘러 놈을 태우고 그곳을 빠져나왔다. 때마침 인욱에게 전화가 왔다.

"어, 인욱아."

극도로 긴장했던 탓에 아직 목소리가 떨리고 있었다.

"누나, 괜찮아요? 지금 어디예요? 혼자 놈을 따라가면 어떡해요."

"지금 서두원 내 차 뒷좌석에 있어. 기절했어."

"뭐라고요?"

"지금 병원으로 가는 길이야. 주차장에서 좀 기다리고 있을래? 나 혼자서는 못 끌고 가니까. 자세한 이야기는 가서 해. 한 30분 정도 후면 도착하겠다."

전화를 끊자마자 차체가 앞뒤, 좌우로 흔들렸다. 서두원이 어느새 정신을 차리고 온몸을 격렬하게 휘저어 댔다. 서두원의 팔은 뒤쪽으로 꺾여 케이블 타이에 묶여 있었다. 발목도 마찬가지였다. 잔뜩 상기된 얼굴로 발버둥을 치는 놈에게 수진이 태연한 목소리로 말했다.

"어때, 심정이?"

놈이 몸을 일으키려고 안간힘을 썼다. 팔다리가 묶였으니 좌석 밑으로 고꾸라진 상체를 일으켜 박치기라도 하려는 듯했다.

"괜히 힘 빼지 마. 네가 그럴 동안 나는 뭐 놀고 있겠어?"

그녀는 다시 전기 충격기를 꺼냈다.

"내가 일부러 센 거로 안 한 거야. 이거 맨 위에 버튼으로 했으면 넌 이미 저세상이라고. 근데 내가 너를 그렇게 편히 보내 줄 수는 없잖아."

수진은 전기 충격기를 꺼내 들어 '치칫칫' 소리를 냈다. 소리만으로 충분히 위협을 느낄 만했다. 이미 한 번 위력을 본 놈이 순간적으로 멈칫하는 게 느껴졌다. 수진이 그의 어깨에 전기 충격기를 가져다 대자 그가 엎드린 채 엉덩이만 내밀고 있는 민망한 자세로 정신을 잃었다.

태연한 척했지만, 수진은 온몸에 비가 오듯 땀이 났다. 핸들을 잡은 두 손이 얼마나 떨리는지 손목에 차고 있던 시계와 핸들이 부딪히며 따닥따닥하는 소리가 차 안을 가득 채웠다.

병원 지하 주차장에는 인욱과 정우가 초조한 듯 팔짱을 낀 채 어슬렁거리고 있었다.

"허… 참…."

뒷좌석에 양손과 발이 묶인 채 고꾸라져 있는 서두원을 보자 두 남자는 감탄이 섞인 탄식을 뱉었다.

놈이 기절한 상태에서 기억 삭제·이식술을 위한 모든 준비를 끝마쳤다. 그가 깨어날 때까지 기다려 줄 여유가 없었다.

인욱이 그의 어깨를 두드리며 말했다.

"야! 일어나 봐. 정신 좀 차리라고."

그때 수진이 망설임 없이 그의 정강이를 로퍼 굽으로 걷어찼다. 놈이 미간을 찌푸리며 반응을 보였다. 맞은편 의자에 앉아 있던 정우가 말했다.

"이제 정신이 들어?"

서두원은 아직 현실 자각이 안 되는지 눈꺼풀을 천천히 깜빡이며 주변을 둘러보았다.

"3년 전 당신은 우리 집에 침입해서 내 머리를 둔기로 내려치고, 내 딸 입엔 청테이프를 감고, 아내를 19층에서 떨어뜨려 죽였어. 맞지?"

"무슨 말을 하는 거야."

"내 동생은 왜 죽였어! 차라리 날 죽였으면 됐잖아. 왜 내 동생을⋯."

수진이 울먹이며 말하는 동안에도 놈은 담담했다. 그리고 주변을 둘러보며 물었다.

"이게 다 뭐지?"

"네 머릿속을 뒤지는 거야. 네가 대답하지 않아도 결국 알게 된다는 소리지."

"왜 죽였냐고 묻잖아!"

수진이 놈의 대답을 기다리지 못하고 소리쳤다.

그가 눈을 지그시 감고 한숨을 섞어 말했다.

"이유는 없어."

놈은 모든 것을 체념한 듯 성의가 없었다. 눈빛에 생기도 없었고, 지금 상황에 무신경했다.

정우는 이전에 중고차 업체 사장이 같은 상황에 처했을 때의 반응을 떠올렸다. 몸부림치며 발악하던 윤 사장과는 달라도 너무 다른 반응이었다.

정우는 차분히 질문을 던졌다. 질문은 아주 디테일했다. 놈이 대답을 하든 안 하든 상관없었다.

"대답은 굳이 하지 않아도 돼. 내가 질문을 하는 순간 넌 머릿속으로 그 순간을 떠올릴 수밖에 없어. 인간의 뇌라는 게 그래. 하지 말자 생각하는 순간 그게 더 기억에 각인되고, 떠올리지 말자고 생각하는 순간 이미 그 기억이 머릿속에 스쳐 지나가고 있으니까."

기운 없이 축 처져 있던 놈이 고개를 들어 인욱과 수진, 정우의 얼굴을 차례대로 찬찬히 바라보았다.

"눈치챘겠지만 이번이 처음이 아니야, 갑자기 시신들이 다 어디서 나왔겠어? 네 머릿속을 뒤져서 찾은 거라고."

그때 놈이 풉, 하고 웃음을 터뜨리더니 그 웃음은 점차 본인도 통제할 수 없는 수준으로 크게 번졌다.

"으하하하핫! 하하하하하하! 끄하하하하!"

서두원은 뭐가 그렇게 웃긴지 인상까지 써 가며 미친 듯이 웃었다. 그의 웃음소리가 조금씩 잦아들자 정우가 물었다.

"뭐가 웃긴 거지?"

"그런데, 이렇게 하고도 못 찾은 거잖아. 그지?"

방금 전까지 얼굴 근육이 찢어져라 웃던 놈은 다시 정색하며 말했다. 마치 방금 웃은 것은 자신이 아니었다는 듯이 빠른 태세전환이었다. 이후 놈은 입을 닫고 아무 말도 하지 않았다.

더 이상 놈과의 대화가 무의미해 보이자 정우는 수술을 준비했다.

이식할 기억이 많았기 때문에 수술은 평소보다 오래 걸렸다. 인욱이 시계를 확인하더니 재촉하며 물었다.

"벌써 새벽 2시 반이에요. 이제 놈을 다시 낚시터에 데려다 놓아야 할 것 같은데. 기억은 지워진 거 맞죠?"

"응. 지우긴 했는데 완전히 장담은 못 해. 확률적으로 기억 못 할 거야."

"그럼 놈은 제가 데려갈게요. 놈이 실외 낚시터에 있었다고 했던가?"

"응. 낚시터 바로 옆에 방갈로가 있어. 거기에 누워서 잠든 것처럼 꾸미면 될 거야."

수진이 인욱에게 놈이 있던 곳에 대해 자세히 설명했다. 인욱은 몸이 축 늘어진 놈을 번쩍 들어 어깨에 걸친 채 사무실을 나갔고, 수진은 떠오르는 기억이 없는지 정우의 눈치를 살피고 있었다.

정우는 극심한 두통이 느껴지자 이제 곧 놈의 기억이 찾아올 거라는 예감이 들었다. 양쪽 관자놀이가 무겁게 욱신거렸다. "뭐가 기억이 좀 나?" 옆에서 채근하는 수진의 목소리가 귓가에서 멀어지듯 천천히 줄어들었다.

✦

서두원은 퇴근 후 걸어서 집으로 가고 있었다. 한 손에는 딸에게 줄 아이스크림이 담긴 검은 비닐 봉지를 들고 있었다. 그는 기분이 썩 나쁘지 않은지 손목 스냅으로 봉지를 뱅글뱅글 돌렸다.

"이제 퇴근하시나 봐요. 마침 잘 만났네요."

가족끼리 많은 시간을 어울리는 옆 동 여자가 그를 보고 친근하게 인사를 건넸다. 서로 볼일이 있을 때 아이들도 맡기고, 저녁도 자주 먹는 사이였다.

"저번 주말에 애들 데리고 하늘 공원에서 킥보드 타고 놀았거든요. 그때 우리 아이 킥보드를 차에 실었었는데 깜빡하고 안 가지고 내렸어요."

"아, 저희 집 차에요?"

"네. 혹시 그것 좀 가져갈 수 있을까요? 우리 아들이 기어코 이 늦은 시간에 운동장에 나가자고 해서요."

"제가 꺼내드릴게요."

"아유, 그래 주시면 고맙죠."

옆 동 여자는 쉴 새 없이 말을 붙이면서 서두원의 뒤를 종종걸음으로 쫓아갔다.

"요즘 킥보드에 웬 LED 조명이 달려 있나 했더니 이 시간에 운동장 가면 애들이 다 나와서 킥보드를 타고 있더라고요. 대체 잠은 언제 자려고 그러는지."

"우리 애도 밤늦게 자요."

"그래요? 몇 시쯤 자는데요?"

"10시쯤요."

"에이, 그 정도면 빨리 자는 거예요. 우리 애는 요즘 12시까지 깨어 있다니까요. 내가 진짜 힘들어서 미쳐요."

길어지는 대화에 조금 지친 기색을 보이던 서두원이 차 안에 킥보드가 보이지 않자 망설임 없이 트렁크 문을 열었다. 트렁크 안에는 머리가 산발이 된 노인이 구겨져 들어가 있었다.

비스듬히 기대앉아 있던 정우는 기억 속에서 트렁크 속 시신을 보자마자 본능적으로 자리에서 벌떡 일어섰다. 수진이 궁금한 듯 "왜? 뭐가 기억났어?" 하고 물었다. 정우는 침을 꿀꺽 삼키고 다시 놈의 기억에 집중했다.

시신 위에는 옆 동 여자가 찾던 아이의 킥보드가 올려져 있었다. 마치 시신이 킥보드를 꼭 껴안고 웅크려 있는 것 같이 보이기도 했다. 옆 동 여자는 몇 초 동안이나 시신에서 눈을 떼지 못했는데, 지금 자신이 목도한 상황을 현실로 받아들이기까지 시간이 걸리는 듯했다. 그녀는 호흡을 크게 들이마셨지만, 차마 비명도 지르지 못한 채 뒷걸음질 치며 넘어졌다.

"저, 저저, 저건…."

차 안에 시체가 있다고 아파트가 떠내려가게 소리를 지르기 2초 전이었다. 서두원은 시신의 발꿈치 쪽에 놓인 전기 충격기를 집어 들었다. 그리고 황급히 그것을 바닥에 주저앉아 벌벌 떨고 있는 그녀의 팔꿈치에 가져다 댔다. 그는 목격자가 없나 주변을 두리번거렸지만 오가는 사람은 없었다. 고개를 들어 CCTV 카메라를 확인했다. 버젓이 자신과 방금 일어난 일이 녹화되고 있었다.

서두원은 기절한 옆 동 여자를 번쩍 들어서 자동차 뒷좌석에 실었다. 그리고 바로 어디론가 출발했는데 엑셀을 밟는 소리가 짧고 요란하게 울렸다.

서두원은 어디론가 향하고 있었다. 그는 뒷좌석에 실은 옆 동 여자를 두고 어떻게 해야 할지 고민에 빠졌다. 머릿속에 몇 가지 선택지를 두고 장단점을 비교하고 있었다.

20분 정도 지났을 무렵 차 뒷좌석 바닥에 얼굴을 처박고 있던 여자는 정신이 돌아오는 것을 느꼈다. 어디인지는 모르겠지만 아직 한적한 곳까지 다다르진 못한 것 같았다. 차는 시속

80km 정도로 달리고 있었다. 그녀는 잠시 고민 하다가 조심스럽게 차 문 쪽으로 손을 뻗었다. 잡은 문고리가 부드럽게 열리며 문이 열렸다. 옆 동 여자는 이 차에 타고 가느니, 달리는 차에서 뛰어내리기로 결심한 모양이었다. 이대로 가다간 자신도 시신으로 트렁크에 실리게 될지 몰랐다.

어쩌면 그 선택은 무모하기도 현명하기도 했다. 옆 동 여자는 있는 힘껏 문을 열고 달리는 차 안에서 몸을 던졌다. 그녀의 몸은 거친 아스팔트 위에서 사정없이 회전하며 나가떨어졌다. 구르는 시간만 해도 한참이었다. 본능적으로 머리를 감싸 쥐었지만, 부상을 막기에는 역부족이었다. 갈비뼈가 부러졌는지 흉부에 칼로 찌르는 듯한 통증이 있었고, 팔과 다리도 부러진 게 분명했다. 그래도 최소한 놈의 차에서 내렸다고 안도한 그녀는 인도 쪽으로 몸을 끌었다.

―끼이이이익! 퍽!

그때 바로 옆 차선에서 달려오던 트럭이 차도에 있던 그녀를 보지 못하고 그대로 들이박았다. 트럭이 급정거하는 소리가 귓가에 찢어지듯 울렸다. 차에 치인 후 여자의 몸은 공중에 2m가량 떴다가 철퍼덕 소리를 내며 땅으로 떨어졌다. 서두원은 여자가 뒷좌석에서 뛰어내린 것을 확인하자마자 차를 세웠지만, 그가 차에서 내릴 틈도 없이 순식간에 사고가 났다. 차에 저 정도로 부딪혔으면 살 가망은 없을 거라는 생각이 스쳤다. 그는 백미러로 상황을 주시했다.

"저기요. 저기요? 괘, 괜찮아요?"

트럭에서 내린 운전자는 옆 동 여자에게 다가가 말을 걸었지만 여자는 머리에서 피를 흘리며 의식을 잃고 쓰러져 있었다. 운전자는 공포에 질려 비명을 지르면서도 바로 119에 신고를 했다.

"저기… 제가 사람을 쳤어요. 많이 다친 것 같은데 어떡하죠? 빨리 병원에 가야 할 것 같아요. 글쎄요. 이 사람이 갑자기 튀어나온 것 같아요. 아닌가? 원래 도로에 있었던 건가? 잘 모르겠어요. 난 분명 아무것도 못 봤는데…"

전화를 끊은 후에도 남자는 쳇바퀴처럼 같은 자리를 뱅뱅 돌면서 '어떡하지.', '괜찮아요?' 등과 같은 말을 되풀이했다. 서두원은 트럭 기사가 경찰에 신고하는 것을 보고는 다시 차 시동을 켜고 출발했다.

그 후로 한참을 더 가서야 놈은 어딘가에 도착한 듯 차를 멈춰 세웠다. 주변을 둘러보니 파주 저수지 표지판이 눈에 띄었다.

[이 지역은 수심이 깊고 추락 및 익수 사고의 위험이 많은 곳이므로 아래 사항을 절대 금지합니다.]
1. 수영 및 물놀이 금지
2. 보트 놀이 등 수상 놀이 행위 금지
3. 스케이트 썰매 등 위험 놀이 행위 금지
사고 발생 시 신고전화 119
−파주 소방서장−

서두원은 다시 트렁크 문을 열었다. 시신은 80대 정도로 돼 보였고 전형적인 시골 할머니 같은 모습이었다. 귀밑만큼 오는 하얀 머리카락이 잔뜩 엉켜 있었다.

"휴⋯."

그는 양손으로 축 처진 시신의 겨드랑이에 양팔을 끼고 뒤로 끌면서 저수지 쪽으로 향했다. 할머니의 하반신이 쓸리며 대걸레로 맨바닥을 쓰는 것 같은 소리가 났다. 그때 할머니의 손가락이 조금이지만 꿈틀거리며 움직였다. 서두원은 그 움직임을 눈치채지 못하고 계속해서 노인을 물가 쪽으로 끌고 가고 있었다.

"이게 다야? 정말 기억이 이게 다라고?"

이번에야말로 지수와 수영에 대한 기억을 꺼내 볼 수 있을 거로 생각했던 정우가 탄식하며 말했다.

"아니겠지, 기억이 아직 다 안 난 건가?"

정우는 조금 더 기다려 봤지만 더 이상 다른 기억이 나진 않았다. 그는 체념한 듯 바로 인욱에게 전화를 걸었다. 인욱은 서두원을 낚시터 방갈로에 눕혀 두고 서울로 돌아오는 길이었다.

"인욱아, 서두원과 같은 아파트에 거주하면서 최근 트럭에 치이는 사고가 난 여자가 있을 거야. 그게 언제인지 알아봐 줘."

수진이 무슨 상황인지 영문을 모르겠는 표정으로 정우를 바라보았다.

"기억 난 거야?"

"기억이 나긴 했는데 지수나 수영이에 대한 것은 아니었어. 그냥 또 다른 살인 현장….."

그의 기대와는 달리 지수나 수영이에 관한 기억은 결코 나타나지 않았다. 기억 이식술이 아직 설익고 불완전해서 제때 원하는 기억을 보지 못하는 것일 수도 있었다. 정우는 도무지 갈피가 잡히지 않았다.

정우의 이야기를 모두 전해 들은 인욱은 이번 달에 접수된 교통사고 내역을 살폈다.

"이거네. 불과 일주일 전 사건이야."

서두원의 기억은 지금으로부터 바로 일주일 전의 일이었다. 인욱은 이번에야말로 놈이 빠져나가지 못하리란 생각이 들자 긴장감에 몸을 부르르 떨었다.

트럭에 치인 피해자는 혼수상태였다. 사고가 난 트럭 운전사는 현장에서 바로 구속되었다. 현장을 비추던 CCTV도 없었고, 차량엔 블랙박스도 없었다. 사건 현장에서 50m 정도 못 미쳐서 서두원의 차가 먼저 가고, 이어 트럭이 진입하는 장면이 담긴 CCTV 영상은 있었지만 이것만으로는 아무것도 입증할 수 없었다.

갑작스러운 사고에 당황한 트럭 운전사는 당시 상황에 대해 일관되게 진술하지 못했고, 나중에서야 피해자가 도로에 누워 있었던 것 같다고 진술을 바꿨지만 경찰은 이를 믿지 않았다.

이대로 가다간 트럭 운전사가 모든 죄를 뒤집어쓸 판이었다.

인욱은 서둘러 놈의 아파트로 향했다.

"안녕하세요. 경찰입니다. 최근에 이 아파트 주민이 당한 교통사고 건 때문에 CCTV 영상을 좀 확인하려고 하는데요."

"아이고, 1동 아지매 사고 말하는 거지요? 안타까워 우짭니꺼."

경비 아저씨가 팔(八)자 눈썹을 하고 말했다.

"네. 사고가 있었던 당일 영상을 좀 확인하려고 하는데요."

"그게, 컴퓨터가 고장 났다 아입니꺼."

"고장이요?"

그때 아파트 관리소장이 나와서 인욱에게 목례를 하고 말을 이었다.

"컴퓨터가 아예 다운됐어요. 고치는 사람 불러 보이까네 시스템이 아예 복구가 안 된다면서 벽돌이 됐다고 하대요. 새로 사야 된다고 해서 버리고 새로 샀어요. 이거 한다고 돈 좀 들였어요."

"아니, 무슨 말도 안 되는…. 왜 멀쩡하던 컴퓨터가 갑자기 그렇게 돼요?"

"제 말이 그 말이에요! 너무 황당했다니까요."

"혹시 누가 와서 컴퓨터 만진 사람 있었어요?"

인욱은 서두원이 뒤늦게 와서 증거 인멸을 시도했을 가능성이 떠올렸다.

"아뇨. 그런 사람은 없었어요. 그날이 서 사장이 우리 중국 음식 시켜 준 날이던가?"

"맞지예. 그때 밥 먹고 나서 보니까는 컴퓨터가 그래 돼 있었
지예."

경비 아저씨와 소장의 대화를 듣고 인욱은 그 서 사장이라는
사람이 서두원임을 단박에 알아차렸다.

"서 사장이라고 하면 서두원 씨를 말하는 겁니까?"

"네. 서 사장을 어찌 아시는교."

"버렸다는 컴퓨터 지금 어디 있을까요?"

"그거야 진즉에 폐기했어요."

서두원이 악성 바이러스가 담긴 USB를 꽂아 컴퓨터를 망가
뜨린 게 분명했다.

사건 현장에 CCTV만 있었더라면, 트럭에 블랙박스가 설치
돼 있었더라면, 트럭이 도로에 있는 피해자를 발견하고 병원으
로 옮겼더라면, 서두원은 그날 바로 검거됐을 것이고 트렁크에
있던 시신과 증거물도 모두 찾을 수 있었을 것이다.

'왜 이 엄청난 행운은 내 것이 아닌 살인마의 것이란 말인가.'

그때 경찰 후배인 철호에게서 전화가 왔다.

"선배님이 알아보라고 하신 교통사고 건이요. 목격자를 찾았
어요."

"정말? 어떻게 찾았어?"

인욱은 '서두원의 운도 여기까지인가.' 하며 속으로 쾌재를 불
렀다.

"이게 단순 교통사고로 처리돼 있는데 피해자 몸에 난 상처를 보니까 아스팔트에 마구잡이로 구른 것 같은 흔적이 있었어요. 보통 차에 세게 부딪힌다고 해도 그렇게 온몸에 전반적으로 상처가 나진 않거든요. 문득 교통사고는 2차 사건일 수도 있겠다는 생각이 들더라고요."

철호는 감이 좋았다. 평범한 교통사고 건이라면 인욱이 자신에게 검토해 보라는 말을 했을 리가 없었다. 사건을 살펴보다 보니 아무래도 피해자 몸에 난 상처가 꺼림칙했다. 이미 먼저 사고를 당한 피해자가 2차로 교통사고를 당했다는 게 더 합리적인 추측이었다.

"사건 현장을 둘러보고 있었는데 모자를 푹 눌러 쓴 수상한 남자가 왔다 갔다 하는 거예요. 그래서 잡고 물어봤더니 글쎄, 사건을 목격했다고 하더라고요. 피해 여성이 먼저 어떤 차에서 굴러떨어졌대요. 그러고 나서 트럭이 피해자를 친 거고요."

"좋았어! 한 건 했구나!"

인욱은 자신도 모르게 큰소리로 외쳤다. 목격자 진술이 있으니 이제 서두원을 불러 조사할 수 있었다.

"제법인데?"

철호는 선배의 칭찬에 입꼬리가 쌜룩 올라가면서도 애써 담담한 척 말을 이었다.

"목격자 진술받으려고 경찰서에 방금 같이 왔어요."

"그래? 나도 당장 들어갈게."

경찰서에 도착한 인욱은 바로 목격자 조사를 시작했다. 목격자는 경찰서에는 처음 와 보는지 긴장한 표정으로 주변을 두리번거리는 평범한 20대 후반 남자였다.

"혹시 피해자가 뒷좌석에서 내렸다는 차, 기억나요?"

"빨리 가 버려서 차 번호 이런 건 기억이 잘 안 나요. 흰색인가? 회색인가? 그 계열이었던 것 같은데."

인욱은 사고 현장 목전 CCTV에 찍힌 서두원의 차를 보여 주며 물었다.

"이 차 맞아요?"

"네. 맞는 것 같아요."

"아무튼 피해자가 분명 달리는 차 안에서 떨어지는 걸 봤다는 거죠?"

"네. 누가 민 건지 스스로 떨어진 건지는 모르겠는데 아무튼 차에서 여자가 떨어졌고, 도로에서 한참을 굴렀어요. 그러고 나서 트럭이 빵!"

"그런데 왜 목격 후에 바로 경찰에 신고하지 않았죠?"

"세상이 무섭잖아요. 뭔가 관여를 했다가 저한테도 안 좋은 일이 생기면 어떡하나 겁이 났어요. 이를테면 보복이라든지."

"일찍 말해 주셨다면 좋았겠지만 지금이라도 용기내 주셔서 고맙습니다. 이만 돌아가셔도 됩니다."

이 정도 진술이면 서두원을 불러 조사하기에 충분했다. 그는 철호와 함께 서두원의 사업장으로 갔고 임의 동행 형식으로 경찰서에 데리고 왔다. 이번이 털털이 검거 이후 두 번째 경찰 조사였는데 서두원은 생각보다 협조적이었고 침착했다.

"이거 서두원 씨 차 맞죠?"

"네."

"혼자 타고 있었습니까?"

"…."

서두원은 질문에 한참을 뜸을 들이더니 말했다.

"잘 모르겠네요, 며칠 전 일이라. 요즘 기억이 가물가물해요."

"이날 달리는 차 뒷좌석에서 여성이 떨어지는 것을 본 사람이 있어요. 서두원 씨 바로 옆 동에 거주하는 손영희 씨 말이에요."

서두원은 눈동자를 이리저리 굴리며 난감한 표정을 짓더니 말했다.

"맞아요. 그날 옆 동 여자랑 같이 차를 타고 가고 있었어요."

"왜죠?"

"애인 사이거든요."

"뭐라고요?"

"애인이요. 1년 정도 만났어요. 그날은 대판 싸운 날이었는데 영희 씨가 저한테 헤어지자고 했습니다. 저는 헤어지기 싫다고 했고요."

"거짓말하시면 안 됩니다."

인욱은 서두원의 말에 주체할 수 없는 분노를 느꼈다. 놈은 피해자를 죽이려고 한 것으로도 모자라 피해자를 모욕하고, 없는 사실을 꾸미고 있었다.

"거짓말 아니에요. 사실입니다. 아무튼, 저는 헤어지게 되면 그쪽 남편한테 사실대로 다 까발리겠다고 했어. 그랬더니 몹시 화를 내면서 차를 세우라고 하더라고요. 저는 안 된다고 했는데 갑자기 차 문을 열고 뛰어내린 거예요. 저도 너무 놀랐어요. 생각해 보세요. 저는 운전 중인데 무슨 수로 그 여자를 밉니까? 밀기를!"

"지금 그 차는 어디 있죠?"

"폐차했습니다."

"폐차라니, 멀쩡한 차는 갑자기 왜 폐차한 거죠?"

"답답한 마음에 바람이나 쐬고 가려고 했는데 그렇게 되는 바람에 저도 정신이 사나워서 그랬는지 가드레일에 차를 심하게 받았어요. 차도 오래돼서 바꿀까 하던 참이었으니 이참에 그냥 폐차한 거죠."

서두원의 거짓말은 뻔뻔하면서도 빈틈이 없었다.

"영희 씨가 교통사고를 당하고 혼수상태가 되면서 저도 많이 괴로웠어요. 하지만 떳떳한 관계가 아니다 보니 제가 먼저 나설 수는 없었습니다."

"피해자 손영희 씨 휴대전화 내역을 모두 살펴봤는데 내연 관계라고 주장하는 서두원 씨와의 통화 내역은 없었습니다. 내연 관계였다는 것을 증명할 수 있습니까?"

"우린 바로 옆 동에 살았습니다. 굳이 따로 연락할 필요가 없었어요. 원하면 언제든 만날 수 있었으니까. 저는 외도를 하면서 흔적을 남기는 바보가 아닙니다. 지금의 아내랑 이혼할 생각은 추호도 없으니까 말이죠."

서두원의 연기는 일품이었다. 목격자 진술도 무력화할 만큼 완벽한 알리바이였다. 그의 주장대로라면 그는 무죄였다.

그때 조사실에 낯이 익은 한 사람이 들어왔다.

"안녕하십니까. 아이고, 수고가 많으십니다."

"어? 당신은⋯."

늘 그렇듯 때깔이 번드르르한 양복을 차려입은 조민재 변호사였다. 그는 진한 머스크 향을 풍기며 서두원의 옆자리에 앉았다.

"지금부터 제가 서두원 씨 변호사입니다. 오늘 조사는 이만 하면 된 것 같으니 이만 모시고 가겠습니다."

"당신, 털털이 변호사 맞죠?"

"네. 최대복 씨가 제가 서두원 씨의 변호를 맡길 원하셔서 사건을 수임하게 됐습니다. 뭐, 단순 교통사고긴 하지만요."

조 변호사가 어리둥절한 표정을 한 서두원에게 살갑게 아는 척하며 악수를 청했다.

"오늘 조사는 임의 동행이라 사실 구구절절 다 말하실 필요도 없었는데 말이죠. 하하하하! 아무튼 수사에 협조하는 건 좋은 일이니까 잘하셨고요. 다음엔 미리 저랑 상의하세요."

조 변호사는 서두원의 어깨를 감싸고 조사실 밖으로 나갔다. 조사실에 혼자 남은 인욱은 씩씩거리며 의자에 털썩 주저앉았다.

"간사한 새끼. 저번 재판에서 그렇게 당하고도 뻔뻔한 놈 같으니라고. 아무튼 돈 되면 뭐든지 하는 부류라니까."

정우는 요 며칠 계속 사무실에서 살다시피 했다. 서두원에게 한 기억 이식술은 뭔가 큰 결함이 있는 게 분명했다. 놈의 시냅스 패턴을 분석하고 재이식하기를 반복했지만 달라지는 것은 없었다.

"그렇게 많은 패턴을 이식했는데 기억이 더 안 난다는 건 말이 안 되는데…."

거울을 보니 어느덧 수염이 덥수룩하게 자라 턱밑을 덮고 있었다. 그는 수아가 봤으면 당장 깎으라고 성화였을 거라는 생각이 들었다.

'보고 싶네. 우리 딸.'

그때였다. 거울 속에 비친 자신의 모습 위로 어떤 영상이 보이기 시작했다. 놈의 기억이었다.

✦

서두원이 있는 곳은 폐차장이었다. 허름하고 오래된 간판에는 [대성 폐차장]이라고 쓰여 있었다. 한쪽에는 자동차가 부속별로 해체되어 산더미처럼 쌓여 있는데, 굴착기가 쇠로 된 부속을 마구 헤집으며 날카로운 소리를 냈다. 부속을 뺀 자동

차 차체는 무려 300t의 압착기에 짓눌려 납작한 쇳덩어리가 되고 있었다. '저 사이로 사람이 들어가면 어떻게 될까.' 보고 있는 것만으로 몸이 짓눌리는 기분이 들었다.

부속이 다 떼어져 시체처럼 쌓여 있는 차 사이를 길고양이가 이리저리 뛰어다니고 있었다. 서두원은 안면이 있어 보이는 폐차장 사장에게 차와 차 키를 넘기며 말했다.

"깔끔하게 부탁해요."

"이거 형님 차예요?"

여기서 형님은 털털이를 말하는 듯했다.

"아뇨. 그건 아닌데요."

"아무튼 잘 처리할 테니 걱정 마세요."

"서울까지 가야 하는데 콜 좀 불러 줘요"

서두원은 말하면서 계속 시계를 힐끔거렸다. 휴대전화로는 집에서 수차례 전화가 걸려 왔다.

✦

정우는 파편적인 기억이 못내 아쉬웠지만 바로 [대성 폐차장]을 검색했다. 경기 파주시 방탄면에 위치한 곳이었다. 그는 지체 없이 바로 집을 나섰다. 차는 이미 폐기되고 흔적도 없을 가능성이 높았지만 집에서 멍하니 기억이나 떠올리고 있을 수는 없었다.

폐차장은 기억에서 봤던 모습 그대로였다. 사장이 어슬렁거리며 그에게 다가왔다.

"무슨 일로 오셨습니까?"

"흰색 DM7, 차 번호는 2882. 도난당한 차를 찾고 있는데요."

"도난당한 차를 왜 여기서 찾아요?"

"제 차를 여기서 폐차했다는 얘기를 들어서요."

사장은 무성의한 태도로 귀찮다는 듯 인상을 구겼다. 그리고 파리를 내쫓듯이 손을 휘휘 저으며 정우를 사업장 밖으로 밀어냈다.

"그런 차 없으니까 가요. 바빠 죽겠는데 뭐 하는 짓이야?"

정우는 사장의 기세에 밀려 폐차장 입구까지 밀려 나왔다. 그런데 마침 저만치에서 흰색 DM7에 차 번호가 2882인 차가 다가오고 있었다.

"어? 저거!"

폐차장 사장은 '아씨, 하필 지금.'이라는 표정을 노골적으로 드러냈다. 차에 타고 있던 남자는 차 창문을 내리더니 소리쳤다.

"형님, 방금 범퍼랑 다 고쳐서 나왔어요. 완전 새 차 돼서 값 좀 쳐 주겠는데요?"

서두원이 맡긴 차는 폐차하기엔 주행 거리도 얼마 안 되고, 사고 차도 아니었다. 폐차장 사장은 서두원의 차를 폐차하는 대신 수리를 맡겨서 중고차 업체에 팔 생각이었다. 번호판만 바꾸면 감쪽같이 다른 차가 될 테니 차후에 문제 될 소지도 없었다.

"야! 빨리 가. 빨리!"

차를 확인한 정우의 안색이 밝아지는 것을 본 사장이 재촉하듯 말했다. 정우는 그사이 차 문을 확 열어젖혔다. 운전을 하던 남자의 표정이 험궂게 돌변했다.

"뭐야? 당신! 차 문 안 닫아?"

"내가 이 차 주인이니까 내려요, 당장."

"이 차 주인이라고? 뻥치지 마, 새끼야."

정우는 바로 112에 전화를 걸었다.

"여기 대성 폐차장인데요. 도난당한 제 차를 발견했는데 여기 깡패들이 돌려주지를 않네요."

사장이 거칠게 정우의 어깨를 밀치며 휴대전화를 빼앗으려 했다.

"아, 씨발. 재수가 없으려니까. 이 자식이 누굴 호구로 보나."

두 사람이 위협적으로 정우에게 다가왔다. 그때 근방을 순찰 중이던 경찰차 한 대가 신고를 받고 바로 폐차장에 도착했다.

"어이! 거기 지금 뭐 하시는 겁니까?"

사장과 직원이 한 걸음 뒤로 물러났다. 정우가 반갑게 경찰에게 손을 흔들며 말했다.

"여기예요, 여기! 제가 며칠 전에 와이프랑 크게 싸웠는데 글쎄 와이프가 제 차를 폐차한다고 폐차장에 맡긴 거예요. 이렇게 멀쩡한 차를 폐차한다는 게 말이 돼요? 그래서 찾으러 왔더니 이 사람들이 돌려주지 않겠다는 겁니다. 뻔히 이 차 명의가 제 건데 말이죠."

사장은 경찰과 엮여서 좋을 게 없다고 생각했는지 직원에게 차 키를 받아서 정우에게 건넸다.

"이제 됐어요?"

"진즉에 주셨으면 좋았잖아요. 이제 잘 해결됐네요. 아이고, 바쁘신데 고맙습니다."

정우는 경찰과 사장에게 꾸벅 인사를 하고는 급히 장소를 떴다. 10분쯤 갔을까, 정우는 차에서 내려 트렁크를 확인했다. 자세히 보니 트렁크 바닥과 벽면에 미세하게 혈흔 자국이 보였다. 트렁크에 실었던 시신의 혈흔임이 분명했다.

"이제 됐어!"

정우는 곧바로 경찰서에 있는 인욱에게 차를 인계했다. 그의 설명을 듣더니 인욱도 반색하며 차를 살폈다. 트렁크에서 발견된 혈흔과 지문 등은 곧바로 국과수로 보내졌다. 사안의 긴급성을 고려해 감식 결과는 매우 빠르게 나왔다. 모든 게 일사천리였다.

인욱은 애타게 기다리던 감정 결과를 뚫어지게 바라보고 있었다.

'지금 이게 뭔 상황이지?'

식상한 행동이었지만 뭔가 잘못 본 게 아닐까 눈을 비벼보기도 했다. 인욱은 도무지 이해가 안 되는 상황을 정우와 상의하기 위해 사무실로 향했다. 정우와 수진은 이제 막 컵라면으로 끼니를 때울 참이었다.

"두 분 다 계셨네요. 서두원 차에서 나온 혈흔 결과가 나왔는데요."

"피해자 특정된 거야?"

정우와 수진이 동시에 입을 맞춘 듯이 합창했다.

"네."

"야! 그럼 된 거잖아! 이번에야 말로 서두원 구속되는 거 아니야? 트렁크에서 시신의 혈흔이 나왔으면 빼박이지! 근데 너는 표정이 왜 그래?"

수진이 인욱의 표정이 못내 찝찝한지 물었다.

"그게 트렁크에서 발견된 혈흔으로 DNA 조회를 하니까 80대 노인이 확인됐어요. 2012년부터 '사전 등록 제도'라고 치매 노인이나 장애인, 아동을 대상으로 DNA를 등록하는 제도가 있거든요. 아무튼 피해자가 치매 증상이 있는 할머니여서 가족들이 지문이랑 DNA 등록을 해 놨더라고요. 근데 문제는···."

"문제는?"

정우와 수진이 말의 요지를 말할 것을 재촉했다.

"그 할머니가 여전히 건강히 살아 계신다는 거예요."

"뭐?"

"형 말대로라면 할머니는 시신으로 트렁크에 실려 있다가 저수지에 유기됐어야 하는 거잖아요. 근데 아니에요. 멀쩡히 잘 지내세요. 그래서 서두원한테 어떤 혐의도 물을 수가 없어요."

"말도 안 돼. 놈이 분명 저수지 근방에 내려서 시신을 끌고 가는 것까지 봤는데…. 설마 그럼 그때 할머니가 살아 계셨던 거야?"

"그렇다고 해도 서두원이 할머니를 저수지까지 데려갔다가 죽이지 않고 집으로 고이 되돌려 보냈다는 게 이상하잖아요."

수진 역시 고개를 갸웃거리며 상황을 정리했다.

"자자, 서두원은 치매 할머니를 트렁크에 실었어. 어쩌면 죽은 줄 알았겠지. 그래서 저수지까지 간 거야. 여기까지가 정우 네가 본 기억대로야. 그런데 할머니가 지금까지 집에서 멀쩡히 계신다는 건, 서두원이 마음을 바꿔서 할머니를 살려 줬거나 누군가 서두원의 손에서 할머니를 구했다고밖에 설명이 안 되는데…."

"휴…. 아무튼 뒷좌석에서 옆 동에 거주하는 손영희 씨 지문이 나오긴 했는데, 서두원은 내연 관계였고 손영희 씨 스스로 뒷좌석에서 뛰어내린 거라고 주장하고 있어서 이 역시 죄가 성립되지 않아요."

정우가 도저히 참을 수가 없는지 자리에서 벌떡 일어섰다. 겨우 한 젓가락 먹은 컵라면은 퉁퉁 불어 갔다.

"우선 할머니를 만나러 가보자. 놈의 기억 속에서 본 사람이 맞는지 확인해야겠어."

치매 할머니는 고양시에 있는 작은 시골집에서 아들 내외와 함께 살고 있었다. 인욱과 정우가 도착했을 때 할머니는 떡을 쑤고 있었다. 말린 곶감을 넣은 하얀 백설기가 모락모락 김을 내면서 은은하게 단 냄새를 풍겼다.

할머니는 다른 요리법은 모두 잊었지만 평소 아들이 좋아했던 백설기를 쑤는 것만큼은 잊지 않았다. 할머니는 집에 있으면서도 온종일 '집에 가고 싶다.'는 말을 했다. 그때마다 아들은 '여기가 집이잖아요.'라고 말을 하는 게 아니라 '저녁밥만 먹고 집에 모셔다 드리겠다.' 혹은 '조금 이따가 버스가 오면 그때 타고 가자.'라며 할머니를 어르고 달랬다.

정우와 인욱은 할머니가 만든 백설기를 각자 한 접시씩 들고 이야기를 나눴다.

"할머니, 혹시 할머니를 누가 차 트렁크에 태운 적이 있어요?"

"있어. 얼마나 무섭던지."

할머니 말에 둘이 황급히 시선을 주고받았다.

"할머니를 차에 태운 사람이 누구예요? 혹시 이 사람이에요?"

인욱이 서두원의 사진을 보여 주며 물었다.

"응."

"그럼 할머니를 다시 집에 데려다준 사람은 누구예요?"

할머니는 다시 한번 서두원의 사진을 가리켰다. 정우는 아직 확실치 않다는 생각에 재차 물었다.

"할머니, 사진 다시 한 번만 봐 주세요. 할머니를 트렁크에 태운 사람이 이 사람인 게 확실해요?"

이번에는 정우가 휴대전화에 있는 인욱의 사진을 꺼내 보였다.

"응. 이 사람이야."

"그럼 집에 데려다준 사람은요?

"이 사람."

할머니는 다시 인욱의 사진에 손가락을 가져다 댔다. 정우와 인욱은 누가 먼저랄 것 없이 동시에 한숨을 쉬었다. 할머니는 사진상으로 인욱과 서두원을 구분하지 못했다. 결국 아무것도 알아낼 수가 없었다. 설령 할머니가 잠시 정신이 돌아와 사실 대로 말한다 한들 치매 증상 때문에 증언으로 채택될지 여부도 장담하지 못했다.

인욱이 물 없이 손바닥만 한 백설기를 한입에 넣고 우물거렸 다. 목이 콱 막혀 왔는데 지금 그의 기분도 딱 그랬다. 그때 할 머니의 아들이 시원한 보리차를 가지고 거실로 나오며 말했다.

"혹시 우리 어머니를 집에 데려다주신 분을 아세요? 그땐 경 황이 없어서 감사 인사도 제대로 못 드렸는데."

"그 사람을 봤습니까?"

인욱이 물었다.

"네. 그날도 어머니 찾아서 아주 동네방네 안 간 데가 없었거 든요. 경찰에 실종 신고를 해야 하나 막막하던 참에 어떤 차에 서 어머니가 내리시더라고요."

"혹시 흰색 DM7 차가 맞나요?"

"흰색 차긴 했는데, 맞는 것 같아요. 아무튼 저는 그분을 붙잡고 사례하겠다고, 식사라도 하고 가시라고 했는데 괜찮다면서 그냥 가셨어요."

인욱은 서두원의 사진을 보여 주면서 물었다.

"이 사람 맞아요?"

"네, 이분 맞아요! 혹시 연락처를 아시면 저한테 좀 알려 주실 수 있을까요? 은인이나 다름없는데 이번에 농사지은 옥수수라도 보내드리고 싶어서."

할머니의 아들은 서두원을 은인이라고 칭했다. 눈에 눈물까지 그렁그렁 맺혀서는 꼭 좀 연락처를 알아봐 달라고 몇 번이나 인욱의 손을 붙잡고 부탁했다. 인욱은 얼마나 기가 막힌지 입에 물고 있던 백설기를 씹을 생각도 하지 못했다.

돌아오는 차 안에서 두 사람 모두 말이 없었다. 인욱이 오랜 정적을 깨트리며 말했다.

"혹시 뭐 이중인격 같은 게 아닐까요? 그게 아니고서야 이게 참 말이 안 되잖아요?"

집으로 돌아온 정우는 냉수를 들이켰다. 그가 들여다본 기억의 단편들로 인해 오히려 전체의 흐름을 보지 못하는 기분이 들었다.

이전에 수아와 함께 퍼즐을 맞춘 적이 있었다. 성인에게도 가히 난이도가 높은 퍼즐이었는데 푸른 하늘과 바다를 배경으로 작은 섬과 돛단배가 있는 그림이었다. 퍼즐의 3분의 2가 다 파란색이었다. 정우도 손에 든 파란색 퍼즐이 하늘인지 바다인지

도무지 분간이 가지 않았다. 어렵다 보니 수아는 금방 흥미를 잃었다. 결국엔 완성하지 못하고 포기했더랬지.

정우는 갑자기 그 퍼즐이 떠올랐다. 마치 총 몇 피스짜리인지도 모른 채 퍼즐을 맞추는 기분이 들었다.

시간을 보니 벌써 저녁 7시였다.

지수의 이모와 만나기로 한 날이었다. 딱히 한 것도 없는데 몸이 무거웠다. 정우는 물먹은 솜처럼 무거워진 팔다리를 추스르고 겨우 약속 장소에 도착했다.

이모는 카페에 미리 도착해서 아이스 아메리카노를 마시며 휴대전화를 만지작거리고 있었다.

"왔네? 그동안 무슨 일 있었어? 쯧쯧, 얼굴이 많이 상했네."

정우가 인사 대신 억지 미소를 지어 보였다.

"어쩐 일로 나를 보자고 했어?"

"이모님, 저한테 거짓말한 거 있으시죠?"

"거짓말? 갑자기 그게 무슨 말이야."

이모는 순간 표정이 미세하게 굳어졌다가 풀렸다.

"저 오늘 너무 지쳐요. 돌려서 말할 힘도 없다고요. 그니까 그냥 이모님이 먼저 말씀해 주세요."

"…."

정우는 인욱을 통해 이모의 소식을 들었다. 그중 제일 놀랐던 점은 이모가 지수를 만나기 3년 전에 사기죄로 실형을 받고 교도소 생활을 했다는 사실이었다. 수감 후에도 이모는 사채업자에게 빌린 돈 때문에 도망자 신세를 면치 못했다. 이모가 제1, 제2, 제3금융권을 전전하며 마련한 돈은 모두 남편의 사업 자금으로 쓰였다. 사업이 망한 후 남편은 투자자들의 돈을 들고, 이모도 모르는 곳으로 잠적했다. 결국 모든 책임은 돈을 빌린 당사자인 이모가 질 수밖에 없었다. 그녀는 3년 전 지수를 만난 후 사채업자에게 빌렸던 거액의 돈을 모두 갚았다고 했다.

이모는 지수에겐 단 한 푼도 받지 않았다고 했지만, 이는 거짓말이었다. 정우는 지수가 이모에게 돈을 주었건 안 주었건 상관없었지만, 이모가 자신에게 뭔가를 숨기고 있다는 게 마음에 걸렸다.

"지수가 줬다고 하면 될 것을 굳이 거짓말하신 이유가 있나요?"

정우가 입을 꾹 다물고 있는 이모에게 단도직입적으로 물었다.

"처음부터 거짓말할 생각은 없었어. 근데 뉴스에 보니까 지수를 죽인 범인이 패물과 현금다발을 가지고 갔다고 나오더라고. 범인은 못 잡았다고 하지, 순간적으로 내가 의심을 받을 수도 있다는 생각에 방어적으로 말이 그렇게 나왔어."

"지수가 뭘 주던가요?"

"뭘 줬겠어. 걔 성격에 집에 있는 거 없는 거 다 쓸어 모아서 줬지. 자기 가방이랑 패물이며, 금고에 있던 현금이랑 금까지 모두."

범인이 훔쳐 갔을 거라고 생각했던 귀금속과 현금은 사실 모두 이모가 가져간 것이었다.

"보다시피 내가 보통 뻔뻔한 사람이 아니거든? 근데도 이런 내가 민망할 정도로 집 안 구석구석 탈탈 털어서 주더라고. 아, 자기 결혼반지 빼곤."

결혼반지 이야기에 순식간에 정우의 눈시울이 붉어졌다. 그는 말없이 자신의 손가락에 끼워진 반지를 응시했다.

"결혼반지랑 세트인 목걸이도 있었는데 반지랑 그 목걸이만은 못 준다고 하더라고. 그래서 그건 됐다고 했는데도 계속 울면서 말했어. 이건 못 준다고, 이건 못 준다고…."

반지와 목걸이는 정우가 청혼하기 위해 한 달 동안 심혈을 기울여 만든 것이었다. 디자인부터 보석까지 모두 그가 디자인하고 선택했다.

"솔직하게 말하지 못해서 미안해. 내가 참 짐승만도 못했어."

이모는 자조적인 미소를 지었다.

정우는 죽은 지수 손가락에 끝까지 끼워져 있던 결혼반지를 떠올렸다. 지수가 끝까지 이모에게 주지 않고, 범인에게도 뺏기지 않은 유일한 물건이었다.

정우는 지수에게 청혼했던 날 그 반지를 선물했다. 엄밀하게 따지면 프러포즈를 먼저 한 것은 지수였다. 어떤 기념일도 아니었던 평범한 어느 날, 지수는 그에게 손바닥만 한 작은 카드에 편지를 써서 줬다.

내 눈빛을 꺼 주소서

                              -릴케

내 눈빛을 꺼 주소서,
그래도 나는 당신을 볼 수 있습니다.

내 귀를 막아 주소서,
그래도 나는 당신의 목소리를 들을 수 있습니다.

발이 없어도 당신에게 갈 수 있고,
입이 없어도 당신의 이름을 부를 수 있습니다.

내 팔을 부러뜨려 주소서,
나는 손으로 하듯
내 가슴으로 당신을 끌어안을 것입니다.

내 심장을 막아 주소서,
그러면 나의 뇌가 고동칠 것입니다.

내 뇌에 불을 지르면 나는 당신을 피에 실어 나르겠습니다.
나의 피에 당신의 기억이 녹아 있습니다.

이후에도 지수는 종종 시가 담긴 편지를 썼다. 평소에 시집을
읽을 일이 전혀 없던 정우는 그녀가 건네는 시가 다소 어렵게

느껴졌다. 그저 지수가 이만큼이나 나를 좋아하겠거니 짐작할 뿐이었다.

정우는 시 원문을 몰랐고 지수가 단순히 필사했을 거로 생각했다. 지수는 마치 어떤 게임처럼 시의 한 단어, 한 구절, 때론 연과 행을 바꿔서 그에게 선물했다. 정우가 이 사실을 안 것은 한참이 지난 후였다. 릴케의 시에선 마지막 문장을 첨가했다. 훌륭한 문장은 아니었다. 그녀가 굳이 시를 고쳐 쓰는 이유는 알지 못했지만, 정우도 딱히 묻지 않았다.

정우는 오랜만에 그녀의 편지들을 꺼내 천천히 읽어 내려갔다. 그녀가 시에서 은밀히 추가한 글귀에 밑줄을 그었다.

'이제 보니 좀 알겠네.'

그녀의 시를 모아서 보니 알 것도 같았다. 지수는 유독 시에서 체념의 정서를 참지 못했다. 어쩌면 두려워했을지도 모르겠다. 그녀는 시 안에 담긴 체념을 언제나 극복하려고 애썼다.

지수는 어떤 시에 추가한 마지막 구절을 통해 내게 프러포즈를 했다. 당시에 정우는 그게 청혼인지도 모르고, 그녀가 어떤 용기를 낸 것인지 알지 못했다.

이모가 떠난 후에도 정우는 카페에 남아 한참 동안 빈 잔을 바라보았다. 살인마는 돌아다니고 있고, 설령 놈을 잡는다고 해도 지수가 다시 돌아오는 것은 아니었다. 정우는 지수가 그토록 거부했던 체념에 사로잡히기 전에 자리에서 일어섰다.

그때 모르는 번호로 전화가 왔다. 정우는 괜히 긴장되어 조심스럽게 전화를 받았다.

"여보세요?"

"아, 저는 그…."

남성의 중저음 목소리가 머뭇거리며 말을 빙빙 돌았다.

"누구시죠?"

정우는 다시 물었다.

"저를 만나고 싶다고 하셔서 연락드렸습니다."

"아…."

지수의 아빠였다. 정우가 진즉부터 그의 회사를 통해 연락을 취했지만 회신이 없었던 터였다.

"연락이 좀 늦어졌네요. 미안합니다."

"시간 되시면 만나 뵙고 싶은데요. 언제가 좋으신지."

"괜찮으시다면 지금도 좋습니다."

점심시간에 바짝 붐비던 커피숍도 이제 좀 한가로워졌다. 정우는 미리 약속 장소에 도착해서 창가에 자리를 잡고 앉았다. 지수의 아빠가 누군지 궁금했고, 그가 어떤 모습으로 카페에 들어오는지 놓치고 싶지 않았다.

카페 차창 밖으로 검은색 SUV 차량이 깜빡이를 켜고 정차했다. 중년의 남성이 차에서 내리는데 그가 지수의 아빠일 것이라는 확신이 들었다. 그는 지적인 외모에 검은색 뿔테를 썼고, 흰머리가 듬성듬성 있었지만 숱이 많았다. 사업가라기보단 교수님 같은 인상을 풍겼다.

시선을 옆으로 옮기자 운전석에 앉은 여자가 눈에 띄었다. 정우는 그녀를 보고 자신도 모르게 발걸음을 옮겨 밖으로 나갔다. 얼핏 봤을 때는 지수와 무척이나 닮아 있었다. 무표정한 모습은 정말 놀라울 정도였는데 또 웃는 모습은 조금 달랐다. 정우는 지수와 아주 많이 닮은 사람일 뿐이라는 것을 확인하고 허무하게 발걸음을 돌렸다. 이어 지수의 아빠가 카페로 들어왔다.

두 사람은 어색한 인사를 주고받았다.

"운전하시던 분이."

"제 딸입니다."

그가 겸연쩍어하며 말했다.

"지수랑 많이 닮았네요."

"그렇죠. 둘이 많이 닮았어요."

그는 정우가 묻기 전에 자신의 이야기를 털어놓았다. 마치 그 이야기를 할 게 아니면 만날 필요도 없었다는 듯이.

"부끄러운 이야기지만 저는 지수 엄마와 살면서 외도를 했어요. 그러다가 만나던 사람이 임신을 했다는 사실을 알게 됐죠. 내 마음은 이미 한쪽에 기울어 있었기에 지수 엄마에게 외도 사실을 털어놓고 이혼을 하자고 했습니다. 그런데 지수 엄마가 그러더군요. 자기도 임신을 했다고."

이복자매인 두 사람은 생긴 것뿐만 아니라 나이대도 비슷했다. 내연녀와 본처가 동시에 임신을 하다니 막장 드라마에서도 보기 힘든 소재였다.

"둘 다 예정일이 그다음 해 2월이었어요. 겨우 2주 차이밖에 나지 않았죠. 나는 선택을 해야만 했어요."

"그래서 지수 엄마가 아닌 그 사람을 택하신 건가요?"

정우가 날이 선 말투로 말했다. 그는 고개를 끄덕였다.

"두 아이에게 모두 좋은 아빠가 될 수는 없었어요."

"지수도 이 사실을 알고 있었나요?"

"3년 전에 지수와 만난 적이 있어요. 지수도 그때 알게 됐을 겁니다."

"3년 전이라면."

"네. 지수가 죽기 바로 전날이에요."

✦

3년 전, 지수는 난데없이 전화 한 통을 받고 대학병원 근처에 갔다. 약속 장소에는 자신과 닮아도 너무 닮은 여자가 나와 있었다. 그녀 또한 지수를 보고 놀란 눈치였다. 긴 머리에 하얀 얼굴, 풍기는 분위기까지 닮아서 쌍둥이 같아 보이기도 했다.

"저를 왜 보자고 하셨어요?"

지수는 얼굴도 잘 모르는 아빠의 딸이라는 사람이 자신에게 연락한 이유가 궁금했다. 피차간에 서로 얼굴 마주할 사이는 아니었으니.

"이런 말씀드리게 돼서 죄송해요. 하지만 저희도 절박해서."

지수는 순간, 그녀가 말하는 '저희'라는 게 누굴 말하는 건지 이해하지 못했다.

"아빠가 간암 말기에요. 간 이식 수술을 받아야 하는데 한시가 급해요. 저랑 엄마가 기증하려고 검사를 받았는데 부적합 판정을 받았어요."

"…"

지수는 할 말을 잃었다. 대체 무슨 말을 하는 것인가. 생전 처음 보는 사람에게 간이라도 내놓으라는 건가? 지수는 당혹감에 불쾌할 겨를조차 없었다.

"간의 일부를 기증하더라도 생활에는 전혀 지장이 없대요. 제가 하면 좋겠지만 안 된다고 하니까 고민 끝에 연락을 드렸어요. 심정이 어떨지 알아요. 황당하고, 화도 나고, 어이없겠죠. 하지만 아빠가 죽고 사는 문제가 달린 거라 저도 뻔뻔해질 수밖에 없었어요. 죄송해요."

지수는 카페에서 나와 여자를 따라 순순히 병원으로 갔다. 이복 자매인 여자도 지수의 반응에 적잖이 놀란 눈치였다. 싫다고 하면 무릎이라도 꿇고 애원할 작정이었다. 지수가 바로 간 이식 적합 검사를 받아 줄 거라고는 생각도 하지 못했다.

지수는 혈연 기증자로 분류되어 검사 진행이 훨씬 수월했다. 검사를 모두 받고 나오는데 저 멀리서 키가 크고 삐쩍 마른 남자가 보였다. 황달 때문에 얼굴이 귤처럼 노랬다. 멀리서 보는데도 병색이 완연했다.

아빠였다. 둘은 서로를 단박에 알아봤다. 남자 옆에는 여자가
서 있었다. 그 여자에 대해서 이전에 엄마에게 들은 적이 있었
다. 아빠랑은 대학 친구 사이였고, 엄마와도 알고 지내던 사이
였다고.

아빠라는 사람은 다가오지 못하고 멀찌감치 서 있었다. 지수
의 등장을 전혀 예상하지 못한 얼굴이었다. 엄마 대신 아빠와
백년가약을 맺은 여자가 지수에게 달려와 두 손을 덥석 잡았다.

"정말 고마워요. 내가 정말 이러면 안 되는 거 알면서도⋯.
정말 미안하고, 정말 고마워요."

여자는 '정말'이라는 부사를 계속해서 붙이며 말을 했다. 지수
는 그 미적지근한 손을 뿌리치지도, 잡지도 않고 가만히 있었다.

얼마나 지났을까. 의사가 지수와 여자를 불러 검사 결과를 말
했다.

"축하합니다. 이식이 가능하겠어요."

의사의 말이 떨어지기가 무섭게 가족들은 눈물을 흘리기 시
작했다. 가운데서 지수만 영문을 모르겠는 어린아이처럼 멍하
니 서 있었다.

"공여자와 나눌 이야기가 있어요. 동의서도 받아야 하니 우
선 다른 분들은 나가 주세요."

의사와 지수가 남아 대화를 나눌 동안 밖에서는 아빠라는 사
람의 아내와 딸이 기도하듯 두 손을 모으고 여전히 감격의 여

운을 느끼고 있었다. 염치는 있는지 아빠는 아까부터 보이지 않았다. 의사와 이야기를 끝내고 나오니 여자가 말했다.

"정말 고마워요. 정말 미안해요. 정말 내가 뭐라 할 말이….."

여전히 여자는 '정말'이라는 부사를 지긋지긋하게 쓰며 말했다.

"뭐가 고마워요?"

내내 입을 꾹 다물고 있던 지수가 말했다.

"네?"

냉랭한 지수의 분위기에 여자와 딸이 어안이 벙벙한지 입을 반쯤 벌렸다.

"그거야… 힘든 결정이었을 텐데 어려운 결단해 주셔서 저흰 고맙다는 인사를….."

아빠의 딸이 자신과 닮은 줄 알았는데 자세히 보니 아니었다. 광대뼈 부근 얼굴 골격이 달라서인지 웃는 모습이 자신과 달랐다. 지수는 왠지 모를 안도감이 들었다.

"아뇨. 저는 간 이식할 생각 추호도 없어요. 제가 왜 그래야 하죠? 아시잖아요. 제가 그럴 이유가 없다는 걸."

표정이 돌변한 것은 지수뿐만이 아니었다. 여자와 딸은 감격스러운 마음이 단 몇 초 만에 분노로 바뀌어 정색하며 말했다.

"어차피 해 줄 생각 없었으면 그럼 굳이 검사는 왜 한 거예요? 아, 우리 놀리려고?"

여자의 말에서 드디어 '정말'이라는 부사가 빠졌다. 한결 듣기 편했다.

"그냥 궁금했어요. 내가 진짜 저 사람 자식인가 싶고. 당신네한테는 소중한 남편이자 아버지일지 모르겠지만 전 아니에요. 아무튼 전 간은커녕 티끌 하나 줄 마음 없으니까 알아서 잘 해결하세요."

지수는 담담하게 할 말만 하고 뒤로 돌아섰다. 다시 생각해 보니 이들보다 더 괘씸한 건 아빠라는 인간이었다. 이들을 방패 삼아 뒤로 물러서서 코빼기도 안 보이다니. 뒤통수에 대고 저주의 말을 퍼붓는 소리가 들려왔다. 옆에서 딸은 입술만 깨물고 있었다.

"지금 제 아비 목숨이 왔다 갔다 하는데 그 와중에 장난질을 해? 저게 사람이야? 처음부터 병원에 오지를 말든가. 저거, 죽을 날 얼마나 받아 놨나 궁금해서 왔을 거야."

지수는 뒤돌아서 다시 그들에게로 다가갔다. 막상 지수가 가까이 오니 둘은 하던 말을 멈추고 움찔거렸다.

"누가 내 아빠라는 거예요? 당신한테나 남편이고 당신한테나 아빠지. 짐승도 자기가 낳은 새끼는 거두고 지키는 법이에요. 나한텐 짐승만도 못한 인간이야."

"너 말 다 했어?"

여자가 울분을 참지 못하고 지수의 머리카락이라도 뜯을 것처럼 주먹을 꽉 쥐었다.

"지금 벌 받는 거예요. 임신해서 배가 만삭인 조강지처 버리고 다른 여자랑 붙어먹은 벌이요."

그때 간호사가 진료실로 여자와 딸을 불렀다. 지수는 그사이에 자리를 떠났다. 여자가 분을 못 이기고 비틀거리며 진료실로 들어갔다.

"어휴…. 이식 안 해 준다죠?"

"네? 그게 무슨…. 방금 동의서 쓰고 가셨어요. 제가 이달에는 수술 스케줄이 꽉 잡혀 있어서 힘들 것 같고요. 다음 달로 수술 날짜를 잡았어요."

의사의 말을 들은 두 사람은 서로 시선을 교환하며 눈꺼풀을 씀벅거렸다.

✦

서두원이 운영하는 삼거리 국숫집.

누군가 거칠게 가게 문을 열어젖히자 문에 달린 방울이 경계 태세를 알리듯 짧고 빠르게 울렸다. 혼수상태에 빠진 옆 동 여자, 손영희의 남편이었다. 그는 갑작스러운 교통사고로 의식이 없는 아내 때문에 며칠 동안 경황이 없었다. 하지만 경찰 쪽에서 대강의 전후 사정을 듣고는 서두원을 찾아온 것이었다.

'내 아내와 사귀는 사이였다고? 어디서 그런 새빨간 거짓말을.'

옆 동 남자는 서두원의 말을 믿지 않았다. 말 그대로 황당한 주장이었고, 그가 그런 거짓말을 하는 것을 봐선 아내의 사고에 큰 책임이 있을 것이라는 확신이 들었다.

그는 서두원보다 키는 컸지만 마른 체형이었다. 반쯤 정신이 나가 있었는데, 이기지도 못하는 술을 몇 잔 마신 탓이었다. 평생 남과 시비 한번 붙어 본 적 없는, 멱살은커녕 길에서 사람들과 어깨 한번 제대로 부딪혀 본 적 없는 사람이었다. 그는 밀물처럼 가게에 들이닥쳐 주방에 있던 서두원의 멱살을 잡았다. 멱살을 쥔 얇은 손목이 좌우로 후들거렸다.

"뭐? 영희랑 애인 사이? 어디서 거짓말이야! 우리 영희한테 대체 무슨 짓을 한 거야! 무슨 짓을 한 거냐고! 사실대로 말해!"

그날, 옆 동 남자는 집에서 아이들과 공원에 나갈 채비를 하고 있었다. 늦은 시간에 킥보드를 타러 가겠다며 고집을 부리는 아이들에게 핀잔을 주면서도, 가방엔 애들이 마실 시원한 음료수를 챙겼다. 하지만 킥보드를 찾으러 간지 한참 지났는데도 아내는 오지 않았다. 옆 동에 간 김에 이런저런 수다를 떨면서 늦겠거니 생각했을 뿐이었다. 아이들이 빨리 나가자고 보채기 시작하자, 남자도 슬슬 짜증이 올라왔다. 혼자 나와서 아내를 찾았지만 그녀는 이미 사라진 후였다.

평생 못 배운 설움과 콤플렉스에 시달렸던 남자였지만 이건 상식적으로 말이 되지 않았다. 이웃에게 맡긴 킥보드를 찾으러 가선 갑자기 내연남의 차를 타고 간다고? 그리고 달리는 차에서 뛰어내리다가 옆 차선 트럭에 치였다고? 빤했다. 아내를 그렇게 만든 것은 서두원이었다.

남자가 있는 힘껏 멱살을 잡고 흔들자 서두원이 중심을 잃고 가게 구석으로 넘어졌다. 테이블 위에 쌓여 있던 스테인리스 컵들이 와르르 바닥으로 쏟아지며 날카로운 소리를 냈다. 손님 몇 명은 갑작스러운 소란에 테이블에 현금을 두고 그곳을 빠져나왔고, 몇 명은 경찰에 신고 전화를 했다. 서두원은 순순히 옆 동 남자에게 화풀이를 당하며 "죄송합니다.", "사고였어요."와 같은 하나 마나 한 말을 성의 없이 웅얼거릴 뿐이었다. 그때 창밖으로 빼꼼 고개를 내밀고 있는 딸의 모습이 보였다.

서두원은 이만하면 됐다는 식으로 멱살을 잡은 남자의 가녀린 손목을 한 손으로 쳐 냈다. 옆 동 남자는 휘청거리다가 옆 테이블에 엉덩이를 찧었다. 서두원은 남자의 귀에 나지막이 속삭였다.

"당신 말대로 내가 당신 아내를 죽이려고 했다면 말이야. 내가 그런 사람이라면 좀 조심해야 하지 않겠어?"

"뭐, 뭐라고?"

"당신 말대로라면 내가 무슨 짓을 할지 모르잖아. 안 그래?"

살기 어린 서두원의 눈빛을 느낀 옆 동 남자가 주춤하더니 온몸을 부들부들 떨면서 소리를 질렀다.

"우리 영희 살려 내! 우리 영희는 그런 사람이 아니야! 거짓말하지 마!"

그를 뒤로 한 채 서두원은 급히 가게 문을 열고 나갔지만, 이미 딸은 사라진 후였다.

✦

정우는 사무실 책상에 엎드려서 자고 있었다. 그는 요즘 통 집에 들어가는 일이 없었다. 점점 추레하게 변해 가는 와중에도 덥수룩하게 난 수염이 정우에게 잘 어울렸다. 인욱과 수진은 그를 깨우지 않기 위해 발꿈치를 들고 인기척 없이 사무실로 들어왔다.

인욱은 늘 하던 일인 양 수북하게 쌓인 컵라면과 맥주 캔 등 쓰레기를 치우기 시작했고, 수진은 엎드려서 자고 있는 정우의 어깨에 얇은 담요를 덮어 주었다.

정우가 보고 있던 컴퓨터 화면에는 사건 당일 오피스텔 로비를 비추고 있는 CCTV 영상이 띄워져 있었다. 수진은 무심코 화면 속의 영상을 재생했다. 정우가 잠에서 깼을 땐 수진은 아예 옆에 자리를 잡고 앉아서 CCTV 영상을 앞뒤로 돌려보고 있었다.

"언제 왔어? 뭐 해?"

정우가 몸이 찌뿌듯한지 어깨를 쫙 펴고 스트레칭을 했다. 뼈마디마다 우두둑 소리가 났다.

"이 사람 말이야, 이날 여기 왜 온 거지?"

"누구?"

"이 사람 말이야."

수진이 모니터에 검지를 가져다 대며 말했다. 손가락 끝엔 곱슬머리에 동그란 안경테를 쓴 남자가 있었다.

"아는 사람이야?"

"카이스트 최 교수 연구팀 소속 황 박사잖아. 이름은 정확히 기억이 안 나네."

"최 교수? 최 교수가 누군데?"

"최종훈 교수 몰라? 푸핫! 그 사람이 너한테 라이벌 의식 있어서 혼자 엄청 견제하고 그랬는데 정작 너는 존재조차 모르는구나. 참 웃기네. 최 교수 연구 주제가 너랑 비슷해. 이번에 한 건 했더라고. 〈이뉴로(eNeuro)〉에 논문 게재했잖아. 아마 네가 〈사이언스〉지에 논문 올렸을 때 배 좀 아팠을 거야."

정우가 인터넷 검색창에 카이스트 최종훈 교수를 검색했다.

[카이스트 최종훈 교수 연구진이 국제 학술지 〈이뉴로〉에 '광 유전학을 이용해 인간의 해마에 가짜 기억을 심을 수 있다.'는 주제로 논문 게재]

기억에 관련한 신경 세포의 활성을 조작했더니 경험하지도 않은 가짜 기억을 진짜 기억처럼 생성하고 회상하는 것으로 실험 연구에서 나타났다. 이는 기억도 조작될 수 있음을 보여 줄 뿐 아니라, 가짜 기억을 진짜 경험처럼 믿는 착각이 어떻게 일어날 수 있는지를 보여 주는 연구였다.

연구팀은 특정 경험의 기억을 표상하는 신경 세포들에 활성화 자극을 주면 기억을 회상하게 할 수 있음을 보인 이전 연구를 바탕으로, 이번에는 기억을 다른 환경에서 자극함으로써 실제 경험과 다른 가짜 기억을 만들어 냈다.

핵심 저자로 실험을 이끈 최종훈 교수는 "기억이 실제 경험이 아닌 어떤 정보를 표상하는 뇌 신경 세포의 활성에 의해서도 일어날 수 있음을 보여 주었다는 것에 큰 의미가 있다."고 자평했다.

"황 박사가 이번에 최 교수랑 한바탕 싸우고 연구실에서 나갔다고 하더라고. 말이 싸운 거지 최 교수한테 호되게 당했겠지. 성격이 워낙 거칠어서 밑에 사람들이 견디질 못한대."

"넌 어떻게 그렇게 잘 알아?"

"잊었어? 우리 삼촌이 학과장이잖아. 게다가 투 머치 토커(too much talker)고."

"그랬던가? 황 박사라는 사람이랑 만나서 이야기를 하고 싶은데 연락처 좀 알아봐 줄 수 있어?"

"응. 어렵지 않을 거야."

수진이 정확히 기억해 내지 못했던 황 박사의 이름은 기석이었다. 황기석.

정우가 연락처를 알아내 황 박사에게 전화를 걸자 그는 많이 놀란 눈치였다. 황 박사는 정우의 연락이 난데없기도 했지만 올 게 왔다고 생각했다는 오묘한 말도 남겼다. 만나고 싶다는 정우의 말에 그는 흔쾌히 좋다고 답했다.

황 박사는 CCTV 영상 속에서 본 것처럼 곱슬머리에 동그란 안경테를 끼고 있었다. 머리카락은 천연 곱슬처럼 보였다. 정우가 먼저 와서 기다리고 있는 황 박사의 맞은편에 앉았다.

"안녕하세요. 한정우라고 합니다. 갑자기 보자고 해서 놀라셨죠?"

"저는 황기석이라고 합니다. 제가 학부 때부터 한 교수님을 존경했거든요. 제 롤모델을 이렇게 만나게 돼서 영광입니다."

아부가 아닌 진심이었는지 황 박사는 얼굴을 붉히며 말했다. 정우는 민망해하며 어색한 웃음을 지었다.

"제가 오늘 보자고 한 건 워낙 떠들썩하게 보도가 된 사건이라 이미 아시겠지만 3년 전에 아내가 살해당했어요. 그런데 이날 오전에 오피스텔 로비 CCTV에 황 박사님이 찍힌 것을 확인하고 그날 왜 여기 계셨는지 묻고 싶어서 연락드렸어요. 알아보니 이날은 제주서 학회가 있었던 날이더라고요. 제 질문이 불쾌하시다면 죄송합니다."

"실은 한 교수님께 늘 드리고 싶었던 말이 있었는데 먼저 사죄부터 해야겠습니다."

"사죄요?"

정우는 자신이 큰 무례를 범하고 있다고 생각했지만 황 박사는 도리어 사죄를 하겠다고 말했다. 그는 영문을 모르겠다는 듯 얼떨떨한 표정을 지었다.

"이날 제가 왜 교수님이 사시는 오피스텔에 있었느냐면요. 그 건물 2층 상가에 제 카메라 수리를 맡겼거든요. 그걸 찾으러 가는 길이었어요."

"근데 왜 그게 사죄할 일이죠?"

황 박사가 침을 꼴깍 삼키며 아이스 아메리카노를 크게 한 모금 마셨다.

"제가 한 교수님 뒤를 캤거든요."

"뒤를 캐다니 그게 무슨 말이에요?"

"사생활요. 사생팬처럼 한 교수님을 따라다녔어요."

황 박사가 정우의 눈치를 살피며 한 손에 든 손수건으로 이마를 닦았다. 실제로 땀은 나지 않았지만 그는 마치 땀이 나는 것처럼 느끼는 것 같았다.

"왜죠?"

"한 교수님 연구가 막바지로 치닫고 있었고, 머지않아 사이언스지에 논문이 게재될 거라는 이야기가 파다했어요. 최 교수님은 그 사실을 견딜 수 없어 했고요. 그래서 저에게 제안을 하나 하셨어요."

"내 뒷조사를 하라던가요?"

"네. 다음 해 교수직을 약속했어요. 저더러 한 교수님의 흠을 찾으라더군요. 꼭 불법이 아니어도 도의적으로 어긋나는, 이미지에 손상을 입힐 만한 것이면 뭐든 좋다고."

"하….."

정우는 황당하고 어이가 없었다. 누군가가 자신을 상대로 이런 계략을 펼치리라곤 상상도 하지 못했다. 심지어 최 교수는 일면식도 없는, 전혀 모르는 사람이 아니었던가!

"그래서 뭘 좀 찾았나요?"

황 박사가 이제라도 솔직히 털어놓는다는 점은 긍정적으로 평가할 만했지만, 정우는 여전히 불쾌하기 짝이 없었다. 그러니 말이 곱게 나갈 리가 없었다. 정우가 약간의 빈정거림을 섞어서 물었다.

"네…."

정우가 전혀 예상하지 못했던 대답이었다.

"뭐라고요? 뭘 찾았는데요?"

"그게…."

황 박사가 뜸을 들이며 딴청을 피웠다. 정우는 대체 뭘 찾았다는 건지 전혀 감이 잡히지 않았다.

"그냥 말해요. 뭘 찾았는데요?"

"내연녀요."

"뭐라고?"

정우는 자신도 모르게 입 밖으로 반말이 튀어나왔다. 갑자기 심장이 뛰었는데, 자신이 하지도 않은 잘못이 발각된 것 같은 이상한 기분에 사로잡혔다.

"나는 아내를 두고 다른 사람을 만난 적이 없어요."

정우가 심호흡을 몇 번 한 뒤 이를 꽉 물고 말했다.

"죄, 죄송합니다."

"이번엔 뭐가 또 죄송하다는 거죠?"

"그게….."

"뜸 들이지 말고 바로 말하세요."

"사진이… 사진이 있어요. 그날은 사진을 현상하려고 카메라를 맡겼던 서비스 센터에 가는 중이었고요."

"무슨 사진이 있었다는 거죠?"

"아내가 아닌 다른 분과 함께 있는 사진이요."

"나 참! 글쎄 나는 바람을 피운 적이 없다니까요. 제가 왜 이런 황당한 말을 듣고 있어야 하는지 모르겠군요. 이만 가보겠습니다."

정우는 도저히 못 참아 주겠다는 듯 자리에서 벌떡 일어났다. 황 박사는 함께 자리에서 일어나면서 말했다.

"그 사진들은 아무 데도 유출 안 했어요. 최 교수한테도 안 줬고요. 저한테만 있어요. 교수님 의중은 잘 알겠고요. 오늘부로 다 폐기하겠습니다."

박차고 나가려던 정우가 멈칫하더니 황 박사를 쳐다보았다.

"제 의중이라면."

"없던 일로 하고 싶다는 말씀 아니신가요?"

황 박사가 그의 눈치를 살피며 기어 들어가는 목소리로 말했다.

"제 메일로 보내세요, 그 사진."

"집에 컴퓨터에 있어요. 가서 바로 교수님께 보내고 저는 깔끔하게 지우겠습니다."

"알아서 해요."

정우는 오랜만에 사무실이 아닌 집으로 향했다. 지금의 이 어이없는 상황을 어떻게 받아들여야 할지 감이 잡히질 않았다. 샤워를 해서라도 어떻게든 이 불쾌감을 씻어 내야겠다는 생각뿐이었다.

—띠링.

샤워를 마친 정우가 휴대전화를 확인했다. 황 박사로부터 메일이 와 있었다. '대체 뭐길래. 보기나 하자.'라며 태연하게 메일함을 열었지만, 그도 왠지 모르게 긴장이 되었다.

사진은 족히 수백 장은 되어 보였다. 정우는 파일 압축을 풀고, 그중 무작위로 한 장을 열었다.

사진 속의 정우는 지하 주차장으로 보이는 곳에서 어떤 여자의 허리를 한 손으로 휘감고 진한 키스를 하고 있었다.

혜수였다.

—《놈의 기억 1》끝.

놈의 기억 1

2021년 6월 10일 초판 1쇄 발행

지은이 윤이나
펴낸이 김상현, 최세현　**경영고문** 박시형

책임편집 김명래　**디자인** 박선향, 윤민지　**교정교열** 전해림
마케팅 이주형, 양근모, 권금숙, 양봉호, 임지윤, 신하은, 유미정
디지털콘텐츠 김명래　**경영지원** 김현우, 문경국
해외기획 우정민, 배혜림
펴낸곳 팩토리나인　**출판신고** 2006년 9월 25일 제406-2006-000210호
주소 서울시 마포구 월드컵북로 396 누리꿈스퀘어 비즈니스타워 18층
전화 02-6712-9800　**팩스** 02-6712-9810　**이메일** info@smpk.kr

쌤앤파커스(Sam&Parkers)는 독자 여러분의 책에 관한 아이디어와 원고 투고를 설레는 마음으로 기다리고 있습니다. 책으로 엮기를 원하는 아이디어가 있으신 분은 이메일 book@smpk.kr로 간단한 개요와 취지, 연락처 등을 보내주세요. 머뭇거리지 말고 문을 두드리세요. 길이 열립니다.